Ein Teil von Dir

SOFIE CRAMER

Ein Teil von Dir

Roman

Weltbild

Besuchen Sie uns im Internet:
www.weltbild.de

Genehmigte Lizenzausgabe für Verlagsgruppe Weltbild GmbH,
Steinerne Furt, 86167 Augsburg

Umschlaggestaltung: ZERO Werbeagentur, München
Umschlagmotiv: Getty Images, München
Gesamtherstellung: GGP Media GmbH, Pößneck
Printed in the EU
ISBN 978-3-8289-9669-4

2013 2012 2011 2010
Die letzte Jahreszahl gibt die aktuelle Lizenzausgabe an.

Prolog

Lisas Blick ruhte auf dem sanft gewölbten Horizont. Sie liebte diese kostbaren Augenblicke am Morgen, die Zeit zwischen Traum und Tag, in der die Gedanken noch frei und leise waren.

Aus dem Flugzeugfenster sah sie, wie die ersten Sonnenschimmer das tiefdunkle Blau der Nacht allmählich in blendende Pastelltöne verwandelten, die auf einem Meer weißer Wolken zu tanzen schienen. Friedlich und unbekümmert, dachte Lisa, wie das Lächeln der farbigen Mädchen, die noch vor wenigen Tagen am Strand von Sansibar durch ihr blondes, glattes Haar gestrichen hatten. Aus den glänzenden Kinderaugen hatte pure Lebensfreude gestrahlt, und Lisa war ganz warm ums Herz geworden.

Bewegende Momente wie diese hatte es viele gegeben auf ihrer verspäteten Hochzeitsreise. Morgens nach dem Frühstück waren Erik und sie oft am Strand entlangspaziert. Die einheimischen Kinder liefen auf sie zu, als hätten sie schon lange auf ihren Besuch gewartet. Sie sprachen Swahili. Und auch wenn Lisa kein einziges Wort verstand, hatte es doch meist freundlich geklungen. Die Mädchen konnten auch ein paar Brocken Englisch. Sie fragten nach *pencil* und *money*. Während Erik stets etwas unbehaglich aus dem Kreis der sie umringenden Kinder ausbrach, genoss Lisa die Aufmerksamkeit. Mit Bewunderung wanderten die kleinen Finger von ihrem Kopf zum Schmuck an

Hals und Händen. »Pass bloß auf deinen Ehering auf!«, hatte Erik belustigt gerufen. Lisa ärgerte sich darüber ein wenig und überließ aus Trotz dem kleinsten der Mädchen ihr silberfarbenes Armband. Es war zwar bloß billiger Modeschmuck, sorgte aber doch für unbändige Freude. Dann griff sie in die Tasche ihres Jeansrocks und holte ein paar tansanische Schillinge hervor, die sie eigentlich für Postkarten eingesteckt hatte. Erik kommentierte ihr Verhalten nur mit einem amüsierten Kopfschütteln.

Lisa musste bei dem Gedanken daran lächeln. Der Urlaubszauber, der sich in ihren verspäteten Flitterwochen wie ein unerwartetes Geschenk über Erik und sie gebreitet hatte, hielt noch immer an. Und das, obwohl sie sich nach über sieben Stunden Nachtflug mittlerweile längst wieder über deutschem Boden befanden. Das jedenfalls zeigte der viel zu grell eingestellte Monitor zwei Reihen vor ihnen.

Erst jetzt begriff Lisa, was sie aus dem Schlaf gerissen hatte. Die Stewardessen beeilten sich mit freundlicher Monotonie, die Passagiere zu wecken und mit einer Servierzange kleine, warme Handtücher zur Erfrischung zu reichen. Noch bevor eine der uniformierten Frauen auch Erik aufwecken konnte, deutete Lisa ihr, es nicht zu tun und ihr stattdessen beide Lappen zu überlassen. Lisa fuhr sich mit dem feuchten Tuch über ihr müdes Gesicht, dann beugte sie sich zu dem schlafenden Erik und pustete ihm sanft ins Gesicht.

»Aufwachen, du Schlafmütze!«, flüsterte sie.

Doch Erik rührte sich nicht.

Typisch, dachte Lisa und musste schmunzeln bei dem Gedanken, dass ausgerechnet sie, die so einen leichten Schlaf hatte, an einen Mann geraten war, den nicht mal eine Herde vorbeitrampelnder Büffel wecken konnte!

Um sie herum herrschte bereits regsame Betriebsamkeit. Einige Passagiere vertraten sich die Beine oder machten sich geräuschvoll an den Fächern über ihnen zu schaffen.

Zaghaft zog Lisa nun an dem Gummiband von Eriks Schlafmaske. Eigentlich war es ja ihre Schlafhilfe. Sie hatte geahnt, dass die Strapazen der langen Reise und das mehrmalige Umsteigen sie vollkommen auslaugen würden. Doch auf diesem letzten Langstreckenflug von Daressalam nach Hamburg hatte Erik die Maske einfach an sich genommen, obwohl er sie im Gegensatz zu ihr gar nicht brauchte. Aber Lisa wollte sich nach diesen drei traumhaften Wochen, in denen sie beide sich glänzend verstanden und darüber hinaus ihr Liebesleben ordentlich aufgefrischt hatten, nicht aus Prinzip über irgendetwas ärgern. Vielmehr plagte sie noch immer das schlechte Gewissen über die chaotische Rückreise. Schließlich war es allein ihre Schusseligkeit gewesen, durch die sie den Flieger von Sansibar aufs afrikanische Festland verpasst hatten und über dreihundert US-Dollar für Ersatztickets ausgeben mussten.

Lisa seufzte. Schon die Safari in Tansania und der anschließende Badeurlaub auf Sansibar hatten ein halbes Vermögen gekostet. Geld, für das sie beide lange hatten sparen müssen. Trotzdem bereute Lisa nichts. Auch ihre Entscheidung, noch einmal zum Hotel zurückzukehren, um ihren vergessenen Ring zu holen, war richtig gewesen. Zwar hatten sie schon mehr als die Hälfte der rund einstündigen Strecke zum Flughafen hinter sich gebracht, aber ohne ihren Ehering hätte sie niemals ins Flugzeug steigen können!

An ihrem vorletzten Urlaubstag war Lisa nach dem Frühstück noch einmal aufs Zimmer gegangen, um ihre Strandutensilien zu holen. Erik war bereits auf seiner obligatorischen Joggingrunde unterwegs, denn er mochte auch im Urlaub nicht auf sein tägliches Training verzichten. Lisa hatte beschlossen, noch ein Mal in den heftigen Wellen des Indischen Ozeans zu baden und anschließend mit einer vom Hotel organisierten Gruppe Beachvolleyball zu spielen. Für diese Aktivitäten – so hatte sie sich eingeredet – würde das Tragen von Schmuck hinderlich oder doch zumindest sehr risikoreich sein. Also legte sie den Ring zu den anderen Wertsachen in den kleinen Safe, der im Kleiderschrank aus Tropenholz eingebaut und mit einem Zahlencode gesichert war. Sie tippte das Datum ihrer Hochzeit ein – 1010, für den 10. Oktober – und versteckte den Ring unterhalb des dicken, grauen Filzstoffes, auf dem ihre Ausweise, die Flugtickets und Handys sowie noch ein wenig Bargeld lagen. Erik hätte sich über diese zusätzliche Vorsichtsmaßnahme sicher lustig gemacht. Lisa dagegen ärgerte es, dass Erik seinen Ring gleich zu Hause gelassen hatte. Für mögliche Einbrecher gut sichtbar lag er auf seinem Nachttisch in ihrer gemeinsamen Hamburger Wohnung.

Lisa trug ihren Ring dagegen Tag und Nacht, denn sie glaubte fest an die positive Wirkung, die dieses schmale, matte Schmuckstück aus Weißgold auf ihr Leben und ihr gemeinsames Glück hatte. Zumindest bildete sie sich ein, dass der Ring ihr stets Kraft gab. Wann immer sie eine verzwickte Entscheidung zu treffen oder sonst eine heikle Situation zu überstehen hatte, griff sie intuitiv zum Ring an ihrer rechten Hand und begann, spielerisch an ihm zu drehen. Augenblicklich wurde sie ruhiger und klarer in ihren Gedanken.

Die Angst, ihr Ring könne auf ominöse Weise aus dem Hotelsafe verschwinden, war ihr zwar peinlich. Aber es war das erste Mal in den acht Monaten, die sie verheiratet waren, dass sie ihn abnahm und ihn sicher versteckte. So sicher, dass sie ihn schließlich beim Packen selbst vergaß.

Erst auf dem Weg zum Flughafen, als Lisa aus dem Fenster des alten Minibusses einen Jungen beobachtete, der fröhlich und voller Hingabe eine lädierte Fahrradfelge vor sich herrollte, hatte ihr Herz einen riesigen Satz gemacht. »Verdammt!«, rief sie. »Ich habe meinen Ring vergessen!«

Erik blickte sie irritiert an, doch Lisa hatte sich schon an den Fahrer gewandt: »We have to go back. Immediately!«

Der Mann hörte wohl an ihrer Stimme, dass es sich um etwas wirklich Wichtiges handelte, denn er stoppte sofort den Wagen. Erik hingegen sah Lisa nur mit hochgezogenen Augenbrauen an und versuchte anschließend, sie davon zu überzeugen, dass es sicher eine vernünftigere Lösung des Problems gab.

Meistens gab Lisa in solchen Diskussionen nach. Denn Erik vermochte es auf nüchterne Weise, seine rationalen Überlegungen gegen ihre emotionale Sicht der Dinge zu behaupten.

Doch diesmal gab Lisa nicht nach. Sie bestand darauf, zurückzukehren, statt sich auf die Integrität des Hotelpersonals zu verlassen oder mit einem Ersatzring vertrösten zu lassen. Es war schließlich ihr Talisman, ihr Glücksbringer. Und wenn Lisa etwas wirklich wichtig war, zeigte sie eine Entschlossenheit, der selbst Erik nichts Wirksames mehr entgegensetzen konnte. Da konnte er ihr durch seinen genervten Gesichtsausdruck noch so deutlich zu verstehen geben, wie albern er ihren Aberglauben fand. Zugegeben, in besonders sentimentalen Situationen war sie geneigt, an romantische Zeichen statt an banale Zufälle zu glauben. Aber für Lisa war der Ehering nun mal ein wichtiges Symbol ihres neuen, sichereren Lebensgefühls.

Nachdem der Fahrer geduldig die Diskussion der beiden abgewartet hatte, deutete ihm Erik widerwillig, er solle tatsächlich umkehren. »Hakuna matata!«, hatte der Mann lachend erklärt und gleich darauf den Wagen gewendet.

Wie oft sie diesen Ausdruck in den vergangenen 20 Tagen schon gehört hatten! Bei jeder denkbaren Begebenheit war ein gleichmütiges »Hakuna matata. Kein Problem!« erklungen: beim Ordern ihrer Getränke an der Bar, bei der Zahlung von Trinkgeld, nachdem ihre Safari-Ausrüstung vom Wagen ins Hotelzimmer getragen worden war, und selbst als sie die aufdringlichen Ausflugsangebote der immer lächelnden Beachboys freundlich zurückgewiesen hatten. Mit kaum einem anderen Ausdruck als »Hakuna matata« ließ sich die entspannte Atmosphäre auf Sansibar besser beschreiben. Und so war Erik auf der ungeplanten Rückfahrt zum Hotel auch nichts anderes übrig geblieben, als wenigstens kurz zu schmunzeln – obwohl sein ständiger Blick auf die Armbanduhr seinen inneren Groll verriet.

Tatsächlich lag der Ring noch unberührt im Safe unterhalb der kleinen Filzmatte. Erik gab dem Pagen, der sie ins Zimmer begleitet hatte, ein großzügiges Trinkgeld und drängte zur Weiterfahrt. Eine halbe Stunde hatten sie bereits verloren; jetzt würden sie sich sehr beeilen müssen.

Als sie auf dem Weg zum Flughafen nur langsam vorankamen, wuchs Lisas schlechtes Gewissen ins Unendliche. Auf den engen Straßen drängten sich mittlerweile zahlreiche Menschen, und immer wieder war der Chauffeur gezwungen, Schritttempo zu fahren. In Stone Town gerieten sie sogar in einen kleinen Stau, weil eine Schotterpiste in Hakuna-matata-Manier in eine asphaltierte Straße verwandelt wurde. Dadurch verloren sie weitere fünfundzwanzig Minuten, in denen Lisa immer nervöser und Erik immer stiller wurde.

Lisa konnte es überhaupt nicht leiden, wenn Erik so verdächtig ruhig wurde. Dann war er in einer Welt, zu der sie keinen Zugang mehr hatte. Genauso wie beim Computerspielen, Lesen oder seinem exzessiven Sportprogramm. Er war dann vollkommen in sich gekehrt und nahm um ihn herum nichts mehr wahr. Doch nach fast drei Jahren kannte Lisa ihren Mann mittlerweile gut genug, um zu wissen, dass der Versuch, ihn zum Reden zu ermuntern, in solchen Momenten bloß nach hinten losging.

Mit starker Verspätung kamen sie schließlich an dem kleinen Flughafen der Insel an. Die Halle war gespenstisch leer, und auch am Schalter gab es keine lange Schlange mit wartenden Passagieren, wie man sie von modernen Großflughäfen kennt. Nur zwei dunkelhäutige, junge Männer diskutierten lautstark mit einem Bediensteten in Uniform. Eriks höfliche Fragen wurden geflissentlich überhört.

Es blieben nur noch etwa fünfzehn Minuten bis zur eigentlichen Abflugzeit. Während der Fahrt hatte Lisa mehrfach erfolglos versucht, Erik mit dem Argument zu beruhigen, dass an einem so überschaubaren Flughafen wie diesem sicher auf jeden Passagier gewartet würde.

Erik wandte sich schließlich an die Dame, die die Ausreisevisa bearbeitete, und schob ihr einen Zehn-Dollar-Schein über den Schalter, um ihre Aufmerksamkeit zu gewinnen. Doch anstatt sich zu beeilen, verschwand sie für eine gefühlte Ewigkeit in einem Hinterzimmer. Schließlich kam sie mit einem Formular zurück, in dem Lisa und Erik zunächst den Reiseverlauf des Hinwegs – von Hamburg über Addis Abeba und Nairobi, weiter zum Kilimanjaro-Airport und schließlich von Arusha nach Sansibar – und des Rückflugs eintragen mussten. Angeblich war das eine Vorsichtsmaßnahme, um einer weiteren Verbreitung der Schweinegrippe entgegenzuwirken. Alles Drängen half nichts.

Nach weiteren kostbaren Minuten kamen Lisa und Erik endlich an der Passkontrolle an, von wo aus sie durch die Abflughalle und direkt weiter Richtung Rollfeld rannten.

Lisa atmete auf. Vor ihnen stand eine Maschine der *Precision Air*, der tansanischen Fluggesellschaft, die sie aufs Festland bringen sollte. Doch ein älterer Herr hielt sie zurück und erklärte ihnen mit einem herzlichen, aber zahnlückigen Lächeln, dass sie zu spät waren. Mehrfach deutete er entschieden auf das Flugzeug, dessen Türen bereits verschlossen waren, und schüttelte bedauernd den Kopf.

Lisa und Erik sahen noch, wie die Maschine abhob. Dann liefen sie niedergeschlagen zurück in die Halle und kauften mit ihrer Kreditkarte Tickets für die nächste Maschine.

Immerhin waren sie auch damit noch rechtzeitig nach Daressalam gekommen und hatten ihren Anschlussflieger nach Deutschland erwischt.

Ein zweites Mal zupfte Lisa nun behutsam an dem Gummiband der Schlafmaske. Endlich regte sich Eriks Körper ein wenig. Er zuckte einmal heftig, dann befreite er seine Augen von der Schlafbrille und blickte Lisa überrascht an. Erik schien mit einem Schlag vollkommen da zu sein.

»Guten Morgen«, flüsterte Lisa lächelnd. Und als Erik sich erschrocken umsah, fragte sie besorgt: »Alles in Ordnung? Du siehst ja aus, als hättest du einen Geist gesehen!«

»Hab ich auch«, erwiderte Erik nach kurzem Zögern. Dann lehnte er sich erschöpft in seinen Sitz zurück, atmete tief durch und griff nach dem Waschlappen, den Lisa ihm hinhielt.

»Was ist denn? Hast du schlecht geträumt?«

Erik schloss kurz seine Augen, um sich mit dem Tuch übers Gesicht zu fahren. Dann sah er Lisa ernst an und sagte mit zitternder Stimme: »Ich hab geträumt, wir stürzen ab.«

1

Vier Wochen später

Lisa stand am Küchenfenster und spielte gedankenverloren mit ihrem Ring am Finger. Zwei winzige Blaumeisen pickten ein paar Krümel vor der Mülltonne im Innenhof auf und flogen zurück zu einem großen Ahornbaum.

Schon als kleines Mädchen hatte Lisa Vögel, Schmetterlinge und natürlich auch die Elfen aus ihren Lieblingsbüchern darum beneidet, wie scheinbar mühelos sie durch die Luft schwebten und die Welt von oben betrachteten, wodurch sich so vieles hier unten relativierte. Doch in letzter Zeit war alles anders.

Seit ihrer Rückkehr aus den Flitterwochen wirkte jede Minute des Tages intensiver, obwohl nun fast ein ganzer Monat vergangen war. Aber den Schock bei ihrer Ankunft hatte Lisa noch immer nicht überwinden können. Noch immer hatte sie die emotional aufgeladene Begrüßung ihrer Mutter Irene im Ohr. »Gott sei Dank, ich bin so froh, dass ihr lebt!«, waren ihre Worte gewesen. Sie hatte ihre Arme ausgebreitet und Lisa und Erik gleichzeitig fest an sich gedrückt. Erik reagierte auf so viel überschwängliche Wiedersehensfreude gereizt. Er war kaputt und müde nach der langen Rückreise, und seine Nerven lagen zusätzlich blank, weil das Gepäck in dem ganzen Durcheinander der Umbuchung nicht durchgecheckt, sondern zunächst irgendwo verloren gegangen war.

Doch Lisa war sofort klar, dass etwas passiert sein musste. Der Ton ihrer Mutter brannte sich ihr ins Gedächtnis und hallte seitdem ständig nach. Wie ein Film lief die Begrüßung am Hamburger Flughafen wieder und wieder vor ihrem geistigem Auge ab – etwa vor dem Einschlafen, beim Duschen oder wenn sie im Supermarkt in der Schlange stand. Und auch jetzt in der Stille ihrer leeren Wohnung waren die Details der Szene überdeutlich: Irene kämpfte mit den Tränen, und auch Lisas Vater Hans hatte glasige Augen, als er seine Tochter in die Arme schloss und von den schlimmsten Stunden seines Lebens berichtete. Wie sie auf Entwarnung gehofft hatten. Auf ein Lebenszeichen von Lisa und Erik.

Eine Nachbarin hatte am frühen Abend wild an ihrer Tür geklingelt und berichtet, dass sie im Radio gerade eine kurze Meldung über ein Flugzeugunglück im Indischen Ozean gehört habe. Die Maschine sei von Sansibar aus in Richtung Festland gestartet, aber aus noch ungeklärter Ursache kurz vor der Landung über dem Meer abgestürzt. Keiner der 48 Fluggäste und sechs Besatzungsmitglieder habe das Unglück überlebt.

Sofort suchten Irene und Hans im Internet nach weiteren Informationen. Die Schreckensmeldung durfte einfach nicht wahr sein! Aus einem dpa-Bericht erfuhren sie, dass unter den Passagieren angeblich auch sechs deutsche Urlauber waren. Da Lisa wie bei jeder Reise die Adresse der Hotels und des Veranstalters hinterlassen hatte – falls ihren Eltern oder ihrem Bruder Lenny und seiner Familie etwas zustoßen würde –, riefen sie umgehend bei der Reiseleitung an. Doch deren Anschluss war zunächst ständig besetzt. Durch weitere Recherchen ermittelten Irene und Hans schließlich die Flugnummer und riefen im Auswärtigen Amt an. Doch obwohl die Referentin am anderen Ende der Leitung überaus bemüht war, zu helfen, konnte sie die vor Sorge beinahe erstickten Eltern nicht beruhigen.

Auch keiner der unzähligen Anrufversuche auf Lisas oder Eriks Handy glückte, sodass Irene und Hans sich in Gedanken bereits das Schlimmste ausmalten. Sie vermochten jedoch nicht, es laut auszusprechen. Nach über drei Stunden, in denen die Angst sie zu zerreißen drohte, war endlich, endlich der erlösende Anruf der Reiseleitung aus München gekommen. Die Dame erklärte, dass das Ehepaar Lisa und Erik Grothe zwar ursprünglich für die Unglücksmaschine gebucht war, aber aus irgendeinem Grund nicht eingecheckt hatte. Die beiden hätten kurzfristig umgebucht, befänden sich nach Angaben der tansanischen Flugbehörde jedoch bereits auf dem Flug nach Hamburg.

Lisa hob ihren Blick und starrte in den blauen Himmel. Jeder Versuch, die erschütternde Erkenntnis zu verdrängen, dass sie ihr Leben einem winzigen Zufall verdankten, war seither gescheitert. Wenn sie ihren Ehering nun nicht im Hotelsafe vergessen hätte? Wenn sie nicht umgekehrt wären? Wenn sie in dem ersten Flugzeug gesessen hätten …?

Lisa gruselte bei der Vorstellung, jemals wieder sicheren Boden verlassen zu müssen. Sie fragte sich, ob dieses bedrohliche Gefühl, dass sich einstellte, wann immer sie in den Himmel blickte, jemals wieder verschwinden würde.

Es lässt sich schwer beschreiben, dachte sie, und nicht einmal Erik kann mir folgen, wenn ich versuche, diese Empfindung in Worte zu fassen. Obwohl auch er dieses Ereignis nicht einfach verdrängen konnte, dass wusste Lisa. Denn Erik legte seitdem eine für ihn ungewöhnliche Unruhe an den Tag, wirkte abwesend und häufig gereizt.

Lisas dagegen spürte eine Lethargie und Gedämpftheit in sich. Und sie hatte nicht das Gefühl, Erik könne nachfühlen, was in ihr vorging. Schon mehrere Male hatte sie den Versuch unternommen, mit ihm über dieses einschneidende Ereignis zu reden. Ein Ereignis, das genau genommen gar keines gewesen war. Schließlich waren sie dem Unglück heil entkommen. Aber vielleicht hatte es gerade deswegen eine so gewaltige Wirkung auf sie, weil es eben nicht stattgefunden hatte.

Lisa blickte den Meisen hinterher, wie sie in den Ahornbaum flogen. Sie spürte eine seltsame Furcht, die sie bislang nur mit dem tiefen, dunklen Meer in Verbindung gebracht hatte. Obwohl sie das Wasser liebte, machte ihr die Vorstellung, allein auf offener See zurückzubleiben, nun noch mehr Angst. Es war wie ein wiederkehrender Alptraum. Und nun bereitete ihr auch der Himmel ein ähnliches Unbehagen wie die stumme Meeresoberfläche, deren Abgrund kilometerweit in unbekannte Tiefen reichte.

»Was gibt's da draußen zu sehen?«

Lisa zuckte vor Schreck zusammen, als Erik plötzlich in der Tür stand.

»Was machst du denn hier?«, fragte sie irritiert.

»Ich wohne hier«, entgegnete Erik mit einem Schmunzeln und trat auf Lisa zu.

Wie eigentlich jeden Abend kam er nach einem anstrengenden Tag in der Praxis gegen 20.30 Uhr von seinem anschließenden Triathlon-Training nach Hause. Normalerweise küsste er Lisa kurz auf die Lippen und ließ ihre Nasenspitzen aneinanderstupsen. Doch heute – wie auch an all den anderen Abenden der vergangenen vier Wochen – hielt er sie einen Moment lang einfach nur fest im Arm. Beide wussten, woran der andere gerade dachte, aber sie sprachen ihre Gefühle nicht aus. Vielmehr redeten sie nur indirekt über all die großen und kleinen Veränderungen, die der Schrecken über das Flugzeugunglück in ihnen ausgelöst hatte. Etwa die Unsicherheit, wie man Kollegen oder Nachbarn von dem Ereignis berichten sollte. Darüber, was geschehen oder eben nicht geschehen war. Oder von dem Unbehagen, ins Auto zu steigen, in der vollkommen irrationalen Befürchtung, das Schicksal werde doch noch zuschlagen. Es könne sie vielleicht nur ausgetrickst haben und würde schon noch dafür sorgen, dass sie beide vorzeitig durch ein Unglück aus dem Leben schieden.

Vieles war seitdem anders. Zum Beispiel das traditionell ausgedehnte Frühstück am Wochenende, bei dem Lisa und Erik bislang immer scherzhaft um den Reiseteil ihrer Zeitung stritten. Lisa hatte einfach kein Interesse mehr daran, sich auszumalen, in welch exotische Länder sie noch reisen konnten. Sie stieß Erik nicht mehr in die Seite, um ihn trotz ihres mit Nutella-Brötchen vollgestopften Mundes darauf aufmerksam zu machen, wie günstig die Flüge nach Kanada oder Bali doch waren und welch schönes Hotel auf den Kapverden eröffnen würde.

Erik dagegen hielt es meist gar nicht mehr lange am üppig gedeckten Tisch aus. Er trieb jetzt auch am Wochenende extrem viel Sport.

Erik löste sich aus der Umarmung, nahm Lisas Kopf in seine starken Hände und atmete den wohltuenden Duft ihrer Haare ein.

»Hallo«, hauchte er liebevoll.

»Na?«, entgegnete Lisa leise. »Wie war dein Tag?« Sie ließ sich auf die dunkle Holzbank fallen, die ihre Küche so wunderbar wohnlich machte.

»Okay, wie immer«, antwortete Erik, und in seiner Stimme lag etwas ungewöhnlich Ernstes. »Wie gestern und vorgestern, wie morgen, übermorgen und überübermorgen« Er setzte sich auf einen Stuhl auf der anderen Seite des quadratischen Holztisches und rieb sich mit den Händen erst die Augen und dann das ganze Gesicht.

»Du siehst ziemlich müde aus«, sagte Lisa leise und wunderte sich selbst, wie mütterlich dieser Satz klang. Überhaupt kam es ihr so vor, als ob sie Erik in letzter Zeit schon fast erdrückte mit ihrer behütenden Art. Wenn er ins Auto stieg, sagte sie:

»Fahr vorsichtig!« Wenn er später als gewöhnlich nach Hause kam, rief sie ihn an. Das hatte sie früher nie getan, allein schon weil sie wusste, dass ihn das bloß nervte. Eigentlich war Lisa auch kein ängstlicher oder misstrauischer Mensch. Ganz im Gegensatz zu ihrer engsten Freundin Jutta, die sogar heimlich die Handys und Hosentaschen ihrer Freunde kontrollierte, um sich der Treue des anderen zu versichern.

Aber seit sie aus den Flitterwochen zurückgekehrt waren, hatte Lisa das Gefühl, überall lauerten Gefahren. Und sie musste sie zumindest einmal im Kopf durchdenken, damit sie ja nicht wahr werden würden. Sie bildete sich ein, sie müsse sich nur dankbar genug zeigen gegenüber Gott, dem Universum, dem Schicksal oder was auch immer, um weiterleben zu dürfen. Sie hoffte, dass auch Erik irgendwann diesen entsetzlichen Alptraum aus seinem Kopf verbannen könnte, den er bereits im Flugzeug gehabt hatte. Lisa sehnte sich schlicht danach, wieder unbekümmerte Lebensfreude spüren zu können.

Erik holte tief Luft, als wolle er etwas wirklich Wichtiges loswerden. »Ich bin auch müde«, seufzte er. »Und weißt du was?«

Er schaute Lisa in die Augen und doch irgendwie durch sie hindurch. Lisa ermunterte ihn mit einem fragenden Blick, weiterzusprechen.

»Manchmal bin ich sogar richtig lebensmüde«, fuhr er fort.

Lisa spürte plötzlich ihr Herz heftig schlagen. »Was heißt das denn?«, fragte sie und versuchte, dabei nicht allzu ängstlich zu klingen.

»Ich weiß, das hört sich bescheuert an, aber …« Erik zögerte.

»Aber?«

Lisa stand von der Bank auf, ging um den Tisch herum und setzte sich auf seinen Schoß. Sie streichelte ihm über sein hellbraunes Haar, das er seit der Reise nicht mehr hatte kurz schneiden lassen.

»Ich krieg das irgendwie nicht auf die Reihe«, erklärte Erik mit einer latenten Aggressivität in der Stimme. »Ich muss immer wieder an den komischen Traum vom Absturz denken. Und gleichzeitig komme ich mir dabei komplett verrückt vor.«

Lisa atmete tief durch und suchte nach den richtigen Worten, um ihn zu beruhigen und ihn gleichzeitig zum Weiterreden zu animieren. Bisher hatten sie das Thema nur selten gemeinsam behandelt.

»Du bist nicht verrückt«, erklärte sie. »Ich kapier das alles ja auch nicht. Aber irgendeinen tieferen Sinn wird das Ganze schon haben.«

Erik verdrehte seine Augen, so wie er es immer tat, wenn Lisa ihm zu gefühlsduselig wurde. Bei jedem Happy End im Kino oder wenn sie ein rührendes Buch ausgelesen hatte und noch völlig ergriffen war, grinste er sie schief an und gab ihr damit das Gefühl, eine hoffnungslose Romantikerin zu sein.

Diesmal blieb Lisa aber ernst und hielt seinem Blick stand. »Glaub meinetwegen an einen Zufall, wenn es dir hilft. Aber ich bleibe dabei: Wenn irgendwas oder irgendwer gewollt hätte, dass wir in der Unglücksmaschine sitzen, wäre es auch so gekommen.«

Erik wirkte überrascht. Mit so viel Gegenwind hatte er offenbar nicht gerechnet. Einen Moment schien er zu überlegen, ob er das Gespräch vertiefen sollte. Doch dann überspielte er seine Verunsicherung wie immer mit einem Scherz.

»Und wie gedenkt dieser jemand, etwas gegen meinen Riesenhunger zu tun?«

Lisa musste schmunzeln, obwohl sie lieber noch eine Weile über das stechende Thema gesprochen hätte. Doch sie ahnte, dass jedes weitere Wort Eriks Verschlossenheit und Verwirrung im Moment nur noch größer machen würde. In letzter Zeit hatten sie ohnehin viel zu viel diskutiert. Und meistens waren danach beide niedergeschlagen zurückgeblieben.

Lisa stand auf und sah Erik über die Schulter spöttisch an. »Ich denke, dieser jemand weiß, dass du groß genug bist, dir selber ein Brot zu machen oder eine Pizza in den Ofen zu schieben.«

Erik verzog das Gesicht und setzte ironisch nach: »Alles muss man selber machen! Wozu habe ich eigentlich geheiratet?«

Mit einem Satz drehte sich Lisa zu Erik um und kniff ihm zur Strafe in seine rechte Wange. Erik schrie übertrieben auf, griff dann blitzschnell nach einem hölzernen Kochlöffel, der wie etliche andere Küchenutensilien in einem silberfarbenen Blumentopf steckte, und deutete an, ihr damit den Hintern zu versohlen.

Mit einem Jauchzen flüchtete Lisa durch den langen Flur und sah sich mehrfach amüsiert nach Erik um, der siegesgewiss hinter ihr her rannte. Doch Lisa machte einen unerwarteten Schlenker ins Wohnzimmer und schaffte es, ihn kurzeitig abzuhängen. Erst als sie laut lachend im Schlafzimmer landete, holte Erik sie ein und warf sie mit sich aufs Bett. Beide atmeten schwer.

Zunächst zaghaft, dann etwas leidenschaftlicher begann Erik ihren Hals zu küssen. Seine Lippen wanderten an seine Lieblingsstelle hinter ihrem Ohr. Er atmete erneut ihren Duft ein, langsam und tief durch die Nase.

Lisa schmiegte sich in seinen Arm, in dem sie sich bislang so unendlich sicher gefühlt hatte. Dann spürte sie, wie seine Hand langsam unter ihr T-Shirt wanderte. Und als seine Fingerspitzen die Höhe ihrer Brüste erreichten und unter den dünnen, seidigen Stoff ihrer Wäsche glitten, durchfuhr sie ein wohliger Schauer. Ihr ganzer Körper wurde von dem Verlangen nach Eriks Berührung durchströmt.

Endlich, dachte Lisa, endlich verspürt auch Erik wieder Lust.

Das letzte Mal hatten sie sich im Hotelzimmer auf Sansibar geliebt, untermalt vom Meeresrauschen unter einem wehenden Moskitonetz. Doch damals hatte sich ihr Leben noch so viel unbeschwerter angefühlt.

2

Als Lisa am nächsten Morgen in die Küche kam, war von Erik keine Spur. Nur ein kleiner Zettel hing am Kühlschrank.

Hi Motte,
lasse Sport heute sausen.
Wollen wir mal wieder ins Kino? Eiskonfekt für zwei?
Knutsch dich …

Lächelnd nahm Lisa die Notiz und küsste mehrfach die Stelle mit dem »Knutsch dich«, obwohl sie sich dabei ziemlich albern vorkam.

Das warme Gefühl der vergangenen Nacht war noch immer spürbar. Vor allem aber war da diese große Erleichterung. Erleichterung darüber, dass Erik offenbar wieder der Alte war. Eine gefühlte Ewigkeit hatte er ihr nämlich schon keine Liebesbriefchen mehr geschrieben. Dabei war das in den letzten Jahren ihre Art geworden, einander »Ich liebe dich« zu sagen – dafür zumindest standen die drei Pünktchen in den SMS oder auf Zetteln wie diesem.

Als sie zusammenzogen, entwickelte sich aus diesen kleinen Notizen ein intimes Ritual. Erik sah darin fast schon eine sportliche Herausforderung. Denn er versteckte die liebevollen Botschaften meist dort, wo Lisa es am wenigsten vermutete – etwa in ihren Schuhen, im Buchdeckel ihrer momentanen

Einschlaflektüre oder sogar unterm Klodeckel. Die banaleren oder dringenderen Nachrichten hingegen wurden mit Magneten am großen, silberfarbenen Kühlschrank hinterlassen, den sie von Eriks Mutter Renate zur Hochzeit bekommen hatten. Das Geschenk beinhaltete auch eine »Erstausstattung mit Vorgekochtem«. Denn Renate hatte den Kühlschrank mit allerlei Lebensmitteln und einigen Portionen zum Einfrieren gefüllt, gewürzt mit dem Kommentar »weil deine Lisa doch immer so viel arbeitet«.

Lisa legte den Zettel zur Seite, trat an die Küchenzeile und betätigte mit mechanischen Griffen die Kaffeemaschine.

Der Vorschlag mit dem Kinobesuch würde zwar nicht in die Zettelsammlung mit den romantischsten Inhalten wandern, dennoch freute sie sich sehr darüber, dass Erik ihr zuliebe heute mal auf sein größtes Hobby verzichten würde. Und besonders froh war sie darüber, dass er endlich mal wieder ihren Kosenamen als Anrede gewählt hatte. Den Ausdruck »Motte« benutzte er, seit er Lisa einmal mitten in der Nacht von ihrer Nähmaschine weggezerrt und zu sich ins Bett geholt hatte. Beinahe eifersüchtig behauptete er, sie würde mit ihren Stoffen schon genauso eine symbiotische Beziehung eingehen wie eine kleine Motte. Seitdem haftete ihr der Spitzname an.

Lächelnd nahm Lisa den Stift zur Hand, der mit einem Bändchen am Kühlschrankgriff befestigt war, und schrieb auf die Rückseite des Zettels:

Ich freu mich, bis später!
Küsschen …

Anschließend schob sie das kleine Blatt unter einen der zahlreichen Magneten und versuchte, sich auf ihr Frühstück zu konzentrieren. Doch ihre Gedanken schweiften immer wieder ab.

Sie sehnte sich danach, Erik endlich wieder so nah zu sein wie vor und zu Beginn ihrer Ehe. Denn in den letzten Wochen sorgte sie sich zunehmend um Erik und seine ohnehin schon extreme Introvertiertheit. Lisas größte Angst dabei war, dass er ihr nach dem Schrecken des Flugzeugsabsturzes immer mehr entgleiten würde.

Nach den Entbehrungen und der mangelnden Nähe in der letzten Zeit hatte Lisa deshalb das Liebesspiel gestern Abend auch so extrem berührt. Sie genoss das intime Zusammensein mit Erik so sehr, dass ihr ein paar Tränen über die Wangen liefen, kurz nachdem sie beide gleichzeitig zum Höhepunkt gekommen waren. Und als sie anschließend glücklich schweigend in seinen Armen lag, hatte sie sich das allererste Mal vorgestellt, wie es wohl sein würde, mit ihm ein Kind zu zeugen.

Der Gedanke daran hatte zwar nur wenige Momente gedauert. Doch als sie an diesem Morgen die Wohnung verließ, um zur Arbeit zu gehen, schlich er sich schon wieder in ihr Bewusstsein. Sie war so in ihre Überlegungen versunken, dass sie im Treppenhaus beinahe über das Bobbycar von dem niedlichen Nachbarsjungen gestolpert wäre, der mit seinen jungen Eltern das Erdgeschoss bewohnte.

Lisa trat aus dem Haus und schüttelte amüsiert den Kopf. Sie sollte sich jetzt besser auf ihre Arbeit konzentrieren!

Der Modeladen, den sie zusammen mit Jutta im Frühling eröffnet hatte, lag nur rund zehn Gehminuten von ihrer Eimsbütteler Wohnung entfernt. Aber weil sie etwas früher dran war als gewöhnlich, machte Lisa an diesem Morgen spontan einen kleinen Umweg, um sich bei anderen Schaufenstern Ideen abzugucken. Schließlich hatten sie beide bislang kaum Erfahrung im Einzelhandel gesammelt, abgesehen von kurzen Aushilfsjobs während ihres Design-Studiums an der Fachhochschule. Dort hatten sie sich gleich in der Einführungswoche kennengelernt. Und schon damals träumten beide von einem gemeinsamen Label und einer eigenen Boutique. Nach kürzester Zeit konnten sie auch schon mit einem passenden Namen dafür aufwarten: JuLi – eine Zusammensetzung aus ihren Vornamen.

Aber es brauchte erst die Finanzkrise und eine große Portion Mut, bis sie sich im vergangenen Jahr tatsächlich dazu entschlossen, einen leer stehenden Ladenraum anzumieten und ihre eigene Mode zu entwerfen. Neben dem hellen Verkaufsraum gab es auch noch eine kleine Teeküche und ein weiteres Zimmer, das sie mit wenigen Mitteln zu einem Atelier umfunktionierten.

Vor der Gründung ihres Labels hatte Lisa ein Volontariat bei einem großen Hamburger Verlag absolviert und danach einige Jahre als Mode-Redakteurin für verschiedene Magazine gearbeitet. Eine Zeit lang gefiel ihr das auch sehr gut. Aber als der Druck wuchs und immer mehr Anzeigenkunden wegbrachen, wurde ein Großteil der Festangestellten in die freie Mitarbeit geschickt.

Lisa machte aus der neuen Situation das Beste und genoss es anfangs sogar sehr, sich ihre Zeit wieder frei einteilen zu können. Immerhin konnte sie auch mal einen Auftrag ablehnen, wenn ihre Chefredakteurin anrief und sie zu einem Termin schicken wollte, auf den sie absolut keine Lust hatte. Doch mit der Zeit wuchs der Wunsch, lieber selbst Mode zu entwerfen, anstatt über Trends und Ideen anderer zu berichten.

Lisas große Leidenschaft waren schlichte Kleidungsstücke, die auf den ersten Blick im Vergleich zur hippen Konkurrenz vielleicht etwas langweilig wirkten. Doch wenn man sie geschickt mit Accessoires kombinierte oder mit anderen Teilen der Kollektion variierte, bestachen sie durch charmante Zeitlosigkeit. Auf jeden Fall mochte sie die Mode abseits des gängigen H&M-Mainstreams.

Jutta hingegen war viel flippiger und hatte schon als Teenager verrückte Taschen und Schmuck gefertigt. Damals hatte sie sogar Waschlappen und Nudeln zweckentfremdet und sich im Baumarkt nach originellen Materialien umgesehen. Heute bildeten die beiden ein gutes Team, und sie waren längst zu besten Freundinnen geworden, die sich alles erzählten.

Als Lisa in die Osterstraße einbog, auf der sich ein Geschäft an das nächste reihte, hörte sie plötzlich ein fieses Röcheln hinter sich. Sie sah sich um und erblickte einen obdachlosen Mann. Er saß unweit der Eingangstür ihres Lieblingsbäckers und hustete sich fast die Seele aus dem Leib. Lisa hatte ihn schon öfter hier sitzen sehen, aber sich jedes Mal bemüht, ihn nicht anzustarren, weil er einen ziemlich griesgrämigen Eindruck machte.

Auch jetzt schaute er sie böse an, sodass Lisa schnell wegsah und so tat, als hätte sie ihn nicht bemerkt. Eilig steuerte sie den Bäcker an, und da kein Kunde im Laden war, wurde sie auch direkt bedient. Wie so häufig, erstand sie drei leckere Müslistangen. Eine davon wollte sie sofort anbeißen, obwohl sie morgens eigentlich meist keinen Hunger verspürte. Die beiden anderen würde sie später mit Jutta zum obligatorischen Nachmittagskaffee essen.

Als sie wieder auf die Straße trat, schielte Lisa doch noch einmal schüchtern in Richtung des Herrn Griesgram. Einen kurzen Moment zögerte sie, ihm einfach eine Müslistange anzubieten. Doch er schaute weg. Also drehte Lisa sich in die entgegengesetzte Richtung, um ihren Weg fortzusetzen, und stieß prompt mit einem kleinen Mädchen zusammen. Erschrocken entschuldigte sie sich sofort.

Die Kleine hatte ein niedliches Gesicht mit einem schelmischen Grinsen und schaute Lisa mit einer entwaffnenden Direktheit an, die sie nun ebenfalls zum Lächeln animierte. Jetzt registrierte Lisa auch die anderen Kleinkinder, die an diesem Morgen den ohnehin lebendigen Stadtteil bevölkerten.

Eine Betreuerin nahm das niedliche Mädchen an die Hand, obwohl sie bereits alle Mühe hatte, auch die anderen Kinder im Gänsemarsch zusammenzuhalten. Die Kleine winkte zum Abschied.

Lisa blieb irritiert zurück, denn die Geste berührte sie. Normalerweise gehörte sie nicht zu den Frauen, die vor Verzückung gleich ausflippten, wenn sie ein Baby oder Kleinkind sahen. Aber heute tat ihr Herz einen Sprung vor Entzückung. Ob das Muttergefühle waren?

Lisa musste an zwei ihrer engsten Freundinnen denken, mit denen sie seit der Schulzeit jeden Liebeskummer und jeden Partyspaß geteilt hatte. Beide ließen nach der Geburt ihrer Kinder den Kontakt zu Lisa einschlafen. Andererseits hätte auch Lisa deren Persönlichkeitsveränderungen durch den neuen Mutterstatus nicht länger ertragen können. Früher war sie sich beim Gespräch über die leidige K-Frage häufig wie eine Aussätzige vorgekommen. Sie hatte sich einfach nicht konkret vorstellen können, selbst Kinder zu haben. Doch heute kam sie sich beinahe lächerlich vor, wenn sie vorsichtig andeutete, dass sie ihre biologische Uhr langsam ticken hörte. Seit ihrem letzten Geburtstag im Juni war es auch nicht mehr einfach bloß ein lautes Ticken, sondern in manchen Situationen unüberhörbar ein schriller Alarmton. Ein Alarmton, der ihr 35. Lebensjahr eingeläutet hatte wie die letzte Runde bei einem Wettrennen.

»Na?! Schläfst du noch?«

Beinahe wäre Lisa an ihrem eigenen Laden vorbeigegangen. Sie war vollkommen in Gedanken versunken gewesen und hatte gar nicht bemerkt, dass Jutta längst die Tür aufhielt und breit grinste.

»Du hast es wirklich nicht gesehen, oder?«, wollte ihre Freundin gleich wissen.

»Was meinst du?«, fragte sie irritiert und schob ironisch ein strenges »Guten Morgen erst mal!« nach, als sie den Laden betrat und ihre Jacke über einen Stuhl hing.

Jutta riss ihr die Brötchentüte aus der Hand und stieß einen kleinen Freudenschrei aus. Sie fischte eine der duftenden Müslistangen heraus und biss beherzt rein.

»Was?«, fragte Lisa und sah ihre Freundin fast schon ein wenig gereizt an, weil sie nicht verstand, was diese Anspielung sollte.

»Hab ich was verpasst?«

»Aber hallo! Der Monteur war da und hat –«

»Das Schild?«, fragte Lisa aufgeregt.

»Das Schild!«, erklärte Jutta triumphierend. »Die haben mich aus dem Bett geklingelt.«

»Und dann?«

»Dann bin ich gerade noch rechtzeitig hier gewesen. Obwohl heut Samstag ist, stand der Typ schon um acht Uhr auf der Matte und hat es gleich wie vereinbart angebracht!«

»Ja und? Wie sieht es aus?« Lisa wollte gerade aus dem Laden laufen, um draußen nachzusehen. Da dämpfte Jutta ihren Enthusiasmus.

»Unscheinbar.«

»Unscheinbar?« Lisa schaltete augenblicklich von Begeisterung auf Enttäuschung. »Wie meinst du das?«

»Na ja … Ich meine ja nur, weil du total blind daran vorbeigelaufen bist.« Jutta untermalte ihre Worte mit einem breiten Grinsen. »Also, ich finde es hammermäßig gut!«

Sofort rannte Lisa neugierig nach draußen, dicht gefolgt von ihrer Freundin, die für einen Augenblick sogar ihre Müslistange vergaß.

Seit der Eröffnung vor drei Monaten warteten Lisa und Jutta nun schon auf das neue Ladenschild. Das erste war beim Transport zu Bruch gegangen. Umso sehnsüchtiger hatten sie seitdem der Lieferung des Ersatzschildes entgegengefiebert, die sehr zu ihrem Ärger Woche um Woche nach hinten verschoben worden war.

Als Lisa jetzt auf graublauem Acryl den weißen Schriftzug LIEBLINGSSTÜCKE und die geschwungene Unterzeile *Bags & Basics by JuLi*® las, bekam sie glasige Augen. Der Laden war wirklich ihr ganzer Stolz.

»Und?«, fragte Jutta, »du sagst ja gar nichts.«

»Ich find's gut. Richtig gut!« Stolz legte Lisa ihren Arm um Jutta.

Die beiden Freundinnen lehnten ihre Köpfe aneinander und ließen das Schild für ein paar Sekunden voller Freude auf sich wirken. Dann unterbrach Jutta die feierliche Stimmung.

»Wollen wir heute Abend zu Ed?«, fragte sie und spielte damit auf ihr gemeinsames Lieblingslokal, den Spanier in der Nachbarstraße, an. »Wir haben schon ewig keine Tapas mehr gegessen.«

»Ich weiß«, seufzte Lisa, »seit meinem Urlaub nicht ein einziges Mal. Aber ich kann heute nicht. Ich bin mit Erik für Kino verabredet.«

»Ich dachte, wir könnten drauf anstoßen.« Jutta schaute etwas enttäuscht, biss dann aber ein weiteres Stück von der Müslistange ab und klang gar nicht vorwurfsvoll, als sie erneut auf das Schild deutete und sagte: »Aber das läuft uns ja nicht weg.«

»Wie wäre es denn morgen?«

»Ja, morgen ist toll«, freute sich Jutta, »ich hätte nur heute schon so einen Heißhunger auf Gambas gehabt. Oder die Datteln mit Speck. Oder den Pudding! Oder auf –«

»Bist du schwanger?«, fragte Lisa belustigt.

Jutta wich entsetzt zurück und erwiderte ein strenges »Bitte nicht!«. Schnell schob sie Lisa wieder in den Laden. »Ich und schwanger? Das wäre im wahrsten Sinne wirklich ein Wunder.«

Lisa wusste, was Jutta damit sagen wollte. Entgegen ihrer sonstigen Art, das Leben stets in vollen Zügen zu genießen und ständig neue Männer kennenzulernen, hatte sie schon seit ein paar Wochen keinen Sex mehr gehabt. Jutta wirkte von ihren schnell wechselnden Lovern sogar zunehmend genervt.

Vielleicht wird ihr das Leben mit immer neuen Affären allmählich zu anstrengend, dachte Lisa und folgte Jutta in den Laden. Zumal Ricky, der aktuell Begehrte, eigentlich verheiratet war. Aber im Grunde kannte Lisa ihre Freundin nicht anders. Jutta war nie lange mit einem Mann liiert gewesen – und andererseits auch nie wirklich allein, weil sie immer irgendwas laufen hatte. Mal traf sie sich mit einem Studenten, der fünfzehn Jahre jünger war als sie, mal mit einem Möchtegern-C-Promi, der zehn Jahre älter war als sie. Und dann war da noch dieser so genannte Künstler, der wochenlang untergetaucht war und sich erst dann zurückmeldete, als Jutta sich gerade von ihrem Liebeskummer erholt hatte. Später schimpfte sie, der Typ habe unter akutem Samenstau und einem Aufmerksamkeitsdefizitsyndrom gelitten.

Lisa musste schmunzeln bei dem Gedanken daran, wie komplett unterschiedlich ihre besten Freundinnen doch waren.

Betty, zum Beispiel, fand eigentlich kaum mehr ein anderes Thema als ihre bevorstehende Hochzeit, für die Lisa und Jutta das Kleid entworfen und genäht hatten.

Betty war ursprünglich eine Nachbarin und enge Freundin von Jutta gewesen. Aber mittlerweile war sie auch Lisa ans Herz gewachsen. Sie und ihr Freund hatten bereits eine kleine Tochter und wollten nun die Taufe des Kindes mit ihrer Hochzeit verbinden. Es sollte ein rauschendes Fest werden, und Betty beschäftigte sich Tag und Nacht mit den Vorbereitungen – und damit, wie sie ihre übereifrige Schwiegermutter in Schach halten konnte. Die wollte es sich nämlich nicht nehmen lassen, wenigstens ihre Enkelin für den großen Anlass einzukleiden, und zog daher durch die teuersten Boutiquen in Pöseldorf. Betty hielt ihre Freundinnen über alles gut informiert. Denn da sie derzeit im Grunde keinen anderen Lebensinhalt hatte als ihr Kind und die Vorbereitungen zur Feier, verbrachte sie in den letzten Wochen fast jeden Nachmittag bei Lisa und Jutta im Atelier. Ununterbrochen und völlig aufgekratzt plapperte sie von nichts anderem mehr als »ihrer süßen Belinda«, von ihrem Verlobten und dessen zweifelhaftem Verständnis von Romantik. Angeblich plante Boris, eine weiße Stretchlimousine für den Weg zur Kirche zu ordern.

Aber auch beim Hochzeitskleid mischte Betty kräftig mit. Doch sie hatte ganz spezielle Wünsche für ihren Haar- und Blumenschmuck, der nach Lisas und Juttas Meinung rein gar nicht zu dem Kleid passte. Bei den Entwürfen mussten sie sich deshalb bis zur Schmerzgrenze verbiegen, weil Betty es eher spießig mochte, obwohl sie das stets vehement bestritt.

Sie würde weder mit Betty noch mit Jutta gern tauschen wollen, dachte Lisa, als sie sich an ihre Nähmaschine setzte und mit der Arbeit begann. Sie konnte sich einfach nicht vorstellen, dass sich ab Tag X alles nur noch um ein eigenes Kind drehte. Andererseits konnte sie sich genauso wenig vorstellen, wie Jutta bisher Spaß am ewigen Singleleben zu haben.

Im Gegenteil, Lisa war froh, nach zwei kürzeren und einer längeren Beziehung einen Mann wie Erik an ihrer Seite zu haben. Und sie hatte auch nicht lange nachdenken müssen, als er ihr einen Heiratsantrag machte. Anlässlich ihres zweiten Jahrestages waren sie zu einem Kurztrip an die Ostsee gefahren, und dort hatte Erik sie im Strandkorb gefragt, ob sie seine Frau werden wolle. Lisa war überglücklich gewesen, zumal sie überhaupt nicht damit gerechnet hatte.

In früheren Beziehungen hatte sie sich immer ausgemalt, wie es wohl sein würde, eines Tages gefragt zu werden. Aber bei Erik war das dann gar nicht mehr wichtig gewesen. Sie hatten einfach beide das Gefühl, der jeweils andere sei endlich der Richtige. Kein Grund zur Eile also. Und deshalb sprachen sie das Thema Ehe und Familie meist auch nur indirekt an oder scherzten darüber mit einer Leichtigkeit, die Lisa erst seit Erik kennengelernt hatte.

Noch immer fühlte sie sich von ihrem Mann sehr angezogen. Und die Vorstellung, dass sie sich heute wie zwei Teenager im Kino mit Eiskonfekt füttern würden, zauberte ihr ein Grinsen aufs Gesicht. Gerade jetzt, nach diesen aufwühlenden Wochen, die sich manchmal richtig gespenstisch angefühlt hatten, brauchte Lisa das Gefühl, dass Erik und sie eine Einheit bildeten.

Erst als Lisa nach Ladenschluss bei ihrer Rückkehr am späten Nachmittag sah, dass Erik ihr eine zweite Nachricht hinterlassen hatte, erstarb ihr vorfreudiges Lächeln schlagartig.

Mitten am großen Spiegel im Flur hing unübersehbar ein Zettel. Lisas Herz bekam einen Stich, als sie seine nüchternen Worte las:

Knuth ist zurück und
will mir Urlaubsbilder zeigen.
Gehen vorher doch kurz Trainieren.
Hab einen entspannten Feierabend!
E.

3

Etwa eine Stunde später befestigte Lisa ihre Antwort am Kühlschrank:

Übernachte bei meinen Eltern.

Dann griff sie nach ihrer Tasche und machte sich mit dem Auto auf zu ihren Eltern in die Heide, südlich von Hamburg.

Während der Fahrt musste sie aufpassen, dass die überlauten Songs von Lily Allen sie nicht dazu animierten, viel zu schnell zu fahren. Sie bildete sich ein, spontan bis nach München durchrauschen zu können oder gar noch weiter, um ihre Wut auf Erik loszuwerden.

Aber mehr noch als über Erik ärgerte sich Lisa über sich selbst. Warum konnte sie bloß nicht gelassener mit seiner Unverbindlichkeit umgehen? Warum konnte sie nicht wie Lucia, ihre brasilianische Nachbarin von gegenüber, einfach mal laut werden, um Dampf abzulassen. Denn selbst wenn Erik ein schlechtes Gewissen haben sollte, wenn er nach Hause kam und ihren Zettel fand, so änderte das nichts an der Tatsache, dass er es beim nächsten Mal nicht genauso wieder tun würde. Erik machte grundsätzlich immer das, worauf er am meisten Lust hatte.

Dabei konnte er doch aber auch ganz anders sein!, dachte Lisa und drehte die Musik noch ein wenig lauter. Sonst würde sie solche kleinen Gemeinheiten niemals tolerieren, geschweige denn, dass sie ihn sonst geheiratet hätte.

Nein, Erik war ein toller Mann und auch ein toller Partner, auf den sie sich immer verlassen konnte – wenn nicht gerade eine Trainingseinheit anstand.

Im Grunde war Lisa froh, dass die exzessive Sportsucht seine einzige wirkliche Schwäche war. Und sie wusste, dass er sich als Arzt oft genug für andere Menschen einsetzte. Manchmal empfand Lisa es sogar als eine Bürde, ausgerechnet mit einem Mediziner verheiratet zu sein. Etwa wenn Bekannte oder manchmal sogar Freunde ihm tatsächlich wie einem Halbgott in Weiß begegneten. Dabei hatte es Erik als Sportmediziner viel mehr mit Trainingsoptimierung als mit altruistischer Heilung zu tun.

Allmählich wanderten sämtliche Grübeleien wieder in den Hinterkopf, und je näher Lisa ihrem Heimatort kam, einem beinahe kitschigen Nest, desto mehr freute sie sich auf das gemeinsame Essen mit ihren Eltern und auf die kleinen, charmanten Geschichten aus der Idylle, die sie so gerne erzählten.

Doch als Lisa in die vertraute Straße einbog, die ihr jedes Mal ein Gefühl von Geborgenheit und Sicherheit vermittelte, entdeckte sie sofort, dass sie sich zu früh auf einen entspannten Abend gefreute hatte.

Vor dem Haus parkte der Wagen ihrer Schwägerin. Agnes war kaum älter als Lisa und doch lag in ihrer Stimme oft ein arroganter Unterton, der Lisa zur unreifen Schwester ihres Mannes degradierte. Deshalb war Lisa auch froh darüber, dass ihre Nichte Emilia mehr nach ihrem Bruder Lenny kam. Emi, wie die Kleine seit ihrer Geburt vor fünf Jahren genannt wurde, hatte nicht nur Lennys strohblonde Haare und seine grün leuchtenden Augen geerbt. Auch vom Charakter waren Vater und Tochter gleichermaßen liebenswert. Vor allem wegen ihrer erfrischend direkten und unkomplizierten Art, die Dinge beim Namen zu nennen.

Als Lisa aus dem Wagen stieg, lief Emi ihr zur Begrüßung auch schon freudestrahlend in die Arme.

»Oma sagt, du hast Kummer«, erklärte Emi. Sie schob Lisa Richtung Eingangstür.

»Was?« Lisa war erstaunt und wusste nicht so recht, was sie darauf antworten sollte.

»Und Papa sagt, du wärst um ein Haar mit einem Flugzeug auf den Boden gefallen und weggestorben!«, fuhr Emi gleich darauf fort, ohne einen wirklich mitfühlenden Gesichtsausdruck zu zeigen.

Lisa schluckte und entgegnete schnell: »So ein Quatsch, du Rübe. Sag mir lieber, was Oma gekocht hat.«

»Es gibt Kohlrolläden. Bäääh.« Emi rümpfte die Nase und fasste sich an den Hals, um anzudeuten, dass sie sich augenblicklich würde übergeben müssen.

Lisa hob ihre Nichte hoch bis über die Schulter, um ihr spielerisch auf den Hintern zu klopfen. Emi quiekte vergnügt und ließ sich unter gespieltem Protest Huckepack ins Haus tragen.

»Das heißt nicht Kohlrolläden«, erklärte Lisa, »das heißt Kohlrouladen!«

»Sind trotzdem ekelig«, flüsterte Emi. »Du kannst meine haben.«

»Wie lieb von dir«, sagte Lisa ironisch und setzte Emi im Flur ab, um nun auch Agnes und ihre Mutter mit einer Umarmung zu begrüßen.

Agnes schaute Lisa besorgt an und sagte mit einer gehörigen Portion Theatralik: »Schön, dass wir uns endlich sehen, nach allem, was passiert ist. Das ist ja echt ein Ding mit dem Absturz! Furchtbar! Nicht auszudenken, wenn ihr in der Maschine gesessen hättet. Was einem im Urlaub alles passieren kann …«

Lisa und ihre Mutter wechselten einen vielsagenden Blick. Und Irene verstand es wie so oft auch in dieser Situation, das einzig Richtige zu tun. Sie schob Lisa in die Küche und sagte: »Setz dich erstmal, Lisa! Dein Essen wird kalt.«

»Ja, wir müssen eh los«, erklärte Agnes schnell, »und Lenny von der Arbeit abholen.« Dann wandte sie sich an Emi: »Und du, kleines Fräulein, solltest auch schon längst im Bett sein.«

Lisa hatte ein Idee und fragte Emi zum Abschied: »Wollen wir morgen mal wieder etwas unternehmen?« Schnell wandte sie sich an Agnes: »Natürlich nur, wenn du nichts dagegen hast.«

Agnes schüttelte den Kopf. Und doch wusste Lisa wieder einmal nicht, woran sie bei ihr war.

»Komm einfach vorbei. Wir können ja zusammen frühstücken. Lenny freut sich bestimmt auch«, sagte sie jetzt mit einem Lächeln.

»Und dann spielen wir Barbie!«, rief Emi begeistert, sodass Lisa, Agnes und Irene amüsierte Blicke austauschten.

Nachdem sie sich verabschiedet hatten, nahm Lisa endlich Platz.

»Wo ist denn Papa?«

»Der ist noch bei den Nachbarn, kommt aber sicher gleich, wenn er dein Auto sieht«, erklärte ihre Mutter und deckte den Tisch für sie.

Irene plauderte zunächst über Emi und Lenny. Und während Lisa aß, räumte sie die Geschirrspülmaschine ein. Doch dann setzte sie sich zu ihrer Tochter an den Tisch, sah sie prüfend an und fragte: »Ist alles in Ordnung, Liebes?«

»Was soll denn nicht in Ordnung sein?«

Lisa griff nach der Pralinenschachtel, die Agnes mitgebracht haben musste. Sie wusste, das war wie immer die kleine Aufmerksamkeit als Dank dafür, dass ihre Schwiegermutter am Nachmittag spontan einsprang und sich um Emi kümmerte.

Lisa vermutete, dass Agnes wieder mal in einer Phase steckte, in der ihr alles zu viel wurde. Ihre Schwägerin arbeitete halbtags als Bibliothekarin, und deshalb konnte Lisa es nicht nachvollziehen, warum sie so oft jammerte und über zu viel Stress klagte. Schließlich hatte sie mit Lenny einen Mann an ihrer Seite, der sich trotz seines Knochenjobs als Tischlermeister mit Hingabe der Kleinen widmete, wann immer es seine Selbstständigkeit erlaubte.

»Die sind ja mit Nüssen«, wunderte sich Lisa, als sie die Schachtel öffnete. »Das magst du doch gar nicht.«

»Deswegen kannst du sie ja auch alle aufessen«, erwiderte ihre Mutter grinsend.

Lisa nahm eine Praline und schob sie sich genüsslich in den Mund.

»Also, nun sag schon«, bohrte Irene weiter. »Was ist los?«

Lisa spürte den sorgenvollen Blick ihrer Mutter. Und als sie nach einer kleinen Ewigkeit endlich aufsah und direkt in Irenes müde Augen blickte, fiel ihr auf, dass die Fältchen in ihrem Gesicht sehr viel ausgeprägter geworden waren. Bislang hatte Lisa das Alter ihrer Mutter nicht bewusst wahrgenommen.

»Ach, eigentlich ist alles okay«, seufzte Lisa und kam sich auf einmal noch viel jünger vor.

Wie oft hatte sie als Teenager mit ihrer Mutter hier in der Küche gesessen und über Liebeskummer geklagt! Etwa wenn der langhaarige Nils, der beste Kumpel von Lenny, sie wieder einmal ignoriert hatte. Und auch nicht reagierte, nachdem sie sich überwunden und ihm einen romantischen, aber letztlich entwürdigenden Brief geschrieben hatte.

Aber heute kam es Lisa irgendwie albern vor, sich ausgerechnet bei ihrer Mutter über die Probleme in ihrer Ehe auszulassen, von denen sie nicht einmal selbst sagen konnte, ob es tatsächlich welche waren oder sie sich aus einer diffusen Angst heraus bloß in etwas hineinsteigerte.

»Und uneigentlich?«, fragte Irene weiter.

»Ach, ich weiß auch nicht … Ich hab das Gefühl, dass Erik mich nicht mehr richtig an sich ranlässt.«

Lisa griff nach einer weiteren Praline. Fein säuberlich strich sie das golden glänzende Papier auseinander und faltete daraus einen kleinen Papierflieger.

»Du meinst im Bett?«

»Mama!« Lisa verzog die Mundwinkel und blickte ihre Mutter empört an.

»Schon gut. Du musst nicht darüber reden, wenn du es nicht möchtest«, entgegnete Irene ruhig, ohne Wertung in der Stimme.

Nach einer kurzen Pause, in der Lisa eine weitere Schokolade verdrückt und dabei versucht hatte, ihre vielen wirren Gedanken zu ordnen, sagte sie: »Seit der Sache mit dem Absturz ist Erik so unnahbar. Es kommt mir so vor, als ob er an allem zweifelt und komplett unzufrieden ist!«

Irene erhob sich nachdenklich von ihrem Stuhl und tigerte unruhig durch die Küche. Nachdem sie schließlich das Geschirrhandtuch vom Tisch genommen und aufgehängt hatte, setzte sie sich wieder.

»Ist das nicht normal, dass man sich nach so einem Schrecken erstmal neu sortiert?«, versuchte sie, Lisa zu trösten.

»Aber ich will das nicht!«, entfuhr es Lisa eine Spur zu heftig. Sie atmete tief durch und setzte dann etwas sanfter nach: »Genau das ist es ja, was mir Angst macht … Was ist, wenn Erik eigentlich ein ganz anderes Leben führen will?«

»Das ist doch Unsinn, Liebes.«

»Kann doch sein, dass er gemerkt hat, dass er unzufrieden ist mit seinem Leben. Dass er das mit der Hochzeit bereut.«

»Wenn überhaupt, solltet ihr beide bereuen, dass ihr eure Hochzeitsreise verschoben habt.«

»Mama!«, stöhnte Lisa erneut. Sie konnte es einfach nicht

fassen, dass ihre Mutter ihr dieses Thema noch immer aufs Brot schmierte. »Du weißt, warum wir das gemacht haben.«

»Wegen der Boutique. Hab ich ja verstanden. Ich meine ja nur, wenn ihr, wie geplant, gleich im Oktober gefahren wärt, dann …«

»Dann hätte ich die Eröffnung verschieben oder einen Kredit aufnehmen müssen«, unterbrach Lisa entschieden.

»Schon gut. Wer weiß auch, wofür es gut ist? Ich meine, irgendeine positive Seite wird diese Sache für euer Leben sicher haben. Aber wenn du dir Sorgen machst, solltest du mit Erik darüber reden.«

»Ach, du weißt doch, wie verbohrt er ist!«

»Aber er ist ganz sicher nicht der Typ, der etwas macht, was er nicht auch wirklich möchte. Er liebt dich doch.«

Irene streichelte ihrer Tochter sanft lächelnd übers Haar. Lisa musste sofort wieder an die kleinen Mädchen am Strand von Sansibar denken, deren fröhliche Gesichter vor ihrem geistigen Auge noch immer seltsam präsent waren. Zu ihrer eigenen Überraschung hörte sie sich selber plötzlich sagen: »Meinst du, ich werde auch mal so ein tolles Kind wie Emi haben?«

Irene lachte und antwortete sofort: »Ja. Warum auch nicht?«

Lisa zuckte mit den Schultern und schwieg.

»Ihr wollt doch Kinder, oder?«, bohrte Irene nach.

Ein dumpfes Gefühl durchströmte Lisa, als sie zaghaft nickte.

»Dann ist doch alles gut«, erklärte Irene und hielt ihrer Tochter erneut die Pralinenschachtel vor die Nase. »Hauptsache, ihr seid euch einig. Alles andere wird sich schon fügen.«

Als Lisa am nächsten Abend nach einem anstrengenden, aber auch sehr schönen Familientag und nach langer Parkplatzsuche wieder zu Hause ankam und die Wohnungstür aufschloss, war bereits alles dunkel. Sie schlich ins Badezimmer, putzte sich die Zähne und betrachtete sich eine ganze Zeit lang nachdenklich im Spiegel.

Wie ähnlich sie ihrer Mutter doch sah, dachte Lisa. Früher hatte sie solche Bemerkungen immer abgetan. Aber es stimmte: Je älter sie wurde, desto mehr glich sie ihrer Mutter. Sie hatten die gleichen geschwungenen, hellrosafarbenen Lippen, die gleiche schmale Nase mit einem kleinen Huckel auf dem Nasenbein. Auch ihre Augen wiesen eine ähnliche Form auf, die Farbe hingegen hatten sie und ihr Bruder vom Vater geerbt. Lennys Ähnlichkeit mit Hans steigerte sich von Jahr zu Jahr, allein schon aufgrund des immer lichter werdenden Haares.

Lisa schmunzelte bei dem Gedanken an ihren Bruder. Niemals hätte sie gedacht, dass er ihr zuvorkommen würde mit der Gründung einer Familie. Denn obwohl er drei Jahre älter war als sie, sah es lange Zeit so aus, als wäre er überhaupt nicht fähig, sich fest zu binden. Er schlitterte von einer Beziehung in die nächste, bis seine Freundin Agnes plötzlich schwanger wurde. Damals war es ein ziemlicher Schock für alle gewesen. Doch heute würde wohl niemand bestreiten, dass Emi das Beste war, was Lenny und auch allen anderen in der Familie passieren konnte. Agnes war zwar nicht unbedingt Lisas erste Wahl als Schwägerin gewesen, aber im Grunde mochte sie Agnes.

Wenn Lisa ganz ehrlich war, waren es vor allem einige spezielle Themen, bei denen sie sich Agnes gegenüber unterlegen oder nicht ernst genommen fühlte. Und das machte sie rasend. Ein Knackpunkt war natürlich die Kinderfrage, genauer gesagt die Kindererziehung. Oder wenn Agnes bei einer Familienfeier auf Ökologie oder politische brisante Themen zu sprechen kam. Lisa wich ihrer Schwägerin dann stets aus, wohingegen Erik dann erst richtig in Fahrt kam. In solchen Momenten sahen sich Lisa und Lenny achselzuckend an und widmeten sich einfach dem Essen oder eben der kleinen Emi.

»Emi«, sagte Lisa leise zu ihrem Spiegelbild. Aber doch so laut, dass sie sich selbst ein wenig erschreckte.

Das letzte Mal hatten Erik und sie ihren Bruder an dem Wochenende vor den Flitterwochen besucht, um Emis Geburtstag zu feiern. Noch immer musste Lisa lächeln, wenn sie daran dachte, mit welch einem wohligen Gefühl sie Erik dabei beobachtet hatte, wie er mit Emi im Garten spielte. Er hatte ihr beigebracht, wie man kleine, schokoladige Schaumküsse durch die Luft wirbelt und mit dem Mund sicher wieder fängt. Eine ganze Schachtel haben die beiden auf diese Weise verdrückt, sodass Agnes einen ihrer berühmten Tobsuchtsanfälle bekam.

Lisa dachte, wie schön es wohl wäre, wenn sie und Erik eines Tages ihr eigenes Kind beim Spielen beobachten könnten. Und im selben Moment wurde ihr klar, dass der Wunsch nach einem gemeinsamen Kind auch in den letzten Monaten zwar spürbar, aber doch noch sehr weit weg und so gesehen rein theoretischer Natur gewesen war.

Heute, dachte Lisa, war vieles anders. Ihre Ehe, die Gespräche mit ihrer Mutter, die Beschäftigung mit Emi, der Gang zur Arbeit – ja beinahe ihr ganzes Leben –, alles schien sich um eine feine, aber entscheidende Nuance verändert zu haben. Nie zuvor hatte Lisa so viel gegrübelt. Nie zuvor hatte sie sich so viele Fragen nach dem Sinn des Lebens gestellt. Noch nie zuvor hatte sie so viele Kinder bewusst wahrgenommen wie in den letzten Tagen, obwohl sie nun schon so viele Jahre im selben lebendigen Stadtteil wohnte.

Lisa sah ihrem Spiegelbild tief in die Augen. Sie versuchte, ihr Gegenüber so zu fixieren, als wäre es eine andere Person. Eine andere Frau oder sogar eine Mutter. Lisa versuchte, dieses Bild vor ihrem geistigen Auge entstehen zu lassen. Aber es wollte nicht so recht gelingen. Sie malte sich verschiedene Szenen in der Zukunft aus, etwa an Weihnachten, wenn ihre ganze Familie zusammensaß – nur diesmal mit einer kleinen Person mehr am Tisch. Sie stellte sich das Kuscheln zu dritt im Bett vor, eine Kissenschlacht an einem Sonntagmorgen. Und erste Anflüge von Eriks Eifersucht, wenn sie eine Tochter bekommen würden, die ihnen eines Tages ihren Freund vorstellen würde.

Nach einer Weile stellte Lisa ihren Blick wieder scharf. Wie lange ihre Tagträume gedauert hatten, vermochte sie nicht mehr zu sagen. Sie warf einen letzten Blick in den Spiegel und sah plötzlich in die Augen einer reifen, entschlossenen Frau, die ziemlich genau wusste, was sie wollte.

Lisa wurde auf einmal ganz warm ums Herz. Sie schüttelte amüsiert den Kopf. Nie zuvor hatte sie eine solche Empfindung gehabt. Aber jetzt war sie sich ganz sicher. Sie wünschte sich ein Kind! Jetzt wusste sie, worauf sie sich ihr ganzes Leben lang mehr oder weniger unbewusst vorbereitet hatte – auf den Tag, an dem sie tatsächlich eine eigene Familie gründen wollte.

Der Gedanke, Erik in einem passenden Moment davon zu berichten und den Wunsch mit ihm zusammen weiterzuspinnen, zauberte ihr ein vorfreudiges Lächeln auf die Lippen. Die Vorstellung vermittelte ihr ein unbekanntes, aber seltsam schönes Gefühl. Ihre Enttäuschung über seine Absage gestern war verflogen.

Lisa löschte das Licht und schlich andächtig ins Schlafzimmer. Dort sah sie im Halbdunkel, dass Erik sich wieder einmal auf ihre Seite gelegt hatte, so wie er es früher auch immer getan hatte, wenn er vor ihr zu Bett gegangen war.

Behutsam schlüpfte Lisa unter die Bettdecke und schmiegte sich sanft und zufrieden an ihn. Erik stieß daraufhin einen wohligen Seufzer aus.

4

Als Lisa am darauf folgenden Montagabend nach einem anstrengenden, aber erfolgreichen Tag die Ladentür zuschließen und gehen wollte, wurden ihr von hinten plötzlich die Augen zugehalten.

Sie zuckte erschrocken zusammen und schrie kurz auf. Doch dann nahm sie einen ihr wohlvertrauten, männlichen Duft wahr und musste schmunzeln.

»Der Geldbote mit meinen Lottogewinn?«

»Hohoho.« Erik antwortete mit verstellter Stimme. »Falsch.«

»Der Weihnachtsmann?«

»Wieder falsch. Aber einen großen Sack und eine dicke Rute hab ich auch, Baby.«

»Ich kenne nur einen, der so dämlich versaute Witze macht!« Lisa befreite sich aus Eriks Umarmung und sah ihm lachend in die Augen. Dann trat sie einen Schritt zurück. »Du hast ein schlechtes Gewissen?!«, stichelte sie.

Erik gab ihr einen Kuss und nahm ihr die schwere Taschen mit den Stoffresten ab, die sie ihrer Mutter am Wochenende versprochen hatte.

»Wie kommst du denn darauf?«

»Du hast mich noch nie von der Arbeit abgeholt.«

»Och, ich war gerade zufällig in der Nähe«, schwindelte Erik und zog sie hinter sich her.

Es ist sein unnachahmlich charmantes Grinsen, dachte Lisa. Ich kann ihm einfach nicht lange böse sein.

Zu Hause angekommen, sollte Lisa noch einen kurzen Moment im Flur der Wohnung warten, während Erik in der Küche verschwand. Als er schließlich die Tür weit öffnete, traute Lisa ihren Augen kaum.

Der Tisch war vornehm eingedeckt und mit den beiden edlen Kerzenständern aus dem Wohnzimmer bestückt. Darin brannten zwei offenbar neue, rote Kerzen, und in der Mitte des Tisches stand eine Vase mit einem wunderschönen Strauß weißer Lilien, Lisas Lieblingsblumen.

»Du hast doch ein schlechtes Gewissen!«, rief Lisa gerührt.

»Na ja, vielleicht ein kleines bisschen. Ich war wirklich ganz schön muffelig in letzter Zeit.«

Erik machte sich am Herd zu schaffen, nahm einen kleinen Löffel zur Hand und tauchte ihn in den großen Topf, der auf einer der Platten stand. Er deutete Lisa, zu probieren. Sie schloss genüsslich ihre Augen, kostete und machte mit einem schwärmerischen »Mmmmmm« deutlich, wie lecker sie seine selbst gemachte Kürbissuppe fand.

»Es tut mir wirklich leid wegen Samstag«, flüsterte Erik ihr nun mit brüchiger Stimme ins Ohr.

»Schon gut«, entgegnete Lisa ebenso leise. »Wenn du mich immer mit so einem köstlichen Essen entschädigst, kannst du mich ruhig öfter versetzen.«

Sie setzte sich auf die Bank und würdigte mit einem anerkennenden Blick noch einmal sämtliche von Erik arrangierten Details. Er hatte sogar Servietten zurechtgelegt, deren rote Farbe eine schöne Ergänzung zu den Kerzen und auch einen schönen Kontrast zu dem schlichten weißen Geschirr und den Blumen bildete.

Vor nicht einmal achtundvierzig Stunden hatte sich Lisa

enttäuscht und besorgt zu ihren Eltern geflüchtet. Und jetzt saß sie hier, in ihrer gemütlichen Küche, und beobachtete fasziniert, wie ihr fürsorglicher Mann sie mit einem Überraschungsessen verwöhnte.

Wer weiß, fragte sie sich, vielleicht ist das ja kein Zufall. Vielleicht war dies ein Zeichen, dass schon heute der richtige Augenblick gekommen war, um Erik behutsam ihre Gedanken an ein gemeinsames Kind anzuvertrauen.

Noch in der Nacht hatte Lisa sich ausgemalt, wie sie ihn in nächster Zeit irgendwann bekochen und ihn in ihre Träume einweihen würde. Sie hatte die vage Hoffnung, dass er zwar überrascht, aber doch erfreut sein würde. Und nun war er ihr zuvorgekommen.

In der Luft lag ein ganz besonderer Zauber. Lisa rutschte aufgeregt auf ihrem Stuhl hin und her, fast so, als wäre dies ihre erste Verabredung.

Während Erik das Brot schnitt und beim Aufwärmen der Suppe ein paarmal umrührte, schenkte Lisa den Sekt ein, den sie zuvor auf Anweisung aus dem Kühlschrank genommen hatte. Dann nahm sie die gefüllten Gläser zur Hand, reichte Erik eines und fasste ihm beinahe stolz um die Taille.

»Hast du überhaupt Hunger?«, fragte Erik.

»Und wie!«

»Sehr gut. Wir machen es uns richtig gemütlich, okay? Ich muss auch noch was mit dir besprechen.« Erik hielt ihr sein Glas entgegen, um mit ihr anzustoßen.

Lisas Herz machte einen kleinen Satz. »Na, du machst es aber spannend!«, sagte sie glücklich lachend und gab Erik einen Kuss, den er zärtlich erwiderte.

Nachdem sie beide ihre Suppe gegessen und über den Tag geplaudert hatten, lehnte Erik sich entspannt zurück, um Lisa mit Abstand eindringlich zu betrachten.

»Du hast so ein seltsames Leuchten in den Augen«, sagte er schließlich und lächelte. »Ist irgendwas passiert?«

Lisa zögerte. Sie spürte ihr Herz jetzt noch deutlicher schlagen. Es ging schneller und stärker als jemals zuvor. Die Situation weckte in ihr sofort die Erinnerung an jenen Urlaubstag an der Ostsee, als Erik ähnlich unruhig im Strandkorb gesessen und mehrere Anläufe gebraucht hatte, um ihr einen Heiratsantrag zu machen.

Mit einem Kribbeln im Bauch fragte sie sich, ob jetzt tatsächlich der richtige Moment gekommen war. Sie könnte Erik geradeheraus fragen, was er davon hielte, wenn sie die Pille absetzen würde. Oder aber sie würde sich langsam vortasten.

Lisa atmete tief durch. Dann gab sie sich einen Ruck, schüttelte den Kopf und sagte zaghaft: »Passiert ist nichts. Noch nichts, jedenfalls.«

Erik lehnte sich nach vorn, nahm ihre Hand und sah ihr tief in die Augen.

Der perfekte Zeitpunkt, dachte Lisa. Doch ehe sie die richtigen Worte finden konnte, kam Erik ihr zuvor.

»Ich hab mir Gedanken gemacht, Motte. Über unsere Zukunft!«

Erneut machte Lisas Herz einen kleinen Hüpfer. Ob sie womöglich beide genau den gleichen Gedanken hatten?, schoss es ihr in den Kopf.

»Ach ja?«, fragte sie etwas scheinheilig und konnte ihre Aufregung kaum verbergen.

»Ich finde, wir sollten etwas an unserem Leben ändern«, fügte Erik nun grinsend an.

»Du meinst …?«

Lisa traute sich nicht, ihre Frage auszusprechen. Zu viele Gedanken schossen ihr gleichzeitig durch den Kopf, sodass Erik schließlich wieder das Wort ergriff und geradeheraus fragte: »Kannst du dir vorstellen, mit mir ins Ausland zu gehen?«

Er blickte Lisa gespannt an und wartete auf eine Reaktion. Doch Lisa war so überrumpelt, dass sie nicht wusste, was sie sagen sollte.

Erik rutschte mit seinem Stuhl noch ein Stückchen näher an sie heran. »Wir könnten nach Afrika gehen oder nach Südamerika und als Entwicklungshelfer arbeiten«, ergänzte er, und seine Augen leuchteten vor Begeisterung.

Lisa traf der Vorschlag wie ein Tritt in die Magenkuhle. Sie entzog ihm ihre Hand und erhob sich. Dann atmete sie tief durch und versuchte, nicht laut zu werden, als sie sagte: »Und was ist mit …?«

Sie schaffte es nicht, den Satz zu vollenden. Tausend Fragen gingen ihr durch den Kopf.

Wieso will Erik so wie wir jetzt leben nicht mehr weitermachen? Ist er so unglücklich? Was will er bloß im Ausland? Wovor rennt er davon? Und was ist mit unserem Kind?

Erik bemerkte offenbar, dass Lisa seinen Enthusiasmus nicht teilen konnte. Er sprang sogar auf, um sie sanft in die Arme zu schließen, und sprach leise weiter.

»Das ist ja nur so eine Idee … Aber wäre das nicht toll? Wir beide, allein, irgendwo … weit weg von hier, wo wir viel mehr bewegen können als hier in Deutschland?«

Lisa murmelte etwas abfällig: »Wir beide allein …!?« und wandte sich ab.

Daraufhin streichelte Erik ihr sanft über den Rücken. »Was ist denn mit dir?«, fragte er verunsichert.

»Ach nichts«, schwindelte Lisa, weil sie unfähig war, ihre Enttäuschung in Worte zu fassen.

»Hab ich was Falsches gesagt?«, bohrte Erik weiter.

Lisa schüttelte den Kopf und blickte zerknirscht auf den hellgrau gefliesten Küchenboden.

»Du konntest noch nie gut lügen«, sagte er und drehte Lisa zaghaft wieder zu sich um. Er lächelte gequält. »Ich weiß, dein

Laden … Aber wir müssten ja auch nicht sofort wegziehen«, ergänzte Erik nun wieder euphorischer. »Wir können ja auch erstmal nur für ein paar Monate gehen.«

Lisa seufzte. »Ich weiß nicht …« Noch immer fühlte sich ihr Herz an, als würde ein Messer darin stecken. Und nach einer längeren Pause fragte sie mit einem leichten Zittern in der Stimme: »Wie kommst du denn auf so eine Idee? Gerade jetzt?«

»Wieso nicht jetzt? Noch sind wir jung und halbwegs flexibel. Ich habe keine Lust, ein Jahr nach dem anderen verstreichen zu lassen, ohne wirklich etwas bewirkt zu haben.«

Erik ließ von Lisa ab und widmete sich dem nächsten Gang, einer vorbereiteten Quiche. Er griff nach einem Handtuch, holte damit die dampfende Form aus dem Backofen und stellte sie auf den Tisch. Während er mit einem Wender kleine Stücke aus der mit zerlaufenem Käse bedeckten Quiche teilte und je eines auf die Teller balancierte, fuhr er weiter fort: »Ich muss irgendwas tun. Irgendwas Sinnvolles! Versteh doch, ich –«

»Aber du bist Arzt!«, rief Lisa, »du tust doch was Sinnvolles!«

Alles um sie herum drehte sich. Sie stand noch immer völlig schockiert da und konnte einfach nicht glauben, was sie da gerade hörte.

»Ach, ich flicke Leute zusammen, die beim Golfen umknicken oder die sich beim Skifahren nicht richtig aufgewärmt haben. Das sind Luxusprobleme. Das reicht mir nicht auf Dauer.«

Lisa sackte in sich zusammen und nahm schnell wieder auf ihrem Stuhl Platz. Die Enttäuschung darüber, dass der Abend in eine ganz andere Richtung zu laufen drohte, lähmte sie geradezu.

Nein, dachte sie, im Grunde ist es die Enttäuschung darüber, dass ihr ganzes Leben in eine falsche Richtung zu laufen drohte.

»Hey, es ist doch noch nichts weiter als eine Option«, sagte Erik aufmunternd, während er sich vor ihr hinkniete, um ihr direkt in die Augen blicken zu können.

Sein aufmunterndes Lächeln machte es Lisa schwer, ihren Mann anzugehen. »Aber ich dachte, du bist glücklich …«, sagte sie leise und fügte etwas zögerlicher hinzu: »… mit mir, mit unserem Leben.«

»Das hat ja auch nichts mit uns zu tun. Ich finde nur, wir sollten noch bewusster leben. Einfach das Beste rausholen.«

Erik setzte sich wieder an seinen Platz und griff nach dem Besteck. Schweigend fingen sie an, zu essen. Doch die Quiche war so heiß, dass Lisa sich die Zungenspitze verbrannte.

»Scheiße«, zischte sie vor Schmerz und legte entnervt ihre Gabel beiseite. Sie sah Erik an und fragte in strengem Tonfall: »Hat Knuth dich etwa darauf gebracht?«

Erik zögerte. Auch er ließ sein Besteck für einen Moment ruhen. Dann zuckte er mit den Schultern und erwiderte ruhig: »Nicht direkt. Aber er wollte wissen, warum ich immer so mies drauf bin in letzter Zeit.«

»Und was hast du gesagt? Er weiß doch von dem Absturz.«

Erik nickte und fuhr nach einer Weile fort: »Er hat mich auf'n Pott gesetzt und gesagt, ich soll mich gefälligst freuen, dass wir noch mal davon gekommen sind. Wir hatten wirklich verdammtes Glück, Motte.«

Lisa verzog ihre Mundwinkel und stieß einen leisen Seufzer aus. »Pah, und deswegen willst du hier weg?«

»Nein, nicht allein deswegen.« Erik lachte auf und schüttelte den Kopf. »Aber Knuth hat mich zum Nachdenken gebracht – darüber, was ich unbedingt noch erleben will. Mit dir!«

Lisa lehnte sich zurück. Für einen kurzen Augenblick überlegte sie, nun doch noch die Kinderfrage offen anzusprechen. Wenn sie ehrlich war, lag dieses Thema schon seit Monaten in der Luft und war doch nie greifbar gewesen. Die Hochzeit und die Selbstständigkeit hatten es immer wieder in den Hintergrund gedrängt. Aber je länger sie über Eriks Worte nachdachte, desto weniger verspürte sie heute den Wunsch, das Thema auszubreiten oder zu riskieren, dass Erik sich darauf nicht einlassen konnte.

Vielmehr machte sich in ihr allmählich ein Gefühl von ehrlicher Erleichterung breit. Das war es also. Das war es, was Erik seit dem Schrecken über den Absturz so viel beschäftigt hatte! Offenbar hatte Knuth genau das geschafft, was Lisa vergeblich versucht hatte: Erik ins Leben zurückzuholen.

Nach so vielen Tagen, ja Wochen voller Sorgen und Beunruhigung war ihr mit einem Mal klar geworden, dass es ihn nicht von ihr weg trieb. Ihre Ehe war nicht das Problem.

»Ich bin froh, dass du wieder der Alte bist«, sagte Lisa und lächelte.

»Aber genau das will ich eben nicht sein! Jedenfalls nicht ganz. Es gibt noch so viel zu entdecken auf der Welt und noch so viel, was wir machen sollten!«, rief Erik begeistert, und es schien unmöglich, etwas dagegen einzuwenden.

»Also, fürs Erste würde es mir schon reichen, wenn wir endlich mal wieder ins Kino gingen!«, stichelte Lisa nun mit einem ironischen Grinsen.

Erik verdrehte mit gespielter Theatralik seine Augen. »Aber was ist mit meinem Plan, jeden Kontinent gesehen zu haben? Und was ist mit meinem Husky?!«

Nun verdrehte Lisa genervt die Augen, denn seit sie Erik kannte, redete er davon, eines Tages einen Schlittenhund besitzen zu wollen.

»Ich will aber viel lieber eine Katze!«

»Eine Katze?«, sagte Erik so abfällig wie möglich, nur um Lisa zu ärgern.

»Mit einer Katze ist es zu Hause noch viel gemütlicher!«

»Aber was sollen wir denn zu Hause? Ich will mit dir in den

Himalaja und zur Chinesischen Mauer und nach Lappland!«, spann er weiter, sodass Lisa es nun nicht mehr aushielt.

»Und was ist mit der Familiengründung?«, platzte es trotzig aus ihr heraus. Sie sah ihn ernst und gleichzeitig fragend an.

Doch Erik lächelte nur vielsagend und sprang plötzlich auf.

»Was ist?«, rief Lisa ihm verwundert hinterher. Aber er war bereits aus der Küche verschwunden.

Wie aus Verlegenheit probierte Lisa erneut einen Bissen von der Quiche, die noch immer sehr heiß war.

Als Erik mit einem Notizblock zurückkam, ging er an den Kühlschrank und befreite den Stift von seiner Verschlusskappe, um ihn mit an den Tisch zu nehmen. Mit einem begeisterten Gesichtsausdruck schob er beides zu Lisa rüber.

»Hier! Wir schreiben alles auf!«

»Was?«, fragte Lisa, und ihr wurde immer mulmiger zumute.

»Wir machen eine Liste!«

Erik nahm sein Stück Quiche in die Hände und biss so beherzt rein, dass zu Lisas Erstaunen weit über die Hälfte in seinem Mund verschwand.

»Eine Liste?«, fragte sie mit hochgezogenen Augenbrauen.

Erik nickte bloß und nuschelte etwas, was Lisa nicht verstand, weil er es nicht schaffte, dass viel zu heiße Essen vernünftig zu kauen. Als er einen zweiten aufgeregten Anlauf unternahm, etwas Verständliches herauszubekommen, spuckte er aus Versehen ein Stück Blätterteig geschossartig heraus. Es landete direkt in Lisas Ausschnitt, sodass beide augenblicklich einen gigantischen Lachanfall bekamen.

»Ich will jeden Tag so mit dir lachen!«, sagte Erik schließlich, als sie sich nach einer Weile endlich wieder beruhigt hatten.

»Und ich wünschte mir, wir könnten mal ein ganzes Wochenende lang so miteinander zu Hause verbringen«, ergänzte Lisa und lehnte ihren Kopf an Eriks Schulter.

Doch Erik fuhr entsetzt hoch: »Ein ganzes Wochenende?«

Lisa nickte beharrlich. »Oder hast du nicht genügend Kondition?«, neckte sie ihn.

»Ich kann immer!«

»Aber du bist ja nie da!«

»O Mann, da versetze ich dich ein einziges Mal, und jetzt muss ich mir das mindestens zehn Jahre anhören«, scherzte Erik und stupste Lisa mit seiner Nase an. Er begann sie unterhalb ihres Ohrläppchens zu küssen.

»Ich wüsste, wie du das wiedergutmachen kannst«, hauchte Lisa und streichelte Erik über den Kopf.

Dann versanken sie in einem innigen Kuss.

5

Lisa gähnte, ließ kurz von ihrer Nähmaschine und dem Tweedstoff ab und rieb sich müde ihre Augen.

Kein Wunder, dass ich heute so unkonzentriert arbeite, dachte sie. Schließlich hatten sie und Erik die Nacht intensiv genossen und noch lange scherzhaft darüber gestritten, was denn auf dieser ominösen Wunschliste stehen müsste.

Um endlich in Ruhe schlafen zu können, hatten sie sich schließlich darauf geeinigt, dass jeder erst einmal für sich eine Liste machen sollte. Zu einem späteren Zeitpunkt würden sie die Punkte dann miteinander vergleichen.

Während Lisa weiter versuchte, einen andersfarbigen Faden in die Nähmaschine einzuspannen, überlegte sie, wie schön es doch wäre, wenn sie ihren Hochzeitstag in ein paar Wochen zum Anlass nehmen würden, ihre Wünsche abzugleichen.

Doch was sollte sie bloß alles auf ihre Liste schreiben?, fragte sie sich und schaffte es endlich, den Faden durchs Nadelöhr zu ziehen, um weiternähen zu können. Auch wenn sie die Idee von Erik etwas albern fand, genoss sie die Leichtigkeit, die er mit der Idee verband. Die gemeinsame Aktivität ließ sie sämtliche trübe Gedanken der vergangenen Wochen vergessen. Außerdem brachte es ihr sogar Spaß, einmal alles aufzuschreiben, was ihr in den Sinn kam.

Auf dem Tisch hatte sie neben dem Stoffhaufen ein weißes Blatt Papier liegen, auf dem sie bereits ein paar Stichpunkte notiert hatte und neue ergänzen konnte, sobald ihr etwas einfiel.

Während die Nähmaschine gleichmäßig vor sich hinratterte, dachte Lisa darüber nach, wie glücklich sie sich doch schätzen konnte, einen kreativen Beruf zu haben. Und dennoch gab es noch so viel mehr, was sie gern einmal ausprobieren wollte – wie etwa ein Instrument zu spielen oder auch eine weitere Sprache zu erlernen. Vielleicht hatte Erik also Recht. Sie musste mehr Sachen ausprobieren. Denn wie schade wäre es, wenn sie etwas, das ihr große Freude bereiten würde, zu spät für sich entdecken würde. Denn jeder Tag zählte, um einmalig schöne Erfahrungen zu machen, wo doch der Flugzeugabsturz eindringlich gezeigt hatte, wie schnell alles vorbei sein konnte.

In jedem Fall hatte auch Lisa den Wunsch, diese Welt wenigstens ein kleines bisschen besser zu machen und mehr zu tun, als bloß den Müll zu sortieren oder Ökostrom zu nutzen. Ins Ausland zu gehen und Entwicklungshilfe zu leisten war sicher etwas, worauf sie am Ende ihres Lebens mit einem guten Gefühl und voller Stolz zurückblicken würde. Doch in ihrer momentanen Phase, in der sie sich gerade eine Existenz als selbstständige Designerin aufbaute, erschien es ihr nicht richtig. Vielleicht konnten Erik und sie später einmal eine Zeit lang woanders leben, wenn alles andere in geordneten Bahnen lief und sie am liebsten auch schon Nachwuchs hatten.

Das hieß jedoch nicht, dass sie nicht auch zu Hause Gutes tun konnten, dachte Lisa. Es kam ihr zwar ziemlich naiv vor, aber sie notierte auf ihrem Zettel das Stichwort »Welt verbessern«. Sie würde sich überlegen, wie sie in ihrem direkten Umfeld irgendeine gute Tat vollbringen konnte.

Im Überschwang ihres Tatendrangs nahm sie einen so großen Schluck Kaffee, dass sie sich verschluckte und einen heftigen Hustenanfall bekam.

Das ist es, dachte Lisa schließlich, als sie sich wieder beruhigt hatte. In Klammern hinter den Punkt »Welt verbessern« schrieb sie noch die Worte »Herr Griesgram?«. Vielleicht gab es irgendetwas, womit sie und Erik dem Obdachlosen an der Kreuzung helfen konnten.

Lisa schob den Zettel zur Seite und nähte konzentriert weiter. Erst als Jutta ins Atelier kam und ihr über die Schulter guckte, unterbrach sie ihre Tätigkeit erneut.

»Was wird das denn?«, fragte ihre Freundin erstaunt.

»Ein Poncho«, antwortete Lisa, ohne aufzusehen. »Ich finde, so einen genialen Stoff sollte man so oft tragen, wie es geht.«

»Das meinte ich doch gar nicht«, entgegnete Jutta und deutete auf den Zettel, der zwischen Scheren, Musterpapier, Stoffresten und Lisas Kaffeebecher lag.

»Ach so, das«, sagte Lisa. »Das sind meine Lebensträume.«

»Ah, ja«, kommentierte Jutta die Antwort mit einem leicht ironischen Unterton.

Lisa griff nach der Liste und hielt sie ihrer Freundin dicht vor die Nase, weil sie genau wusste, wie neugierig Jutta war und ohnehin keine Ruhe geben würde, solange sie nicht einen Blick draufwerfen durfte.

Jutta las nun andächtig laut vor:

- *K!*
- *ein ganzes Wochenende im Bett verbringen*
- *Traumhaus im Grünen*
- *Tango-Kurs m. E.*
- *Tier aus Tierheim holen*
- *Instrument lernen*
- *Sprache lernen*
- *all die ungelesenen Bücher im Regal lesen*
- *Welt verbessern (Herr Griesgram?)*

Jutta machte eine nachdenkliche Pause. »Was bedeutet das *K* bei Punkt eins?«, fragte sie.

Statt zu antworten, schaute Lisa ihre Freundin mit verzogenen Mundwinkeln an, als würde sie sich dafür schämen, dass sie den Wunsch nach einem eigenen Kind gleich an die erste Stelle gesetzt hatte.

Jutta dachte einen Augenblick darüber nach, dann schaltete sie offenbar. »Ich wusste gar nicht, dass ihr es schon probiert.«

»Tun wir ja auch noch nicht.«

»Und was soll das ›meines Erachtens‹ hinter dem Tango-Kurs?«

Lisa lachte. »Die Abkürzung steht nicht für ›meines Erachtens‹, sondern für ›mit Erik‹!«

Nun musste auch Jutta lachen. »Und die anderen Punkte? Willst du die nicht mit Erik machen?«

»Na ja, das Kind schon«, erklärte Lisa grinsend. »Aber er weiß noch nichts davon.«

»Hast du etwa heimlich die Pille abgesetzt?«, fragte Jutta mit einem kleinen, verschwörerischen Funkeln in den Augen.

»Quatsch. So was würde ich doch niemals bringen.«

Lisa stand auf und stöhnte, weil ihre Schulter vom langen Sitzen an der Nähmaschine schmerzte. Sie holte für Jutta eine Tasse, griff nach der Thermoskanne und schenkte beiden noch einen Kaffee ein. Dann setzte sie sich auf die Tischplatte und berichtete von dem gestrigen Abend. Und auf einmal sprudelten all die vielen Worte aus ihr heraus, die bis jetzt unausgesprochen in ihrem Kopf hin- und hergewirbelt waren.

Ausführlich schilderte sie Jutta die Sorgen der letzten Wochen und erzählte dann mit wohltuender Erleichterung von Eriks neuem Lebensmut und davon, wie sie darauf gekommen waren, eine Liste mit ihren Träumen zu machen.

Jutta hörte sich die ganze Geschichte ruhig an. Dann fragte

sie mit besorgtem Blick: »Warum hast du denn nie was gesagt? Ich wusste gar nicht, wie doll dir der Afrikatrip zugesetzt hat.«

Lisa zuckte mit den Schultern, und nach einer kurzen Pause fügte sie hinzu: »Die Reise selbst war ja toll. Aber das mit dem Absturz … Ich wollte mich da nicht unnötig reinsteigern.«

»Das ist doch kein reinsteigern! So was muss man erst mal wegstecken.« Jutta war ernsthaft empört.

»Aber wir haben ja nichts erlebt, was man verarbeiten müsste oder so. Also, ich meine …« Lisa stockte und suchte nach einem Vergleich. »Stell dir mal vor, du gehst zum Arzt und der stellt fest, dass du beinahe an einer bis dahin unentdeckten Krankheit gestorben wärst.«

»Das ist mir zu theoretisch«, entgegnete Jutta.

»Siehst du! Genau das meine ich. Das ist alles nur theoretisch. Wir haben es ja nur von Dritten erfahren und das eigentliche Unglück auch nur auf diesen schrecklichen Bildern in den Nachrichten gesehen.«

»Ja, das war bestimmt verwirrend.«

»Vor allem für Erik. Er hatte seitdem ja auch immer wieder diesen fiesen Traum. Und deswegen freue ich mich so, dass er jetzt die Kurve kriegt.«

»Und da willst du ihn gleich mit einem Kind überfallen?«, fragte Jutta skeptisch.

Lisa versetzte diese Bemerkung einen Stich. »Ich will ihn ja gar nicht überfallen. Im Gegenteil, ich will ganz behutsam ausloten, was er davon hält.«

Lisa machte offenbar einen zerknirschten Gesichtsausdruck, denn Jutta streichelte ihr nun fürsorglich über die Schulter und sagte: »Er wird sich natürlich freuen, was denn sonst?!«

Lisa atmete tief durch. »Ich weiß nicht … Wir haben ja nie so wirklich konkret über Kinder gesprochen. Es war immer irgendwie klar, und irgendwie auch nicht. Jedenfalls als er gestern davon anfing, dass er ins Ausland will, da –«

»Aber das war doch nur so eine Idee von ihm«, unterbrach sie Jutta. »Das hat er doch selbst zugegeben, oder nicht? Und außerdem: Wer sagt denn, dass das nicht auch alles zusammenpasst? Ich bin ja auch noch da.«

Lisa lächelte Jutta dankbar an.

»Hauptsache, ihr habt Klarheit«, ergänzte sie dann. »Es bringt doch nichts, wenn ihr aneinander vorbeiredet.«

»Werden wir auch nicht«, erklärte Lisa. »Wir haben vereinbart, dass jeder erstmal eine Liste für sich allein macht. Und an unserem Hochzeitstag schmeißen wir dann alle Wünsche zusammen und gehen einen nach dem anderen an.«

»Das klingt irgendwie seltsam, aber doch auch cool.«

»Es macht jedenfalls überraschend viel Spaß!«

»Ich finde, auf deine Liste sollte aber unbedingt noch der Punkt: Wellness-Wochenende mit Jutta!«

»Auf jeden Fall. Wir müssen uns sowieso endlich mal um eine Aushilfe für den Laden kümmern.« Lisa sah Jutta ernst an. »Wir können so wenige Monate vor Weihnachten nicht produzieren *und* im Laden verkaufen.«

Wie aufs Stichwort ertönte in diesem Moment die Klingel der Ladentür, sodass Lisa erschrocken aufsprang. Aber ihre Freundin gab ihr mit einem strengen Blick zu verstehen, sich wieder zu setzen.

»Ich geh«, sagte Jutta, und Lisa sah ihr dankbar lächelnd hinterher.

6

Nur wenige Wochen später war es Jutta und Lisa gelungen, ihren monatlichen Umsatz zu verdoppeln.

Der Bericht in einer überregionalen Zeitung über junge Labels in Hamburg, den eine frühere Kollegin geschrieben hatte, kam genau zum richtigen Zeitpunkt. Der erste Ansturm rund um die Eröffnung hatte sich bereits gelegt, nun sprach sich ihre Mode rum. An machen Samstagen war sogar so viel Trubel gewesen, dass sie sich tatsächlich sehr kurzfristig um eine Aushilfe im Verkauf kümmern mussten. Lisa und Jutta hatten einen Aushang im Schaufenster gemacht sowie eine Anzeige an Eds Pinnwand in seiner Tapas-Bar gehängt. Nach einigen unbeholfenen Bewerberinnen, entschieden sie sich sofort für Katja, eine sechsundzwanzigjährige, sympathische Psychologie-Studentin, die sehr ehrlich wirkte und schon Erfahrung im Verkauf hatte. Außerdem hatte sie von allen Bewerberinnen das Geld am nötigsten, weil sie allein erziehende Mutter eines vierjährigen Jungen war. Lisa imponierte Katjas Organisationstalent und ihre Art, den Alltag für sich und ihren Sohn zu gestalten. Gleichzeitig fand sie es befremdlich. Niemals hätte sie sich vorstellen können, in diesem Alter schon sämtliche Freiheiten aufzugeben für ein Kind, dessen Vater Katja kaum gekannt hatte.

An diesem Samstag war dennoch so viel los, dass sie alle drei beim Verkauf mithelfen mussten.

Lisa bediente gerade eine Frau, die mittlerweile zur Stammkundschaft gehörte, würde sich danach aber ins Wochenende verabschieden. So hatte sie es mit Jutta und Katja verabredet.

Erik lungerte schon seit einer Viertelstunde mit einem Einkaufskorb im Laden herum, um sie wie verabredet abzuholen. Dabei war Lisa nicht entgangen, wie aufmerksam Erik die Kundin beobachtete. Ohne dass sie es bemerkte, machte Erik hinter ihrem Rücken mit Handzeichen Scherze darüber, wie Lisa ihr sämtliches Geld aus den Taschen ziehen könnte.

Auf die Frage, was denn das Kleid im Schaufenster kostete, fing er wie wild an zu fuchteln und signalisierte Lisa, den Preis spontan in die Höhe zu treiben.

Lisa schüttelte nur grinsend den Kopf und bemühte sich, vor der Kundin einen konzentrierten Eindruck zu machen.

Nur gut, dachte Lisa, dass weder Jutta noch Katja bislang etwas von Eriks Theater mitbekamen, weil sie sonst ganz sicher einen ausgewachsenen Lachflash bekommen hätte. Doch auf einmal flüchtete sich Jutta kichernd nach nebenan in die Schneiderwerkstatt. Und so fiel es Lisa immer schwerer, sich im Gespräch mit der Kundin zusammenzureißen. Jeden Anflug eines Lachers tarnte sie als Hustenanfall, woraufhin die Frau sie leicht irritiert und ein wenig skeptisch ansah.

Als sie das Verkaufsgespräch trotzdem erfolgreich abgeschlossen hatte und mit Erik endlich auf die Straße trat, boxte Lisa ihm freundschaftlich in die Seite. Sie wollte sich mit der Höchststrafe, einer Kitzelattacke, rächen.

Erik lachte laut auf und befreite sich schnell und ohne große Mühe aus Lisas Umklammerung. Er versuchte, zu fliehen, doch Lisa hielt ihn am Pullover fest. Sie taumelten und drohten in eine Hecke zu stürzen, konnten sich aber im letzten Moment wieder auf die Straße retten. Durch das schnelle Manöver musste ein Radfahrer ausweichen. Der Mann kam ins Schlingern, drohte aufgrund der noch regennassen Straße wegzuschlittern und schimpfte sogleich drauflos.

»'Tschuldigung!«, rief Erik ihm daraufhin so laut und voller Ironie hinterher, dass Lisa sich augenblicklich für ihn schämte. »Wir hatten einfach Spaß. Wird nie wieder vorkommen!«, fügte Erik noch hinzu und kniff Lisa schon wieder in die Seite.

»Der Mann hat Recht!«, sagte Lisa lachend. »Wir sind unmöglich!«

»Ach, der Typ hatte doch sogar einen Helm auf«, entgegnete Erik mit gespielter Empörung. »Dem wär schon nichts passiert. Sieht allerdings ganz schön scheiße aus, das Ding. Vielleicht war er deshalb so gereizt.«

»So ein Held sieht scheiße aus, ist aber trotzdem wichtig«, erwiderte Lisa nun schon ein wenig ernster.

»Fängst du jetzt schon wieder damit an?«

»Ja!«

»Mensch, Lisa. Dieser Vollhorst fuhr so lahmarschig, den würde sogar ein Dreiradfahrer überholen. Wozu braucht der einen Helm?«

»Weil er trotzdem von einem Lkw umgenietet werden könnte.«

Lisa wusste genau, dass dies einer ihrer vielen, bislang vergeblichen Versuche war, Erik einen neuen Helm aufzuschwatzen. Denn an seinem alten Kopfschutz hatte sich der Riemen gelöst, sodass er keinen wirklichen Halt mehr bot. Und Lisa ertrug die Sorge nicht, wenn Erik mal wieder ohne Kopfschutz zu einer seiner Trainingstouren aufbrach.

»Aber da, wo ich Mountainbike fahre, gibt es keine Lkws.«

»Auf dem Weg dahin schon«, gab Lisa zu bedenken. »Außerdem gibt es in den Harburger Bergen jede Menge Steine und Baumwurzeln und –«

»Und fiese kleine Kobolde, die urplötzlich und hinterlistig aus dem Gebüsch springen«, unterbrach sie Erik und gab ihr einen Kuss auf die Nasenspitze.

Lisa wollte ihn erneut in die Seite boxen, doch Erik drehte

den Spieß blitzschnell um. Er umarmte Lisa so fest, dass sie sich nicht mehr bewegen konnte, und steckte ihr seine Zunge ins Ohr. Er wusste ganz genau, wie ekelig sie das fand.

Lisa schrie laut auf und quiekte, sodass sich weitere Passanten kopfschüttelnd nach ihnen umdrehten. Lachend liefen sie weiter.

Es tat so gut, dachte Lisa, mal wieder unbeschwert mit Erik herumzualbern.

Die verspielte Rauferei endete erst, als sie an einem Laden mit Fahrradzubehör vorbeikamen.

Einem spontanen Impuls folgend, zerrte Lisa ihren Mann hinein und triumphierte innerlich, als sie es nach monatelangem Bitten endlich schaffte, ihn dazu zu bringen, wenigstens einen neuen Helm anzuprobieren. Lisa nutzte all ihre Überzeugungskünste. Sie flüsterte Erik sogar ins Ohr, dass sie ihn später noch mit einer Massage verwöhnen würde.

Grinsend ging er auf diesen Bestechungsversuch ein und marschierte wenig später mit einem, wie Lisa zugeben musste, »hässlichen Ding« zur Kasse. Wie so oft bestand Erik allerdings darauf, die Verpackung im Laden zu belassen. Auch das Angebot einer Tragetasche lehnte er dankend ab.

Lisa ahnte schon, was sie erwartete, als sie den Laden verließen. Und tatsächlich fiel Erik mal wieder nichts Alberneres ein, als den Helm statt in einer Tüte oder dem Einkaufskorb direkt auf seinem Kopf zu transportieren. Dabei war ihre nächste Station bloß ein ungefährlicher Supermarkt in der Nähe von Lisas Lieblingsbäcker. Sogar bei Herrn Griesgram glaubte Lisa ein Schmunzeln auf dem Gesicht ausmachen zu können, als sie ausgelassen wie zwei Teenager an ihm vorbei ins Geschäft tänzelten.

Das ist mal wieder typisch, dachte Lisa, immer muss Erik den Clown spielen.

Zwischen den Konservendosen und Nudelregalen tat sie so,

als würde sie den verrückten Mann nicht kennen, der mit seinem hässlichen Helm scheinbar versehentlich immer wieder gegen irgendwelche Pfeiler und Regale stieß. Auch der Griff vom Einkaufswagen blieb nicht verschont. Und Lisa fragte sich, ob Erik überhaupt jemals erwachsen werden würde.

Als sie schließlich in der Schlange vor der Kasse standen, stieß sie am Ende selbst einmal mit dem Kopf auf die Halterung des Einkaufswagens, um halb amüsiert, halb resigniert zum Ausdruck zu bringen, wie gestraft sie sich doch fühlte. Denn Erik ließ es sich auch dort nicht nehmen, mit ungelenken Bewegungen lauter Süßigkeiten aufs Band zu legen, die genervte Eltern gern als Quengelware bezeichneten.

»Ich lass mich scheiden!«, flüsterte Lisa ihm ins Ohr.

Doch diese leere Drohung verstärkte seinen schelmischen Gesichtsausdruck nur noch und stachelte ihn offenbar dazu an, sich weiter mit voller Absicht und sichtlicher Freude danebenzubenehmen.

»Warum?«, fragte er mit verstellter Kinderquengelstimme.

»Weil du nicht lieb bist«, zischte Lisa und zog an seinem Ärmel.

»Warum nicht?«

»Weil du mich ärgerst!«

»Warum?«

»Das wüsste ich auch gern!«

»Warum?«

Lisa atmete tief durch, verdrehte die Augen und legte die restlichen Einkäufe aufs Band. Erik hingegen nahm nun endlich den Helm vom Kopf und postierte sich am Ende des Laufbandes, um die Sachen in ihren Korb zu packen.

Plötzlich stand ein kleines Mädchen neben ihm, das laut weinte und einen sehr verzweifelten Eindruck machte. Sofort wandte Erik sich der Kleinen zu. Er ging runter auf die Knie und fragte, was denn mit ihr los sei.

»Mama!«, war die schluchzende Antwort.

»Hast du deine Mami verloren?«, fragte Erik.

Das Mädchen nickte, und Erik zögerte nicht lange, ihr tröstend über den Kopf zu streicheln. Dann war die Kleine für einen kurzen Augenblick still – allerdings nur, um Luft zu holen für die nächste Brüllattacke.

»Pass auf«, versuchte Erik sie zu beruhigen. »Wir finden deine Mami. Wie heißt du denn?«

»Sarah«, stieß das Mädchen unter Tränen aus.

»Also, Sarah, wie sieht denn deine Mami aus?«

Während Lisa sich beeilte, zu zahlen, griff Erik in den Einkaufskorb und holte eine Tüte mit Schokoriegeln hervor. Er griff hinein, packte einen Riegel aus und überreichte ihn Sarah, die für einen kleinen Moment ihre herzerweichende Verzweiflung vergaß.

»Hat Mama einen roten Pullover an? Oder einen weißen? Einen gelben oder einen blauen?«, fragte Erik mit einer Geduld, die nicht nur Lisa rührte, sondern auch Sarah zusehends belustigte.

»Sie hat keinen Pullover an«, entgegnete die Kleine schließlich mit großer Empörung in der Stimme.

»Sie hat keinen Pullover an?!« Erik blickt mit gespielter Dramatik fragend zwischen Sarah und Lisa hin und her. »Du meinst, deine Mama ist nackt zum Einkaufen gegangen?«

Sarah quickte augenblicklich los vor Vergnügen. »Aber die ist doch nicht nackt!«, erwiderte sie amüsiert.

»Na, da haben wir aber Glück, du kleine Ausreißerin!« Erik strubbelte dem Mädchen durch die Haare.

Dann schaltete sich Lisa in die Unterhaltung ein: »Hat deine Mama denn eine Jacke an?«

Sarah nickte und biss genüsslich von ihrem Riegel ab, wobei sie die Schokolade um ihren Mund herum wie einen braunen Lippenstift verschmierte.

»Und welche Farbe hat die Jacke?«

»Ähm«, dachte Sarah laut nach, »blau!«

»Gut«, sagte Lisa. »Ihr wartet hier, und ich gehe noch mal durch die Gänge und suche nach deiner Mutter, okay, Sarah?« Lisa deutete in Richtung Drehkreuz.

»Und wir spielen in der Zwischenzeit U-Boot!«, sagte Erik herausfordernd.

»U-Boot?«, fragte Sarah mit weit aufgerissenen Augen.

»Genau. Ich bin das Boot, und du bist der Fernspäher. Das heißt, ich halte dich hoch, und du guckst in alle Richtungen, ob sich deine Mami irgendwo versteckt. In Ordnung?«

Sarah nickte und ließ sich tatsächlich von Erik hochheben.

Bei dem Anblick der beiden musste Lisa lächeln, dann beeilte sie sich, wieder in den Verkaufsraum zu gelangen. Doch sie kam nicht weit, denn Sarah war offenbar ein Naturtalent im Spähen und rief bereits begeistert »Mama!«.

»Gott sei Dank, Sarah!«, rief eine junge Frau und kam auf sie zugerannt.

Doch Sarah machte keine Anstalten, sich von Erik zu lösen, als er sie wieder behutsam auf dem Boden absetzte. Stattdessen hielt sie ihn mit ihren kurzen Ärmchen fest umklammert und berichtete ihrer erleichterten Mutter stolz, dass sie einen neuen Freund habe, mit dem sie U-Boot gespielt hätte.

Die Frau bedankte sich herzlich, hob ihre Tochter hoch und trug sie ermahnend davon.

Lisa und Erik blickten den beiden noch einen Augenblick hinterher. Kurz bevor sie durch die Schiebetüren des Eingangs verschwanden, drehte sich Sarah noch einmal um und winkte ihnen zum Abschied.

Ist das wieder so ein Zeichen?, fragte sich Lisa in Gedanken und sah sich verträumt nach Erik um. Doch der hatte sich schon wieder den Helm aufgesetzt, griff nach dem Einkaufskorb und marschierte ebenfalls Richtung Ausgang.

»Nimm endlich dieses Ding ab!«, bat Lisa und folgte ihm kopfschüttelnd. Sie hoffte inständig, dass ihnen ja kein bekanntes Gesicht aus der Nachbarschaft begegnen würde.

»Ich finde, wir sollten ihn Lord Helmchen nennen«, sagte Erik, als sie nach draußen traten.

Der Regen hatte inzwischen wieder eingesetzt und plätscherte nun geräuschvoll auf die Straße. Erik stellte kurz den Korb zur Seite und nahm seinen Helm ab, um ihn Lisa mit einem amüsierten Grinsen als Regenschutz auf den Kopf zu setzten. Dann liefen sie gemeinsam so schnell es ging mit ihren Einkäufen nach Hause.

7

Als Lisa am nächsten Morgen aufwachte, dröhnte ihr der Kopf.

Hätte ich doch nur nicht so viel Rotwein getrunken!, dachte sie und musste bei der Erinnerung an den gestrigen Abend schmunzeln.

Nachdem sie gemeinsam etwas Schönes zu essen gezaubert hatten, machten sie es sich mit einer DVD und einer Flasche Wein auf dem Sofa gemütlich. Den Film fanden beide nur mäßig interessant, und als er zu Ende war, ging das Zusammenkuscheln schließlich in Leidenschaft über. Sie hatten miteinander geschlafen und danach noch eine ganze Weile nebeneinander wach gelegen und über ihre Listen geredet.

Sie versuchten, aus dem jeweils anderen im wahrsten Sinne des Wortes herauszukitzeln, was wohl auf dessen Liste stand. Doch Lisa war eisern geblieben und hatte keinen einzigen Wunsch verraten. Und auch Erik hatte wie immer bloß Witze gemacht. So behauptete er beispielsweise, er wünsche sich nichts sehnlicher, als endlich mal mit drei Frauen gleichzeitig ins Bett zu steigen, woraufhin Lisa ihm mit sofortigem Liebesentzug drohte. Erst gegen zwei Uhr morgens, der Rotwein war längst geleert, hatten sie das muntere Rätseln beendet und sich schlafen gelegt.

Umso weniger konnte Lisa an diesem Morgen nachvollziehen, wie Erik es geschafft hatte, sich so früh zum Training aufzuraffen. Immerhin war heute Sonntag, und beide hatten frei.

Lisa ging ins Badezimmer und musste sofort schmunzeln, als sie einen Zettel sah, der mitten auf dem Spiegel klebte. Dort stand in seiner schnörkeligen Schrift:

Lord Helmchen und ich sind gegen 11 zurück
... und bringen frische Brötchen mit.
Knutsch dich, E.

Lisa nahm den Zettel und ging zur Garderobe im Flur, um sich zu vergewissern, dass Erik seinen Fahrradhelm tatsächlich mitgenommen hatte. Bei der Vorstellung, wie Erik seinen Freund Knuth zu ihrer sonntäglichen Radtour traf und sich für den Helm rechtfertigte, musste Lisa grinsen. Vielleicht hatte Erik ihn ja auch einfach nur mitgenommen und im Auto oder im Keller versteckt. So wie er es als Kind getan hatte, wenn seine Mutter ihm eine kratzende Pudelmütze mit Bommel aufnötigte, die er sich vom Kopf riss, sobald er glaubte, aus ihrem Sichtfeld verschwunden zu sein. Das jedenfalls hatte Eriks Mutter immer wieder erzählt und ihrem geliebten Sohn dabei liebevoll übers Haar gestrichen – was diesem natürlich stets furchtbar peinlich war.

Lisa schenkte sich eine Tasse von dem Kaffee ein, den Erik bereits gekocht hatte. Während sie den Becher mit beiden Händen festhielt und dabei nachdenklich aus dem Fenster blickte, musste sie weiter an Eriks Mutter Renate denken. Sie hatte es nicht immer leicht mit ihm gehabt. Und Eriks übergroßer Drang nach Freiheit war sicher auch der Tatsache geschuldet, dass er Einzelkind und seit seinem vierten Lebensjahr Halbwaise war. Renate hatte ihn deswegen mit ihrer Fürsorge beinahe erdrückt.

Noch heute musste Lisa schmunzeln, wenn sie ihrem Sohn riet, im Winter Wollpullover mit Rollkragen zu tragen, damit er sich nicht erkältete. Eine Zeit lang hatte Lisa versucht, solchen gut gemeinten, aber übergriffigen Bemerkungen mit Humor zu begegnen – auch um die harmonische Stimmung während der ohnehin seltenen Treffen zwischen Mutter und Sohn nicht kippen zu lassen. Doch selbst der augenzwinkernde Hinweis, dass Erik fast vierzig Jahre alt und darüber hinaus Arzt von Beruf war, wurde von Renate konsequent überhört.

Mehr noch, Eriks Mutter versuchte sogar, auch Einfluss auf Lisas Angelegenheiten zu nehmen. So riet sie ihr beispielsweise dringend davon ab, sich selbstständig zu machen, weil dies in wirtschaftlich schwierigen Zeiten doch viel zu unsicher war. Auch die verspätete Hochzeitsreise nach Afrika, »wo doch überall Leute entführt und ermordet werden«, hielt sie für lebensgefährlich – und ahnte bis heute nicht, dass sie damit gar nicht so Unrecht hatte.

Auch wenn das Flugzeugunglück nicht auf eine Entführung, sondern auf einen technischen Defekt und mangelnde Wartung der Maschine zurückging, würde Renate sich garantiert nicht umstimmen lassen. Vorsorglich hatte Erik seiner Mutter deshalb die dramatische Geschichte mit dem verpassten Flug verheimlicht und darauf gehofft, dass sie wie sonst auch nicht viel mitbekam von dem, was aktuell durch die Medien ging. Selbst als sie darauf bestand, die Fotos von den Flitterwochen ansehen zu dürfen, ließen sich Lisa und Erik nichts von dem anmerken, was ihnen durch den Kopf ging, wann immer sie mit dieser Reise konfrontiert waren.

Wie gut, dass ich meiner Mutter alles anvertrauen kann, dachte Lisa und schenkte sich noch einen Kaffee nach.

Sicher würde Irene auch zu einem möglichen Enkelkind eine engere Bindung haben als ihre Schwiegermutter. Sie war zwar kaum älter, dennoch schien Renate aus einer ganz anderen Generation zu stammen. Bei ihr hatte alles noch seine Ordnung und konnte in Schwarz oder Weiß unterteilt werden.

Auf der anderen Seite freute Lisa der Gedanke, dass Renate über ein Enkelkind richtig froh sein würde. So lange Zeit schon war ihr Sohn der einzige, ihr nahestehende Mensch in ihrem Leben. Und dabei war Erik im Grunde ein Einzelgänger, der nur selten den Kontakt zu seiner Mutter suchte.

Überhaupt war er eigentlich gar kein richtiger Familienmensch, dachte Lisa. Lediglich mit seinen beiden Kumpels, Knuth und Martin, pflegte er regelmäßigen Kontakt, und das meist auch nur, wenn sie zusammen trainierten beziehungsweise zusammenarbeiteten.

Je länger sie über all das nachgrübelte, desto mehr verfestigte sich bei Lisa die Überzeugung, ein eigenes Kind würde auch Erik zu wahrer Erfüllung verhelfen. Vielleicht wäre er dann innerlich nicht mehr so getrieben und müsste nicht mehr jeden Tag Sport machen, um seine Grenzen zu spüren. Mehrfach hatte Erik es ihr vergeblich zu erklären versucht. Aber Lisa konnte seine innere Unruhe nur schwer nachvollziehen.

Vielleicht, dachte Lisa weiter, waren auch seine vielen Reisen, die er vor ihrer Beziehung und meist ganz allein unternommen hatte, eine Art Flucht gewesen. Ob er in solchen Extremsituationen bei sich selbst und seinen verborgenen Sehnsüchten angekommen war? Oder waren die Ausbrüche jedes Mal vergeblich gewesen, weil er doch stets von seinen ureigensten Ängsten eingeholt wurde?

Schon Lisas geliebte Großmutter Helene spottete gern, wann immer in der Familie eine Reise anstand. In ihrer typisch ironischen Weise sagte sie dann stets: »Was soll ich denn am anderen Ende der Welt, wenn ich dort derselbe Depp bin wie zu Hause?«

Wie schade es doch war, seufzte Lisa, dass Helene weder Erik noch jemals ihre Urenkel kennengelernt hatte. Sie war gestorben, als Agnes im siebten Monat schwanger war. Aber sie hatte sich zu Lebzeiten nie darüber beschwert. Im Gegenteil. Noch kurz bevor sie mit einer schweren Lungenentzündung ins Krankenhaus eingeliefert worden war, hatte sie Lisa zu verstehen gegeben, dass es eben der natürliche Lauf des Lebens sei: Menschen wurden geboren und starben. Sie habe in ihrem Leben bereits sehr häufig mitbekommen, wie ein Leben zu Ende ging, während im engeren Umfeld ein neues entstand. Sie hatte sich nie darüber beklagt, die Ankunft ihres Urenkels womöglich nicht mehr erleben zu können.

Bei der Erinnerung an das Gespräch am Krankenbett musste Lisa schlucken. Ihre Oma hatte Tränen in den Augen gehabt, als sie Lisa in einem sehr bewegenden Moment bat, ihre Tochter – sollte sie jemals eine bekommen – nach ihr zu benennen.

Lisa erinnerte sich noch genau an ihre Worte und den Klang ihrer schwachen Stimme, als sie sagte: »Mein Mädchen, du musst deine Tochter ja nicht Helene rufen. Es gibt wirklich schönere Namen ... Aber als Zweitname ginge es vielleicht, oder? Dann vergesst ihr mich auch nicht so schnell.«

Lisa wusste es noch genau. Sie hatte ihrer Oma damals mit der Hand zärtlich über die dünne Haut ihres Gesichts gestreichelt, auf dem überall feine, weiche Härchen zu spüren gewesen waren. Sie hatte sich zu ihr heruntergebeugt und gesagt: »Omi, ich werde auch so jeden Tag an dich denken. Aber ich verspreche es dir: Wenn ich eine Tochter bekomme, nenne ich sie nach dir. Das mache ich sehr, sehr gern.«

Lisa seufzte, als sie in diesem Moment wieder einmal durch einen Stich im Herzen spürte, wie sehr ihre Oma ihr doch fehlte. Gemeinsam mit ihr hätte sie ganz sicher am vertraulichsten über das bedrückende Ende ihrer Flitterwochen reden können. Und ganz sicher hätte Helene die richtigen Worte zum Trost gefunden und sie animiert, das Beste aus dieser Erfahrung zu machen.

Allmählich löste sich Lisa aus ihren Gedanken und begann, den Frühstückstisch zu decken. Nach Eriks Rückkehr würden sie wie immer ausgiebig zusammen frühstücken. Doch statt des üblichen Bestecks, das Erik und sie neben vielen anderen Dingen bei Ikea zum Einzug in die erste gemeinsame Wohnung gekauft hatten, deckte sie den Tisch heute mit dem edlen Silberbesteck, das Helene ihr vererbt hatte.

Noch immer sprangen in ihrem Kopf die Gedanken zwischen ihrer Oma und einem eigenen Kind hin und her.

Wie es wohl sein würde, wenn sie eines Tages schwanger wäre, fragte Lisa sich, als sie einen Topf mit Wasser für die Fünfeinhalb-Minuten-Eier zum Kochen auf den Herd stellte. Wie würde sich ihr Körper verändern? Was müssten Erik und sie alles noch anschaffen? Wie würden sie das Kinderzimmer einrichten?

Erst als der geschlossene Deckel des Topfes zu scheppern begann und das kochende Wasser zischend auf die heiße Herdplatte lief, erwachte Lisa aus ihren Träumereien.

»Mist!«, fluchte sie, als sie sich am Griff des Deckels verbrannte.

Sie stach in jedes der beiden Frühstückseier ein kleines Loch und legte sie behutsam ins Wasser. Zur Sicherheit würde sie Eriks Stoppuhr einschalten, die wie einige andere Trainingsutensilien stets auf der langen Holzbank in der Küche rumflogen.

Anschließend setzte sich Lisa und starrte auf die digitale Anzeige, die rasend schnell das Verstreichen der Sekunden und Zehntelsekunden dokumentierte.

Es wird Zeit, dachte sie.

Es wird Zeit, dass sie Erik in ihren größten Wunsch einweihte – auch wenn sie noch keine Idee hatte, wie sie dies am besten anstellen sollte.

8

Den nächsten Montag verbrachte Lisa mit Katja allein im Laden, damit Jutta sich einen freien Tag gönnen konnte.

Da es vorn im Verkauf, wie für einen Montag üblich, recht ruhig war, konnte Lisa sich zurückziehen und sich der Buchhaltung sowie der Bestellung neuer Stoffe widmen. Es war eine ihrer Lieblingsbeschäftigungen, die neuen Musterkataloge der kommenden Saison durchzublättern. Nur allzu gern ließ sie sich davon inspirieren und stieß nun auf neue, wunderbar samtartige Nickistoffe in allen nur denkbaren Farben. Am meisten aber taten es Lisa die gestreiften Stoffe an. Die Farbkombinationen erinnerten sie an ihre Kindheit, und sie musste an ein Porträtfoto aus ihrer Grundschulzeit denken, auf dem sie mit Zahnlücke und Zöpfen in einem grün-orangefarbenen Nickipullover zu sehen war. Obwohl das drei Jahrzehnte zurücklag, wusste Lisa noch genau, dass sie zu diesem Pullover damals am liebsten ihre braune Latzhose aus Cord trug.

Sie versuchte, sich nun auch noch daran zu erinnern, welche Schuhe sie in jener Zeit wohl getragen hat und welche Jacke, welche Handschuhe, Schals, Mützen oder Kleider. Und tatsächlich, je länger sie sich auf ihre ersten Schuljahre konzentrierte, desto deutlicher wurden die Bilder in ihrem Kopf. Die Erinnerung löste ein warmes, wohlvertrautes Gefühl in ihr aus. Lisa fiel ihre Schultasche aus dunkelrotem Leder wieder ein, ihre Federmappe mit den nach Farben sortierten Buntstiften und ihr erster Geha-Füller. Sie dachte an die würfelförmigen Verpackungen, aus denen sie in den Schulpausen ihren Kakao für 20 Pfennig geschlürft hatte. Sie dachte an ihre engsten Freundinnen damals und an die Lehrer, die sie am wenigsten und am meisten gemocht hatte. Und sie dachte an ihre Mutter, die damals noch weit jünger gewesen war als sie heute. Ihre Mutter, die jedes Mal aufstöhnte und sofort das Badewasser einließ, wenn Lenny und sie vom Spielen im Matsch hereingekommen waren. Sie dachte an ihren knallgelben Regenmantel und an ihre grün-gelben Gummistiefel und an die vielen Flicken, mit denen ihre Oma Helene versuchte, die Hosen zu retten, die zuvor schon Lenny getragen hatte.

Das schönste Kindheitsgefühl aber verband Lisa mit dem Gedanken an all ihre Pullover und Schlafanzüge aus Nickistoff. Sie fragte sich, ob es nur ihr so ging oder ob alle Vertreter ihrer Generation sofort in sentimentale Verzückung gerieten, wenn sie an dieses Material und die farbenfrohen Muster in Orange, Grün und Braun dachten. Natürlich wollten die Kinder von heute Kleidung tragen, die topmodern war und von angesagten Modelabels stammte.

Doch was war mit Babys, die noch zu jung waren für einen eigenen Geschmack oder einen eigenen Willen, fragte sich Lisa. Deren Eltern waren heute etwa alle im gleichen Alter wie sie. Vielleicht hatten sie eine ähnliche Sehnsucht nach der vermeintlich heilen oder zumindest überschaubareren Zeit ihrer Kindheit. Würden sie sich dieses Gefühl bewahren wollen, etwa durch das entsprechende Einkleiden ihrer Kleinen?

Sofort griff Lisa nach ihrem Skizzenblock, um mit wenigen Strichen ihre spontanen Ideen festzuhalten. Ihre Hände hatten Mühe, all die Einfälle in dem Tempo auszuführen, in dem sie in ihrem Kopf umherwirbelten.

Lisa prüfte Stoffe, kombinierte Farbmuster, notierte Bestellnummern und zeichnete wild drauflos: Latzhosen mit Schlag und Zierflicken, Schürzenkleider, Pullover, Jäckchen, Shirts, Strampler. Und alles im derzeit angesagten Retrostil.

Bislang hatten weder Lisa noch Jutta ernsthaft in Betracht gezogen, auch mit Klamotten für Kinder ihr Glück zu versuchen.

Dabei lag die Idee auf der Hand, dachte Lisa begeistert. Etliche Kundinnen kamen mit ihren Sprösslingen und Kinderwagen in den Laden. Der Stadtteil wimmelte nur so von jungen Familien. Und sicher gab es genügend Eltern, die nicht nur sich selbst, sondern auch ihren Nachwuchs individuell kleiden wollten, um sich von der Masse zumindest nach außen hin etwas abzuheben.

Da die Schnitte bei Kinderbekleidung recht einfach waren, würde das Schneidern nicht über die Maßen aufwändig sein wie etwa für Abendgarderobe oder Hochzeitskleider. Dies wiederum würde einen angemessenen Preis erlauben, den so manches Elternteil sicher auch trotz der Krise zu zahlen bereit war. Außerdem waren Geschenke selbst in schwierigeren Zeiten gefragt, egal ob zur Geburt, zur Taufe, zu Weihnachten oder einfach nur zum Geburtstag.

Lisa erinnerte sich an den Zeitungsartikel, in dem ihre Bekannte die These aufgestellt hatte, dass Verbraucher nicht trotz, sondern wegen magerer Zeiten ihr Geld lieber in Qualität investierten, als einfach blind und billig zu konsumieren.

Der Gedanke an eine Baby- und Kleinkinderkollektion war beflügelnd, und Lisa gab nicht einmal dem Impuls nach, Jutta anzurufen und sie nach ihrer Meinung zu fragen. Stattdessen zeichnete sie wie in Trance und ging ganz und gar in ihren Entwürfen auf.

»Ich will ja nicht stören, aber …« Als Katja plötzlich hinter ihr stand und sie ansprach, fuhr Lisa mit einem kleinen Aufschrei hoch.

»Hast du mich erschreckt!«

»Sorry, ich wollte dich nur fragen, ob es –« Noch ehe Katja mit ihrem Anliegen fortfuhr, schaute sie beeindruckt auf die vielen Skizzenblätter, die inzwischen überall auf dem riesigen Tisch verteilt lagen. Sie nahm eines zur Hand und sagte mit Bewunderung in der Stimme: »Wow! Das ist ja süß. So würde ich auch gerne zeichnen können.«

»Ach, das kann man lernen«, wehrte Lisa das Kompliment etwas peinlich berührt ab.

»Das ist echt voll süß! Ich wusste gar nicht, dass du auch Sachen für Kinder machst.«

»Wusste ich auch nicht«, entgegnete Lisa lächelnd.

Katja nahm eine Zeichnung mit einer kleinen Serie langärmeliger Shirts zur Hand. Versonnen blickte sie darauf und sagte: »Erinnert mich ein bisschen an die Pullis von Ernie und Bert. Cool!«

Lisa lachte. Sie sah auf und ergänzte nach einem kurzen Moment: »Vielleicht sollte ich noch Heidi-Sticker draufnähen oder auch Wicki, oder Maja, Willi und Flip.«

»Wer ist Flip?«, fragte Katja.

Lisa riss empört die Augen auf: »Du kennst Flip nicht?!«

Katja zuckte mit den Schultern und schüttelte bedauernd den Kopf. Dann sagte sie: »Auf jeden Fall würde sich euer Name darauf sehr gut machen.«

»JuLi?«, fragte Lisa etwas skeptisch.

»Nein, *Lieblingsstück*!«, antwortete Katja. »Aber was ich eigentlich fragen wollte: Hast du was dagegen, wenn ich eben was zu essen hole?«

Lisa verneinte, und sie einigten sich darauf, dass sie selbst losgehen würde, um für beide einen Salat und Baguette zu besorgen.

Obwohl der nahende Herbst sich mit einem fiesen Nieselregen bemerkbar machte, fühlte Lisa sich noch immer beflügelt, als sie auf die nasse Straße trat.

In ihrer Vorstellung festigten sich die Bilder von Kindermodellen. Vielleicht konnte Jutta die Kollektion mit Mützen und Taschen ergänzen. Außerdem wollte Lisa ihre Freundin ohnehin dazu ermuntern, in der hinteren Ecke des Ladens eine kleine Spielecke einzurichten, damit Mütter entspannter stöbern und Klamotten anprobieren konnten.

Als Lisa an der Ampel stand, formte sich auf ihrem Mund urplötzlich ein warmes Lächeln.

Das ist es!, dachte Lisa.

Sie hatte endlich eine Idee, wie sie Erik ihren Wunsch nach einem gemeinsamen Kind nahebringen könnte. Sie würde einen niedlichen Strampelanzug aus Nicki nähen, das Wort »Wunschkind« als Schriftzug draufsticken und ihn Erik in einem romantischen Moment als Geschenk überreichen.

Gut gelaunt entschloss sie sich, bei ihrem Biobäcker nicht nur Baguette zu kaufen, sondern auch noch Kuchen, um Katja damit am Nachmittag eine kleine Freude zu machen.

In der Schlange vor ihr stand eine junge Mutter, die sich Lisa gut als künftige Kundin vorstellen konnte. Denn zu ihr gehörten offenbar die Zwillinge, die in einem riesigen Kinderwagen saßen und alle Aufmerksamkeit auf sich zogen. Die Frau trug recht coole Klamotten, auch wenn die gestreifte Leggins nicht gerade Lisas Geschmack entsprach. Sie machte einen etwas unentspannten Eindruck und schimpfte mit ihren Kleinen. Doch die lauten Drohungen ließen die beiden gänzlich unbeeindruckt.

Das Mädchen versuchte, ihrem Bruder einen Keks wegzunehmen, obwohl sie den Mahnungen der Mutter nach wohl schon einen verdrückt hatte.

»Mama sagt, Nathalie soll das lassen«, schimpfte die junge Frau. »Nein, nein! Nathalie hatte schon ihren Dinkelkeks! Mama muss schimpfen, wenn Nathalie Claudius immer alles wegisst!«.

Als sie sich nach unten beugte, um einen Keks vom Boden aufzuheben, rutschte ihre kurze Jacke hoch und legte den Blick frei auf ihre Hüfte. An den Seiten konnte Lisa jeweils deutlich Schwangerschaftsstreifen erkennen.

Der Junge brüllte nun los und steckte damit seine Schwester an. Mit hochrotem Kopf schimpfte die Frau weiter.

Lisa beobachtete diese Szene mit Unbehagen. Und schon wieder beschlich sie das ungute Gefühl, dass etwas nicht mit ihr stimmte. Müsste sie nicht jetzt, da sie das erste Mal in ihrem Leben mütterliche Empfindungen spürte, ganz und gar gelassen sein, wenn sie mit schreienden Kindern und überforderten Eltern konfrontiert war?

Nein, dachte Lisa, sie würde nicht eine dieser Mütter werden, die nur noch meckerten und am Ende völlig frustriert mit ihrem Leben waren. Kinder spüren so etwas. Und da ist es doch kein Wunder, dachte Lisa weiter, dass ausgerechnet die Mütter scheinbar schwierige Kinder haben, die selbst nicht ausgeglichen sind, da sie alles andere hintenanstellen.

Lisa konnte sich einfach nicht vorstellen, so zu werden wie Betty und alles andere im Leben für das vermeintliche Wohl des eigenen Kindes zu vernachlässigen. Irgendwie musste es doch machbar sein, sich die nötige Unterstützung zu suchen, um sowohl der Erziehung als auch dem Job gerecht zu werden, dachte sie. Sie war so glücklich darüber, wie sich die Sache mit dem Laden entwickelte.

Nachdem Lisa bedient worden war, verabschiedete sie sich mit einem Lächeln von der Verkäuferin und wünschte ihr noch einen schönen Tag. Als sie nach draußen trat, beeilte sie sich umso mehr, sich zügig wieder an die Arbeit zu machen. Außerdem wollte sie jetzt Jutta anrufen und ihr unbedingt von ihrem überaus kreativen Vormittag berichten.

9

Als Lisa am Abend nach diesem produktiven Arbeitstag noch immer gut gelaunt nach Hause kam und in ihre bequemen Hausschuhe schlüpfen wollte, stockte sie. Im linken Schuh steckte etwas. Lisa zog es heraus. Es war eine Notiz von Erik:

Komme heute etwas später nach Hause …
Riesenknutsch, E.

Lisa verdrehte die Augen, musste aber dennoch schmunzeln. Sie wusste genau, dass »etwas später« bei Erik eigentlich »sehr viel später« hieß. Sie ging an den Kühlschrank, in der Hoffnung, dass noch etwas von dem Schokopudding übrig war, den sie gestern gekocht hatten. Und tatsächlich entdeckte sie eine immerhin noch halb gefüllte Schüssel und stellte sie auf den Küchentisch. Dann ging sie kurz zurück in den Flur, um die Wunschliste aus ihrer Tasche zu holen.

Lisa nahm den Stift vom Kühlschrank, setzte sich auf die Bank und machte sich über den köstlich aussehenden Pudding her. Während sie genüsslich löffelte, widmete sie sich der Liste und ging in Ruhe alle Punkte durch, inklusive derer, die in den vergangenen Wochen noch dazugekommen waren:

- *K!*
- *ein ganzes Wochenende im Bett verbringen*
- *~~Traumhaus im Grünen~~ Häuschen mit Gemüsegarten und Obstbäumen*
- *Tango-Kurs m. E.*
- *~~Baum pflanzen~~*
- *Tier aus Tierheim holen (Katze!)*
- *Instrument lernen (Klavier?!!!)*
- *Sprache lernen (~~Italienisch~~) (Spanisch?)*
- *alle ~~die ungelesenen Bücher im Regal lesen~~ Bände von »Harry Potter« im Original lesen*
- *die Welt verbessern (Herr Griesgram?)*
- *~~Gedichte schreiben~~*
- *alle Hausbewohner kennenlernen*
- *Hochzeitsfotos einkleben!!! → und auch verschenken!*
- *Restaurantbesuch (wo der Tisch direkt im Meer steht)*

Der Zettel sah schon recht mitgenommen aus. Lisa hatte ihn mehrfach zusammengefaltet und wieder auseinandergenommen, einige Punkte durchgestrichen oder kommentiert und andere dazu geschrieben. Kurzerhand beschloss sie, eine neue Liste anzulegen und es sich mit dem Pudding im Wohnzimmer gemütlich zu machen.

Nachdem sie aus dem Arbeitszimmer Papier geholt hatte, schaltete sie die Anlage ein, legte das danebenliegende Album von Silbermond ein und kuschelte sich aufs Sofa. Sie nahm noch zwei weitere große Löffel Pudding zu sich und spürte förmlich eine feierliche Stimmung in sich aufsteigen.

Sie hatte noch gut drei Wochen, dann würde sie Erik die Punkte an ihrem Hochzeitstag vortragen. Erik hatte seine Liste bestimmt längst fertig gestellt, mutmaßte Lisa. Versonnen starrte sie auf das weiße Blatt und versuchte, sich zu konzentrieren.

Wie es sich wohl anfühlte, eines Tages zu beurteilen, was sie in ihrem hoffentlich langen Leben wohl richtig gemacht haben würde und was nicht. Sie fragte sich, welche Erlebnisse im Rückblick wohl zu den schönsten zählen würden und bei welchen sie Reue empfinden würde oder Zerknirschung, weil sie womöglich etwas verpasst hätte.

Vielleicht würde sie ja tatsächlich eines Tages Enkelkinder haben, dachte Lisa, denen sie von ihrem Leben erzählen konnte. Doch was würde sie dann berichten wollen? Ihre Oma Helene hatte im Alter jede Menge Weisheiten parat gehabt.

Sicher fragten sich Menschen kurz vor ihrem Tod, ob sie in ihrem Leben Fußspuren hinterlassen würden und ob sie die Welt zumindest ein kleines bisschen besser gemacht haben. Denn waren es nicht vor allem die Taten, auf die die Menschen stolz waren und die sie gern weitergaben?

Doch worauf wäre sie am Ende ihres Lebens stolz, fragte Lisa sich und stach mit ihrem Löffel noch einmal in die Puddingschale. Was konnte sie tun, um etwas Positives zu bewirken? Sie würde ja nicht gleich die ganze Welt verbessern müssen. Sie könnte auch im Kleinen anfangen, in ihrer eigenen kleinen Welt.

Sie könnte zum Beispiel Herrn Griesgram einen Gefallen tun, dachte sich Lisa. Der Mann tat ihr leid, und am liebsten würde sie Erik darum bitten, dass er ihm einfach mal seine Dienste als Arzt anbot. Doch sie ahnte schon jetzt, dass Erik sie für diesen naiven Vorschlag bloß auslachen würde.

Aber es musste doch irgendetwas geben, was ihr zumindest die Illusion gab, einen Beitrag für einen fremden Menschen zu leisten, der auch nachhaltig Wirkung zeigen würde.

Lisa sah sich um, und ihr Blick fiel auf ein Foto von Emi und ihr. Und wenn sie nun …

Das ist es!, dachte Lisa plötzlich begeistert. Sie würde die Patenschaft für ein Kind übernehmen! Nicht wie bei Emi, an deren Leben sie ja ohnehin schon teilnahm und um die sie sich kümmerte. Schließlich war sie nicht nur die Tante, sondern auch die Patin ihrer Nichte.

Aber Lisa dachte an ein Kind, das sie nicht kannte und wohl auch nie kennenlernen würde. Ein benachteiligtes Kind aus einem der ärmsten Länder der Erde. Wie oft hatte sie schon gelesen oder auch gehört, dass selbst kleine Spenden halfen, das Leben eines jungen Menschen spürbar und wirklich nachhaltig zu verbessern.

Und mit einem Mal musste Lisa wieder an die Mädchen am Strand von Sansibar denken. Trotz der ärmlichen Verhältnisse hatten sie eine Lebensfreude und eine hoffnungsfrohe Gelassenheit ausgestrahlt, dass Lisa noch jetzt ganz warm ums Herz wurde.

Sofort notierte sie auf ihrer Liste noch den Punkt »Patenschaft für ein Kind«.

Vielleicht würde sie dieses Kind sogar eines Tages besuchen können, dachte Lisa. Doch allein schon der Gedanke, jemals wieder ein Flugzeug besteigen zu müssen, schnürte ihr die Kehle zu.

Lisa war klar, dass sie bald etwas dafür würde tun müssen, ihre Flugangst zu überwinden, die sie seit ihrer Rückkehr aus den Flitterwochen verspürte. Schließlich war sie fest entschlossen, sich durch den Absturz nicht einschüchtern zu lassen. Womöglich waren sogar sämtliche Statistiken auf ihrer Seite. Immerhin waren Unfälle dieser Art so selten, dass ein Mensch wohl kaum ein zweites Mal direkt – oder indirekt – von einem solchen Unglück betroffen sein würde.

Lisa holte tief Luft und notierte nach kurzem Zögern das Stichwort *New York* auf ihrer Liste. Zur Sicherheit ergänzte sie das Wort *Kreuzfahrt* in Klammern dahinter. Falls sie sich für einen Flug in die USA nicht stark genug fühlte, könnte sie auch eine Schiffsreise unternehmen. Denn sie hoffte, dass irgendwann auch ihr Interesse an fremden Ländern wieder erwachen würde.

Vielleicht sollte sie sich auch noch vornehmen, einen Tauchkurs zu machen, obwohl sie Angst vor dem tiefen Meer hatte. Aber vielleicht musste sie es genau deswegen wagen. Auch das waren doch die Dinge im Leben, auf die man stolz sein konnte: Wenn man etwas scheinbar Furchtbares überwunden hatte, wenn man sich seinen innersten Ängsten gestellt hatte, konnte man das Leben danach vielleicht umso befreiter genießen.

Wenn sie also aus verständlichen Gründen ihre Flugangst nicht würde überwinden können, könnte sie wenigstens versuchen, es mit dem Tauchen auf sich zu nehmen.

Auch Erik würde sich freuen, wenn sie sich endlich dazu bereit erklärte. Natürlich besaß er längst einen Tauchschein, wie er überhaupt die meisten Sportarten ausprobiert hatte. Ständig versuchte er, Lisa zu überreden, mitzumachen. Doch je mehr er sie dazu drängte, ihr gemütliches und sicheres Zuhause beim Radfahren, Klettern oder eben beim Wassersport zu verlassen, desto weniger war sie bereit dazu.

Aber warum eigentlich?, fragte sich Lisa jetzt. Vielleicht würden sie einfach mal über ihre unterschiedlichen Lebenseinstellungen reden müssen.

Wie oft geriet man im täglichen Miteinander in eine dämliche Situation, bloß weil Männer und Frauen oft unfähig waren, vernünftig miteinander zu reden?

In der letzten Zeit kommunizierten Erik und sie ohnehin meist nur noch über die kleinen Zettelbotschaften, dachte Lisa. Vielleicht sollte sie ihm nicht bloß ab und an auf seine Nachrichten antworten, sondern ihm auch einfach mal einen echten Liebesbrief schreiben.

Lisa gefiel die Idee, notierte sie aber nicht als Stichpunkt auf ihrer Liste. Mit dem Punkt würde sie ihn lieber irgendwann mal überraschen wollen.

Überhaupt war es eine schöne Vorstellung, all ihren Liebsten wenigstens einmal im Leben einen Brief zu schreiben, dachte Lisa, und ein seltsames Gefühl beschlich sie. Sie spürte eine gewisse beglückte Euphorie, aber auch so etwas wie Melancholie. Wie schön es gewesen wäre, wenn ihre Oma ihr etwas Persönlicheres als Besteck und Geld hinterlassen hätte! Und wenn Lisa und Erik wirklich bei dem Absturz ums Leben gekommen wären, wäre es für ihre Familien sicher ein Trost gewesen, wenn sie schriftlich erfahren hätten, welche Rolle sie in ihrem Leben gespielt hatten.

Wie gern würde Lisa ihrer Mutter einfach mal sagen, wie dankbar sie für ihre sensible Art war, Probleme anzusprechen, ohne sich aufzudrängen. Und dafür, wie Irene und Hans es noch heute schafften, ihr das Gefühl zu geben, für immer ein echtes Zuhause zu haben, obwohl sie schon vor fünfzehn Jahren ausgezogen war.

Wann hatte sie ihrem Bruder mal gesagt, dass sie ihn nicht nur unendlich lieb hatte, sondern auch wie stolz sie auf ihn war – auf sein Talent im Job, seine tollen Eigenschaften als Vater und einfach darauf, wie offen er auftrat und wie souverän und mutig er sich Herausforderungen stellte.

Und auch Emi würde Lisa gern einen Brief schreiben, vielleicht einen, den sie nach jeder Begegnung um eine persönliche Anekdote ergänzte, bevor sie ihn schließlich übergab. Sie könnte ihn ihr zum achtzehnten Geburtstag schenken. Sicher würde sich Emi freuen, wenn sie später beispielsweise einmal nachlesen könnte, dass sie als Fünfjährige von »Kohlrolläden« gesprochen hatte.

Aber noch viel lieber würde Lisa natürlich eines Tages ihrer eigenen Tochter oder ihrem eigenen Sohn einen Brief schreiben. Das Zeugnis einer hoffentlich schönen Kindheit. Eine Art Schatztruhe voller Erinnerung.

Als plötzlich das Lied »Irgendwas bleibt« ertönte, wurde Lisa ganz warm ums Herz. Der Refrain »Gib mir ein kleines bisschen Sicherheit« kam ihr zwar kitschig und gefühlsduselig vor. Doch Lisa verspürte auf einmal eine große Sehnsucht danach, einem kleinen Menschen Schutz und Geborgenheit zu schenken. Nachdenklich lehnte sie sich zurück und seufzte.

Wie lange sie gedankenverloren so dasaß, vermochte Lisa nicht mehr zu sagen, als sie den Schlüssel in der Wohnungstür hörte und aufschreckte.

Sofort griff sie nach der Liste und faltete sie zusammen. Doch noch ehe sie sie verstecken konnte, kam Erik auch schon ins Wohnzimmer und auf sie zu. Er schien zu wittern, dass dies nicht bloß ein Einkaufszettel war, lenkte sie mit einem Küsschen ab und schnappte sich das Stück Papier.

»Was ist das?«, fragte er scheinheilig.

»Nichts!«, rief Lisa energisch und sprang auf. Sie unternahm einen vergeblichen Versuch, das Blatt wieder an sich zu reißen.

Erik machte sich einen Spaß daraus. Er streckte seinen Arm in die Höhe und drehte sich im Kreis, sodass Lisa nicht an die Liste herankam.

»Jetzt bin ich aber gespannt«, sagte Erik frech und rannte in den Flur.

Lisa eilte ihm drohend hinterher. »Gib mir den Zettel!«, befahl sie, doch ohne jeden Erfolg.

Erik stürzte ins Schlafzimmer und ließ sich aufs Bett fallen. Er knipste die Nachttischlampe an und faltete das Papier auseinander.

»Nein!«, schrie Lisa und stürzte sich lachend auf ihn.

Auch Erik lachte und fühlte sich durch ihre Hysterie offenbar nur noch mehr angestachelt. Mit einer Hand hielt er sie von sich, mit der anderen hob er sich den Zettel vor die Nase. Lisa zappelte und versuchte, sich aus seinem festen Griff zu befreien.

Doch schließlich gelang es Erik, einen Blick auf die Liste zu werfen. Etwas abschätzig zitierte er: »Patenschaft für ein Kind?!«

»Gib das wieder her!«, rief Lisa, langte mit einem Arm vor und riss den Zettel blitzschnell wieder an sich.

»Ist ja schon gut«, sagte Erik kleinlaut, und es klang beinahe ein wenig angesäuert. Dann fügte er noch hinzu: »Du weißt, dass so ein paar Euro pro Monat eh nichts bringen?!«

Lisa stockte. »Wie … Wie kannst du so etwas sagen? Wenn jeder so denken würde wie du, dann könnte die Menschheit ja gleich komplett einpacken.«

Erik stieß ein abfälliges Stöhnen aus und sagte: »Wenn jeder so denken würde wie ich, hätten wir die meisten Probleme gar nicht.« Er richtete sich im Bett auf. »Es ist immer noch am besten, man leistet direkte Hilfe zur Selbsthilfe, als irgendwelchen Funktionären oder Marketingfuzzis von Organisationen Geld in den Rachen zu schmeißen.«

Damit stand er auf und ließ Lisa alleine auf dem Bett zurück.

Er wollte gerade aus dem Zimmer gehen, als sie ihm hinterherrief: »Wenn du unbedingt direkt helfen willst, gehen wir morgen zu Herrn Griesgram!«

Sie fühlte sich in ihrer guten Absicht missachtet und wollte ihn provozieren.

»Fängst du jetzt schon wieder damit an?«, fragte Erik genervt und warf ihr einen abschätzigen Blick zu.

»Ja, ich fang schon wieder damit an.«

Erik konnte ein Stöhnen nicht unterdrücken und winkte genervt ab. »Der Mann ist selbst schuld an seiner Lage.«

»Wie bitte? Du weißt doch gar nichts von diesem armen Kerl. Was ist denn bloß mit dir los?«, fragte Lisa verunsichert. Sie fühlte sich getroffen und konnte einfach nicht verstehen, was in ihm vorging.

»Was soll denn sein?!«, erwiderte Erik grantig. »Ich komme hungrig vom Training nach Hause … Ist eigentlich noch Pudding da?«

Sein Ton klang auf einmal wesentlich wärmer und verbindlicher, sodass Lisa ein schlechtes Gewissen bekam und ihn verstohlen ansah.

»Äh, nicht wirklich«, stotterte sie.

»Hast du ihn etwa komplett aufgegessen?«

Lisa nickte und spielte nervös mit ihrem Ring.

Nachdem sie eine Weile geschwiegen hatten, sagte Lisa ruhig, aber nicht ohne ihre Traurigkeit zu verbergen: »Früher bist du sogar spät abends noch extra einkaufen gegangen, wenn ich Lust auf Pudding hatte, und hast dich nicht so angestellt, wenn etwas aufgegessen war.«

»Und du hast mich früher auch viel öfter bekocht!«, entgegnete Erik trotzig.

»Früher hatte ich auch noch keinen eigenen Laden und konnte mich mehr auf andere Dinge konzentrieren.«

Erik seufzte tief und blieb unbeweglich im Türrahmen stehen.

Schließlich gab Lisa sich einen Ruck und ging langsam auf ihn zu. Sie stellte sich auf ihre Zehenspitzen und gab ihm einen Kuss. Zunächst zaghaft, dann immer fordernder.

Als sich Eriks Magen mit einem lauten Knurren bemerkbar machte, fragte er mit einem ironischen Lächeln: »Du hast nicht zufällig ein Drei-Gänge-Menü als Überraschung vorbereitet?«

Lisa grinste und zitierte nun den Spruch einer Postkarte, die sie Erik vor langer Zeit mal am Kühlschrank hinterlassen hatte. »Schatz, dein Essen steht im Kochbuch!«

Doch tief in ihr drinnen blieb die Wehmut nach einer Zeit, in der sie beide viel achtsamer miteinander umgegangen waren und in der Lisa sich von Erik besser verstanden fühlte.

10

»Mhm, und wieso redet ihr nicht einfach miteinander?«, murmelte Lenny und dippte ein Stück Baguette in eine Schale Aioli, die Ed gerade an den Tisch gebracht hatte.

Lisas Bruder war geschäftlich in der Stadt, und sie hatten sich spontan verabredet und soeben etwas von der Mittagskarte bestellt. Der Inhaber eines neuen Cafés hatte bei Lenny einen Bartresen in Auftrag gegeben. Dieser Deal war allein deswegen zustande gekommen, weil die Frau des Betreibers eine von Lisas besten Kundinnen war und in ihrem Laden einen von Lennys Flyern entdeckt hatte, die dort ausgelegt waren. Und obwohl Lenny ihr sehr dankbar für die lohnende Idee war und sie nun dafür zum Essen einlud, hatte er zu ihrem Ärger offenbar nichts Besseres im Sinn, als zu sticheln.

Dabei war sich Lisa sicher, dass er sich eigentlich sogar darüber freute, dass seine Schwester ihm anvertraute, bald Mutter werden zu wollen. Doch er kapierte einfach nicht, warum sie »so ein Riesending« daraus machte, wie er es nannte.

»Das geht nicht einfach so«, entgegnete Lisa verletzt. Es hatte sie schon genug Überwindung gekostet, ihren Bruder in ihre Gedanken einzuweihen.

Im Grunde war ihr Mittagessen aber bislang sehr harmonisch verlaufen. Lenny hatte sie auf seine erfrischend direkte Art einfach gefragt: »Wann macht ihr eigentlich einen Hosenscheißer?« Und wenn er nicht noch mit einem provokanten

Grinsen nachgeschoben hätte, dass sie ja wohl nicht mehr viel Zeit hätten, wäre Lisa vielleicht einfach darüber hinweggegangen. Aber so fühlte sie eine gewisse Erleichterung darüber, Lenny sozusagen spontan in ihre Gedanken einweihen zu können. Er entpuppte sich sogar als willkommener Gesprächspartner, dem sie vertraute.

Dennoch fiel es Lisa schwer, ihre verwirrenden Gefühle zu vermitteln, und sie hätte es gerne gesehen, wenn Lenny sich beim Zuhören und Nachfragen etwas feinfühliger angestellt hätte.

»Ich versteh das Problem nicht«, sagte er und brach sich noch ein Stück Brot ab. »Ihr hört auf zu verhüten – und gut ist.«

»Aber so einfach ist das nicht«, widersprach Lisa. Auch wenn sie sich selbst nicht ganz sicher war, ob sie das Thema nicht vielleicht tatsächlich unnötig verkomplizierte.

»Und warum nicht?«

Lisa stöhnte leise auf. Es war ihr irgendwie peinlich, dass sie auf diese eigentlich so simple Frage keine Antwort hatte.

Offenbar machte sie auch nach außen einen geknickten Eindruck, denn nun schaute Lenny sie aufmunternd an und erklärte mit ein wenig Trost in der Stimme: »Den perfekten Zeitpunkt für ein Kind gibt es sowieso nie.«

»Ich weiß.« Lisa seufzte kleinlaut. »Aber es gibt bestimmt einen perfekten Zeitpunkt, um mit Erik über das Thema zu reden. Ich bin halt viel romantischer als du.«

»Frauen!«, stöhnte Lenny abfällig und rollte mit den Augen. »Ehrlich, Schwesterherz, Erik wäre doch ein super Vater. Ich weiß also echt nicht, warum du so unentspannt bist.«

Nun verdrehte auch Lisa die Augen. Sie wollte sich weiter erklären, doch sie konnte es nicht. Sie hatte einen Kloß im Hals, und als wäre das nicht schon bedrückend genug, setzte Lenny sogar noch einen Kommentar nach.

»Ich will dich ja nicht panisch machen. Aber je länger ihr wartet, desto schwieriger wird es doch.«

»Ach nee«, sagte Lisa bissig.

»Agnes macht zwar auch so ein Geheimnis draus. Aber wir probieren schon seit Längerem wieder, und –« Lenny zuckte mit den Schultern und machte ein Gesicht, als würde er auf eine angemessene, wohlwollende Reaktion warten. Vielleicht eine, die erkennen lassen würde, wie dankbar Lisa war, dass er ihr gut zureden und sie ins Vertrauen ziehen wollte.

Doch Lisa fühlte sich wie in einer Seifenblase, ohne Kontakt zur Außenwelt und unfähig, das eben Gehörte in einer normalen Geschwindigkeit einzuordnen.

»Ihr wollt ….« Lisa stockte. »Ihr wollt noch ein Kind?«, fragte sie in einem Ton, der ziemlich entsetzt klang, obwohl sie sich tief in ihrem Herzen ja über diese Nachricht eigentlich freute.

Lenny nickte. Dann fragte er etwas irritiert: »Wieso haut dich das so um? Ich dachte, du wärst gern noch mal Tante.«

»Stimmt ja auch«, sagte Lisa traurig. Gleichzeitig schämte sie sich zutiefst für eine nagende Eifersucht, die nun in ihr hochkam. Da war sie wieder, diese kleine, fiese Stimme in ihr, die flüsterte: Alle haben Kinder – nur du nicht!

Eine kurze Zeit saßen Bruder und Schwester schweigend da. Lisa starrte in die Leere, während Lenny das restliche Brot vertilgte. Als er anschließend auch noch einen großen Schluck Alsterwasser getrunken hatte, lehnte er sich zurück und blickte Lisa streng an.

»Was?«, fragte sie etwas gereizt.

Doch anstatt zurückzupampen, wie es im Gespräch unter Geschwistern häufig üblich ist, weil jede Höflichkeit unnötig ist, lächelte er Lisa nur sanft an.

»Eigentlich wollte ich das Thema nicht noch mal aufwärmen«, sagte er dann in einer für ihn erstaunlich tiefgründigen Art. »Aber ich bin echt verdammt froh, dass euch bei dem Flugzeugunglück nichts passiert ist.«

Lisa lächelte tapfer und spürte, wie sich ihre Augen mit Tränen füllten. Nur mit Mühe konnte sie sie zurückhalten. Doch als Lenny seine Hand auf ihre legte und sie liebevoll streichelte, kullerten doch zwei Tränchen auf die glänzende Tischplatte.

Als sie sich wieder einigermaßen gefangen hatte, erklärte sie: »Erik und ich machen gerade eine Liste.«

»Eine Liste?«, fragte Lenny irritiert.

Lisa nickte. »Genau. Mit unseren Lebensträumen.« Und noch während sie die Worte aussprach, dachte sie darüber nach, wie sich das für ihren Bruder wohl anhören mochte.

Lenny guckte skeptisch.

»Aber ihr habt doch alles, was ihr braucht«, entgegnete Lenny, halb verständnislos und halb amüsiert. »Zumindest fast alles.«

»Eben: Wir haben nur fast alles!« Die Euphorie über die gemeinsame Idee mit der Liste ermunterte Lisa, ihrem Bruder auch das weitere Vorgehen zu erläutern. »An unserem Hochzeitstag wollen wir unsere Listen austauschen. Und dann werde ich Erik auch sagen, dass ich mir ein Baby wünsche.«

Als Lenny schwieg, fügte Lisa noch hinzu: »Das sollte doch eigentlich jeder mal machen: sich hinsetzen und aufschreiben, was man wirklich will.«

»Das klingt, als würdet ihr einen Einkaufszettel machen«, spottete Lenny.

»Blödsinn!«, widersprach Lisa energisch. »Es geht um Erlebnisse und Erfahrungen, die man am Ende bereuen würde, wenn man sie niemals gehabt hätte.«

»Akademiker!«, lästerte Lenny. »Das passt zu euch! Statt die Dinge einfach zu machen, braucht ihr erst mal einen großen Plan.«

Lisa wusste, worauf ihr Bruder anspielte. Vor genau einem Jahr hatten sie eine ähnliche Diskussion geführt, als sie mitten in ihren Hochzeitsvorbereitungen steckten. Lenny war der Meinung, alles würde »generalstabsmäßig« geplant und sie hätten darüber einfach den Spaß vergessen. Allein, wie Lisa und Erik das große Ereignis im Rahmen eines eigens dafür anberaumten Familienessens angekündigt hatten, gab Lenny Anlass zum Spott. Er macht sich im Laufe der Zeit immer wieder darüber lustig. Schließlich hatten Agnes und er damals keine große Sache aus ihrer Hochzeit gemacht und einfach Freunde und Verwandte kurzfristig zu einer Party im Garten ihrer Eltern eingeladen.

Dennoch war Lisa erleichtert gewesen, dass sie es trotzdem nie bereut hatte, ausgerechnet Lenny zu bitten, ihr Trauzeuge zu sein. Diese Herzensentscheidung erwies sich als goldrichtig, schon allein wegen seiner Rede, die der Höhepunkt ihrer kleinen, aber feinen Feier in dem pikfeinen Lokal an der Elbe war. Lenny hielt einen sehr kurzweiligen und lustigen Vortrag und untermalte seine Worte mit peinlichen Fotos, die er mit einem Beamer an die Wand warf.

Als Lisa zur Verwunderung ihres Bruders nun nichts mehr zu ihrer Verteidigung beitrug, ruderte er einen Schritt zurück.

»Was steht denn außer einem gemeinsamen Kind noch so auf deiner Liste?«, fragte er und sah sie belustigt an.

Doch auch wenn er seine Mundwinkel verzog und seine Mimik damit verriet, dass er die Idee mit der Liste etwas albern fand, bemühte er sich offenbar, sie ernst zu nehmen.

Lisa lachte verlegen. Sie kam sich irgendwie komisch vor und hatte das Gefühl, sich zu blamieren, wenn sie noch mehr von ihren Punkten preisgab.

»Na komm schon!«, ermutigte sie Lenny. »Ein Fallschirmsprung? Oder eine Weltreise?«

Als Lisa nach wie vor zögerte, bohrte Lenny weiter. Offenbar machte ihm das Thema Spaß. »Also ich würde an deiner Stelle ja mal was Verrücktes tun! Nach Vegas fahren, oder so. Ich meine, du musst doch mal ausbrechen aus deiner Routine. Du bist immer so brav und vernünftig gewesen und –«

»Als ob du nicht in Wahrheit auch ein echter Spießer wärst!«, unterbrach ihn Lisa. Sie fühlte sich angegriffen und glaubte, sich wehren zu müssen.

Aber Lenny grinste nur. Und mehr als über seine spöttische Gelassenheit ärgerte sich Lisa darüber, dass sie sich ärgerte. Sie wollte nicht wahrhaben und ihrem Bruder nicht zugestehen, womöglich ins Schwarze getroffen zu haben mit dem indirekten Vorwurf, sie sei eigentlich ein absolut verklemmter Langweiler.

»Also, Schwesterherz, hast du schon mal einen Joint geraucht?«, fragte Lenny und verschränkte seine Arme lässig vor dem leicht gewölbten Bauch.

Merkwürdig, dachte Lisa, vor noch gar nicht langer Zeit war bei Lenny von einem Bauchansatz noch nichts zu sehen gewesen.

»Oder sonst irgendwelche Drogenerfahrungen?«, stichelte er weiter.

Sie schüttelte den Kopf. »Früher hast du mich noch vor allem Bösen beschützt und mir das Rauchen verboten.«

Lenny musste lachen. »Rauchen ist ja auch scheiße. Trotzdem musst du dich mal locker machen.«, sagte er grinsend.

In dem Moment kam Ed an ihren Tisch, um die Hauptgerichte zu bringen.

»Ed!«, rief Lisa scherzhaft. »Du musst mir helfen. Mein Bruder macht mich fertig.«

»Wenn er dir was antut, schmeiß ich ihn raus, cariño!«, sagte Ed mit seinem schönen spanischen Akzent und seinem charmanten Grinsen.

Dann wünschte er beiden einen guten Appetit, und Lisa machte sich genüsslich über die gegrillte Dorade und die kanarischen Kartoffeln her, von denen Lenny sofort zwei stibitzte.

Aus Rache stach sie mit ihrer Gabel in die Pommes, die als Beilage auf seinem Teller lagen.

»Ey!«, beschwerte er sich empört, woraufhin Lisa noch einmal zulangte.

Mit halbvollem Mund sagte sie schließlich: »Selber schuld! Eben hast du noch gemeckert, dass ich immer viel zu brav bin.«

Lenny verzog seine Mundwinkel und grinste.

11

Heute war es endlich so weit.

Der 10. Oktober fiel auf einen Samstag, sodass Lisa und Erik ihren Hochzeitstag ausgiebig feiern und am nächsten Tag ausschlafen konnten.

Die Zeit nach Ladenschluss nutzte Lisa, um noch die letzten Feinheiten an dem Strampelanzug vorzunehmen. Er war wirklich niedlich und ganz schön cool geworden, fand Lisa. Die gestickte Aufschrift »Wunschkind« prangte in einem kräftigen Grün in der Mitte und hob sich toll von dem Nickistoff in leuchtendem Sonnengelb ab.

Da sie jedoch ziemlich aufgeregt war, musste sie zahlreiche Handgriffe mehrfach tun. Jutta, die in Lisas Vorhaben eingeweiht war, hatte sich den ganzen Tag über einen Spaß daraus gemacht, Lisas Nervosität durch scherzhafte Mutmaßungen anzuheizen, was Erik sich wohl für den Abend ausgedacht haben mochte.

»Vielleicht schleppt er dich ja in einen Swingerclub!«, sagte sie augenzwinkernd, während sie den Laden aufräumte.

Lisa brach daraufhin in großes Gelächter aus. Erik hatte zwar angekündigt, sie mit etwas überraschen zu wollen. Doch insgeheim wünschte sich Lisa, dass ihr Mann sie in das Restaurant entführen würde, in dem sie ihr erstes Date hatten.

Genau genommen war es sogar das zweite Treffen zwischen

ihnen gewesen. Damals waren sie in ein sehr kleines, aber feines sardisches Restaurant am Hafen gegangen. Das köstliche Essen dort hatte Lisa allerdings erst bei späteren Besuchen richtig würdigen können, da sie beim ersten Mal ähnlich aufgewühlt gewesen war wie heute. Ganz anders war es bei ihrer allerersten Begegnung mit Erik verlaufen, die rein zufälliger Natur gewesen war.

An jenem Tag vor vier Jahren war sie mit Jutta und ein paar anderen Mädels in den Harburger Bergen im Wald unterwegs. Die bunte Truppe wollte den Junggesellinnenabschied ihrer gemeinsamen Kommilitonin Annika feiern. Insgesamt waren sie acht Frauen, die nach einer feucht-fröhlichen Radtour durchs »Alte Land« schließlich in einem Ausflugslokal einkehrten, wo sie weitere Flaschen Prosecco zum Anstoßen orderten. Während der Tour waren an jeder Ecke Kirschen zu kaufen gewesen, was Lisa dazu animierte, eine ganze Tüte davon zu kaufen. Nun saß sie mit Jutta auf dem Geländer der sonnigen Dachterrasse und genoss den beeindruckenden Ausblick über die Elbe und bis weit ins Land hinaus. Genüsslich futterten sie ihre Kirschen und spuckten die Kerne in einem möglichst hohen Bogen den Abhang hinunter. Plötzlich hörten sie ein empörtes »Ey!« von unten. Lisa sah sich erschrocken um – und blickte einem attraktiven Mann direkt in die Augen. Erik hatte gerade sein Mountainbike abgestellt, um eine kleine Pause zu machen, und sich über den ungewöhnlichen Hagelschauer gewundert.

»'Tschuldigung!«, riefen Lisa und Jutta im Chor hinunter und kicherten dabei ziemlich albern, woraufhin Erik breit grinste.

»Ich komm da gleich hoch!«, drohte er scherzhaft.

»Mach doch«, forderte Jutta ihn auf, weil sie ahnte, dass dieser sportliche Mann absolut in Lisas Beuteschema passte.

Und tatsächlich ließ Erik sich nicht lange bitten. Er kam die

Treppe hochgespurtet, stellte sich höflich vor und amüsierte sich prächtig über die offensichtlich beschwipsten Kirschkernweitspuckerinnen.

Jutta gab irgendwann vor, dringend auf die Toilette zu müssen, sodass Lisa und Erik allein blieben und gerade noch genug Zeit hatten, ihre Telefonnummern auszutauschen, bevor Lisa wieder zu den anderen hineingerufen wurde.

Besonders angetan war Lisa von Eriks souveräner und ungezwungener Art gewesen, die ihn auf den ersten Blick so anziehend machte. Er schnappte sich einfach ihr Handy, tippte seine Nummer ein und klingelte einmal durch, damit auch er ihre Nummer im Display haben würde. Keine Woche später trafen sie sich auch schon in dem italienischen Restaurant mit sardischen Spezialitäten. Und als Erik sie weitere zwei Wochen und unzählige SMS und Telefonate später das erste Mal zu Hause besuchte, landeten sie auch schon in der Kiste – ohne es jemals bereut zu haben.

Bei dem Gedanken an die Anfänge ihrer Beziehung musste Lisa schmunzeln. Sie wickelte das kleine Kleidungsstück in Seidenpapier ein und legte es behutsam in die schöne, taubengraue Schachtel, die sie extra vorher besorgt hatte.

Fertig, dachte sie und hielt kurz inne. Auf einmal war sie sehr gerührt von ihrem eigenen Geschenk – und gerührt von der Tatsache, dass das Schicksal sie zu so einem wundervollen Mann geführt hatte. Es überkam sie eine Welle der Demut und Dankbarkeit, weil sie schon so viel Schönes zusammen erlebt hatten und weil sie so etwas wie eine zweite Chance bekommen hatten, wirklich das Beste aus ihrem Leben zu machen.

Auch wenn sie sich in ihrer Sentimentalität ziemlich albern vorkam, dachte Lisa in diesem Moment erneut, dass es in der Liebe wohl kaum etwas Schöneres gab, als ein Kind zu zeugen und es gemeinsam aufwachsen zu sehen.

Vielleicht sind es auch nur die Hormone, die sie so gefühlsduselig machen, grübelte Lisa weiter.

Aber sie konnte nicht anders, als einfach nur dazusitzen und diese kleine Schachtel anzusehen, die so voller Gefühle und Erwartungen steckte.

Sie seufzte. Wieso nur fühlte sich das alles so überwältigend an, wo es doch eigentlich um die natürlichste Sache überhaupt ging? Oder war es eine beunruhigende Mischung aus Liebe und Angst? Aus Glück und Schmerz? War es vielleicht auch der Abschied von ihrer eigenen Kindheit, der die Freude auf den neuen großen Lebensabschnitt als Mutter ein wenig mit Melancholie trübte?

Vielleicht war es aber auch einfach bloß ihre Art, die Dinge anzugehen, dachte Lisa. Da hatte ihr Bruder wohl leider Recht. Sie machte sich stets um alles und jeden so viele Gedanken. Dabei war doch eigentlich alles perfekt! Sie hatte eine tolle Familie und wunderbare Freunde. Sie hatte sich den Traum von der Selbstständigkeit erfüllt und tatsächlich einen Job gefunden, den sie wirklich liebte. Und sie liebte Erik und ihr gemeinsames Leben. Im Grunde war ihre Beziehung von Beginn an fast schon zu schön gewesen, um wahr zu sein. Sicher, sie hatten auch ihre Streitereien, und Lisa verfluchte in regelmäßigen Abständen die Art, mit der Erik seinen Drang nach Freiheit kompromisslos auslebte. Aber die meiste Zeit war sie glücklich mit ihm. Auch der gemeinsame Alltag erschien ihr wundervoll. Sie verstanden sich prima, und im Bett lief es meist so aufregend und gleichzeitig doch so vertraut, dass Lisa nichts vermisste. Doch das Wichtigste war, dass sie jede Menge Spaß miteinander hatten.

Wieso also machte sie sich so einen Kopf wegen der Kinderfrage, in der es doch eigentlich bloß um das Wann und nicht so sehr um das Ob ging. Vielleicht stand ja auch auf Eriks Liste ganz weit oben der Wunsch nach einem Sohn oder einer Tochter.

Je länger Lisa über all das sinnierte, desto ungeduldiger sehnte sie den gemeinsamen Abend herbei.

Eilig dekorierte sie die Schachtel noch mit einer schlichten Schleife und verstaute das Ganze in einer Geschenktüte, in der bereits eine Flasche ihres gemeinsamen Lieblingsweines steckte. Sie hatten den edlen Tropfen bei einem Italienurlaub entdeckt, und Lisa war in ihrer Mittagspause extra losgezogen, um noch eine Flasche zu besorgen.

Als sie sich schließlich von Jutta verabschiedete und die Ladentür hinter sich abschloss, war sie so voller Glücksgefühle, dass sie auf dem Weg nach Hause kleine Hopser auf der Straße machte. Sie hoffte, dass Erik noch beim Training war. Dann würde sie in Ruhe duschen können, ihre Haut mit einem Peeling verwöhnen, schöne Unterwäsche raussuchen und sich die Haare hochstecken, wie es Erik so gern mochte. Sie würde sich einen Rock und ein tief dekolletiertes Oberteil anziehen und das Geschenk und vielleicht auch ihre Liste auf dem Küchentisch drapieren.

Als Lisa den Schlüssel ins Schloss der Wohnungstür steckte und bemerkte, dass sie nicht verschlossen war, stieß sie einen leisen Seufzer aus.

»Jemand zu Hause?«, rief sie.

»Nein!«, kam es aus der verschlossenen Küche, und Lisa sah erst jetzt, dass dort an der Tür ein kleiner Zettel klebte:

Zutritt für Motten verboten!

»Okay!«, rief Lisa nun durch den Flur und horchte kurz vergeblich, ob die Geräusche aus der Küche irgendeinen Aufschluss über das Abendprogramm geben würden.

Dann nahm sie das kleine Verbotsschild und legte es gut gelaunt auf der Kommode ab, auf der auch die getrockneten Rosen standen, die sie heute vor genau einem Jahr als Brautstrauß bekommen hatte. Ob Erik ihr heute wohl wieder Blumen schenken würde? Zum ersten Jahrestag ihrer Beziehung hatte er ihr nicht bloß eine Rose, sondern gleich zwölf geschenkt – für jeden Monat seit ihrer Begegnung eine.

Vielleicht sollte sie doch einen Blick durch das Schlüsselloch werfen …, dachte Lisa und musste schmunzeln.

Sie riss sich zusammen und verwandelte alle Energie der hibbeligen Vorfreude in geschäftiges Treiben. Sie versteckte die Geschenktüte vorsichtshalber in ihrem Kleiderschrank, zog sich aus und sprang schnell unter die Dusche. Als sie fertig war und sich abgetrocknet hatte, cremte sie sich mit einer neuen Körperlotion sorgfältig ein und suchte nach ihrer seidenen Spitzenunterwäsche. Der Stoff glänzte in einem edlen Grau und war zwar nicht mehr ganz neu, aber Erik kannte die Kombination noch nicht, weil sie in ihren Flitterwochen wegen der Hitze meist vollkommen nackt ins Bett gestiegen waren.

Obwohl Lisa vor lauter Aufregung eigentlich noch gar keinen Appetit verspürte und sie sich stattdessen ständig fragte, wie Erik wohl auf ihr symbolisches Geschenk reagieren würde, machte sich allmählich ihr knurrender Magen bemerkbar. Und auf einmal hatte sie große Lust auf Carpaccio oder auch frisch zubereitete Pasta mit Trüffeln. Schließlich gab es ja etwas zu feiern! Und wie sie Erik kannte, hatte er längst einen Champagner im Kühlschrank kaltgestellt.

Hoffentlich freute er sich, dass sie sich für den heutigen Abend extra etwas Hübsches anzog, dachte Lisa und warf einen kritischen Blick in den Spiegel. Doch sie war zufrieden mit dem, was sie dort sah. Falls sie also noch ausgehen sollten, würde sie sicherlich einige Augen auf sich ziehen.

Auch wenn ihr der Gedanke ein wenig peinlich war, mochte sie die bewundernden Blicke anderer. Sie liebte es, mit Erik gesehen zu werden. Wenn sie Arm in Arm oder Hand in Hand auf der Straße entlanggingen oder im Restaurant zu einem Tisch geführt wurden. Dann fühlte sie sich mit Erik zu einer harmonischen Einheit verschmolzen und genoss es, als tolles Paar wahrgenommen zu werden. Sicher wäre eine Tochter oder ein Sohn eine wundervolle Ergänzung zu dem Bild eines glücklichen Paares. Und wer weiß, dachte Lisa. Vielleicht würden sie eines Tages sogar noch ein zweites Kind bekommen … Doch so weit wollte sie jetzt noch gar nicht denken. Wichtig war ihr, zunächst die Pille abzusetzen, damit ihr Körper ganz in Ruhe wieder in einen natürlichen Zustand finden würde. Ab Januar wäre sie dann hoffentlich bestens vorbereitet auf das, was dann passieren konnte.

Lisa musste grinsen. Tatsächlich schienen ihre Hormone schon jetzt verrückt zu spielen, denn sie fühlte sich wie ein kleines Mädchen, das voller kitschiger Romantik steckte und sich beim Spielen ein Kissen unter den Pulli schieben würde, um im Spiegel zu schauen, wie sie wohl als werdende Mama aussehen würde.

Plötzlich hörte Lisa Geräusche auf dem Flur, die sie aus ihren albernen Tagträumen herausrissen. Sie eilte vom Badezimmer zurück ins Schlafzimmer, um sich schnell zu Ende anzuziehen.

»Ist da jemand?«, rief Erik scheinheilig. Er war offenbar ebenso gut gelaunt wie sie.

»Nein!«, rief Lisa amüsiert zurück und suchte in ihrem Kleiderschrank hektisch nach ihrer Bluse, ihrem Rock und der farblich passenden Strumpfhose. Das Outfit würde perfekt zu ihren brandneuen Stiefeln passen, die sie sich in der vergangenen Woche in einem Spontankauf gegönnt hatte.

Vorsichtshalber schloss sie die Schlafzimmertür, um sicherzugehen, dass Erik sie erst sah, wenn sie komplett angezogen war. Sie hoffte, ihm so noch mehr Appetit auf das Ausziehen am Ende des Abends zu machen.

»Motte?«, rief Erik noch einmal, und Lisa hörte, wie er sich dem Schlafzimmer näherte.

»Nicht reinkommen!«, rief sie durch die verschlossene Tür.

»Warum nicht?«, fragte Erik neugierig und kratzte vorsichtig an der Tür. »Du brauchst die beiden nackten Frauen nicht extra zu verstecken. Von mir aus können wir gleich loslegen.«

Lisa lachte und schüttelte amüsiert den Kopf. Diese schlüpfrigen Scherze waren so typisch für Erik. »Nix da!«, erwiderte sie mit gespielter Strenge. »Ich teile dich nicht, verstanden?!«

»Okay, aber wenn du in fünf Minuten nicht rauskommst, komm ich rein!«

»Bin gleich fertig!«

Lisa hatte sich inzwischen komplett eingekleidet. Nun fehlten nur noch die Stiefel, die noch unausgepackt in einer eleganten Tüte neben dem Kleiderschrank standen. Lisa nahm sie heraus und fuhr mit ihren Fingern andächtig über das Leder. Sie waren noch genauso schön, wie sie sie in Erinnerung hatte. Und Lisa freute sich umso mehr über den Kauf, da sie wusste, wie sehr Erik es mochte, wenn sie hochhackige Stiefel mit einem Rock kombinierte – solange noch genug von ihren Beinen zu sehen war.

Lisa entfernte die Preisschilder, zog die Schuhe an und sah ein letztes Mal prüfend in den Spiegel. Dann holte sie eilig die Geschenktüte für Erik hervor, atmete noch einmal tief durch und öffnete die Schlafzimmertür.

Erik stand direkt vor ihr, und sie erschrak ein wenig. Mit verschränkten Armen lehnte er lässig an der Wand. Er trug ein schönes Hemd zu seiner Lieblingsjeans und sah zum Anbeißen aus, dachte Lisa glücklich.

»Wow!«, sagte er jetzt und musterte sie anerkennend von oben bis unten.

Seine Augen blitzten, und er sah sie beinahe stolz an. Dann ging er auf sie zu und breitete seine Arme aus. Lisa schmiegte sich an seinen angenehm männlich duftenden Hals und blickte ihm tief in die Augen.

Erik unterbrach die Stille als Erster: »Alles Liebe zum Hochzeitstag, meine schöne Frau.«

»Alles Liebe«, erwiderte Lisa mit einem warmen Lächeln, ohne den Blick von seinen Augen abzuwenden.

»Du machst mich sehr glücklich. Weißt du das?« Erik flüsterte ihr die Worte ins Ohr.

»Frag mich mal!«, gab Lisa das schöne Kompliment zurück.

Es war ein wundervoller Moment, den sie gern noch länger ausgekostet hätte, wenn ihr Magen die romantische Stimmung nicht durch ein erneutes lautes Knurren gestört hätte.

Vornehm zurückhaltend, wie Erik durchaus sein konnte, überging er die Tatsache, dass Lisa eine Geschenktüte in der Hand hielt, und fasste sie an der anderen Hand.

»Na los. Jetzt bekommst du was zu essen. Ich bin gespannt, was du sagst.«

Dann zog er sie eilig hinter sich her Richtung Küche. Er öffnete die Tür und gab den Blick frei auf einen wundervoll gedeckten Küchentisch.

Lisa jauchzte überrascht auf. Zwar war weit und breit kein Strauß mit Rosen zu entdecken. Doch dafür hatte Erik die gesamte Küche in ein Meer exotischer Blumen verwandelt. Sowohl auf dem Tisch als auch auf der Fensterbank sowie auf den Arbeits- und Abstellflächen waren Blüten in allen nur denkbaren Formen und Farben verstreut, die ihrer Wohnküche ein geradezu karibisches Flair verliehen.

»Was hat das denn zu bedeuten?«, fragte Lisa beeindruckt.

»Das wirst du gleich sehen«, erwiderte Erik und deutete ihr, sich zu setzen.

»Wir gehen also nicht aus?«, schob Lisa noch etwas unsicher hinterher und versuchte, dabei nicht enttäuscht zu klingen.

Erik schüttelte den Kopf und ging an den Kühlschrank. Aber statt einer Flasche Sekt holte er zwei Dosen Bier heraus und öffnete sie. Als er Lisa eine davon überreichte, machte sie ein sehr verdutztes Gesicht. Und erst jetzt bemerkte sie, dass Erik auch keine Gläser auf dem Tisch bereitgestellt hatte.

»Coconut Porter?« Neugierig sah Lisa sich das Etikett an.

Doch Erik grinste nur und hob vielsagend seine Augenbrauen.

Lisa war sich sicher, dass sie ein solches Bier noch nie gesehen hatte. Sie betrachtete die in Popart gestaltete Dose noch etwas ausgiebiger und las laut vor, was darauf zu lesen war.

»Maui Brewing Company?!« Sie blickte Erik irritiert an und dachte einen kurzen Moment lang nach. Dann fragte sie erstaunt: »Maui? Gehört das nicht zu Hawaii?«

Erik nickte. Sein Grinsen wurde noch breiter. Er erhob seine Dose und deutete an, mit Lisa anstoßen zu wollen.

Nachdem beide einen kräftigen Schluck genommen hatten, stellte Erik das Bier ab, um plötzlich vor Lisa auf die Knie zu gehen.

»Das mit dem Antrag hatten wir doch längst«, scherzte Lisa unsicher.

»Ich würde dich aber jederzeit wieder fragen, ob du meine Frau werden willst«, erklärte Erik und sah sie amüsiert an.

Lisa lächelte und beugte sich herunter, um ihm zum Dank für diese lieben Worte einen innigen Kuss zu geben, den er nur allzu gern erwiderte.

Anschließend erhob sich Erik, drückte Lisa auf einen Stuhl und machte sich in der Küche zu schaffen.

Lisa kam aus dem Staunen gar nicht mehr heraus, als Erik nun den kleinen CD-Player anstellte und kurz darauf Reggae-

Musik ertönte. Und noch mehr verwunderte sie die Tatsache, dass er eine Pfanne auf den Herd stellte und sich daranmachte, ein paar Spiegeleier zu braten.

»Was wird denn das?«, fragte Lisa.

»Moco Loco. Das ist so was wie das Nationalgericht auf Hawaii«, antwortete Erik begeistert.

Und als er wenig später zwei offenbar vorbereitete Teller mit Reis und Fleisch aus dem Backofen holte und je zwei Spiegeleier drauf drapierte, war Lisas Verwirrung komplett. Sie schaute sich das Essen an, das aussah wie eine bunte Mischung aus Labskaus und Dosenfutter.

»Hoffentlich schmeckt es besser, als es aussieht«, kommentierte sie trocken.

Erik musste lachen, als er sich endlich zu ihr an den Tisch setzte. Mit einem Strahlen in den Augen wünschte er einen guten Appetit und begann, eines der Spiegeleier mit einer Gabel zu zerkleinern. Nach dem ersten Bissen gab er endlich eine Erklärung ab, was es mit diesem Überraschungsmahl auf sich hatte.

»Ich will mit dir nach Hawaii fliegen, um mich für den Ironman zu qualifizieren!«

»Den Triathlon?«

Lisa aß zwar brav weiter, da das Essen tatsächlich besser schmeckte, als es zunächst schien. Doch Eriks Ausführungen konnte sie nicht folgen. Es fühlte sich an, als würde sie in einem schalldichten Raum sitzen und nur gefiltert verstehen, wovon er da sprach.

»… und wenn ich es mit der Qualifikation nicht packe«, führte er weiter aus, »gucken wir uns das Spektakel einfach als Zuschauer an. Was meinst du?!«

Lisa stieß lautstark Luft aus und klang dabei nur mäßig interessiert. Doch das hielt Erik nicht davon ab, weiter begeistert von seinem Traum zu berichten.

»Wir nehmen uns einfach eine längere Auszeit im Job und reisen von dort aus weiter. Das wollte ich immer schon mal machen …«

Die Worte prallten an Lisa ab, und ihr wurde gleichzeitig heiß und kalt. Der Gedanke, wieder ein Flugzeug besteigen zu müssen, machte ihr in diesem Moment so große Angst, dass sie nicht einmal in der Lage war, Eriks Plänen irgendetwas entgegenzusetzen. Sie war wie paralysiert. Einerseits wollte sie ihn nicht enttäuschen, andererseits spürte sie die aufsteigende Nervosität, weil sie wusste, dass es nun bald an der Zeit war, Erik auch von ihrem größten Wunsch auf der Liste zu berichten.

Umso erleichterter war sie zunächst, als er sich erst einmal um den Nachtisch kümmerte und nicht mehr von Trainingseinheiten, Bestzeiten und Weltrekorden sprach. Konzentriert füllte Erik zwei Glasschalen mit Eis und exotischen Früchten und dekorierte diese mit bunten Hibiskusblüten.

Er war offenbar romantischer Stimmung, denn er genoss es, Lisa mit einem langen Eislöffel zu füttern. Hin und wieder steckte er sich selbst ein Stück Ananas, Melone oder Mango zwischen die Lippen und forderte Lisa auf, diese mit ihm zu teilen. Sie versanken daraufhin in einen langen und leidenschaftlichen Kuss.

Das letzte Stückchen aber musste sich Lisa erst verdienen. Erik rang ihr das Versprechen ab, ihm zunächst den Wunsch nach einer gemeinsamen, längeren Radtour zu erfüllen.

Lisa zierte sich gekonnt und stichelte mit dem Argument, dass sie noch keinen einzigen Punkt ihrer Liste preisgegeben hatte.

»Willst du denn gar nicht wissen, was sich in der Tüte verbirgt?«, fragte sie leicht angesäuert. »Interessiert dich mein größter Wunsch überhaupt?«

»Hey, Motte? Was ist denn los mir dir?«, fragte Erik nun etwas ernsthafter.

»Nichts«, schwindelte Lisa und sah Erik betreten an. Sie fühlte sich plötzlich unwohl. »Können wir nicht ins Wohnzimmer gehen?«

Dort wollte sie Erik die Schachtel und den Wein übergeben.

Lisa erhob sich, und Erik folgte ihr brav. Als sie ihm die Geschenktüte überreichte, lächelte er sie gespannt an und warf einen ersten Blick hinein. Freudig zog er die Weinflasche heraus, die er sofort wiedererkannte, und bedankte sich gerührt. Dann holte er die taubengraue Schachtel heraus und fragte: »Und was ist das?«

»Na, mach's auf«, befahl Lisa, und ihre Stimme klang etwas nervös. Gerne hätte sie noch etwas Lustiges hinzugefügt, aber sie kam sich mit einem Mal komplett bescheuert vor, und es war ihr unmöglich, noch irgendetwas zu sagen.

Gespannt beobachtete sie, wie Erik die Schleife löste, den Deckel hob und das Seidenpapier auseinanderfaltete. Verwundert hielt er schließlich den kleinen gelben Strampelanzug in die Höhe.

»Wunschkind?«, las er fragend vor und schaute Lisa mit weit aufgerissenen Augen an.

Lisa versuchte, seinem irritierten Blick lächelnd standzuhalten. Offenbar hatte es nun auch Erik die Sprache verschlagen, denn er blieb regungslos stehen und starrte sie eine gefühlte Ewigkeit an.

»Bist du … Bist du schwanger?«, fragte er schließlich vollkommen verdutzt.

»Nein«, sagte Lisa amüsiert, und all ihre Angespanntheit entlud sich in einem spontanen Lachen.

Erik lachte nicht. Stattdessen atmete er so tief und aus vollstem Herzen auf, dass Lisa allmählich klar wurde, dass er sich wohl kaum darüber freuen würde, wenn sie tatsächlich schwanger wäre.

Es fühlte sich an wie ein heftiger Schlag in die Magenkuhle, als er noch hinterherschob: »Gott sei Dank! Ich dachte schon …«

Doch dann stockte er und realisierte, dass er offenbar etwas ganz und gar Falsches gesagt hatte.

12

Als Lisa in dieser Nacht mit offenen Augen in ihrem Bett lag und in die Dunkelheit starrte, rollten ihr Tränen die Wange hinunter.

Sie wollte eigentlich gar nicht weinen, genauso wenig, wie sie frustriert oder gar wütend sein wollte. Doch es gelang ihr einfach nicht, in den Schlaf zu finden.

Zwar hatten sie und Erik sich beide angestrengt bemüht, versöhnt zu Bett zu gehen. Doch die niederschmetternde und zermürbende Diskussion, die vorausgegangen war, hatte Lisa offenbar wesentlich stärker mitgenommen als Erik.

Das war wieder mal typisch, dachte Lisa noch immer voller Enttäuschung und Groll. Sie fühlte sich schrecklich und wälzte sich unruhig hin und her, während ihr Mann seelenruhig neben ihr lag und sicher schon längst schlief.

Schon die Tatsache, dass ihm die Auszeit mit der Weltreise und dem Ironman über alles ging, war für Lisa bereits ein herber Schlag gewesen. Dass der Wunsch nach einem gemeinsamen Kind aber nicht einmal auf der Liste mit seinen Lebensträumen aufgetaucht war und Erik darüber hinaus auch noch so entsetzt reagiert hatte auf ihr kleines Überraschungsgeschenk, verletzte sie tief. Auch jetzt, Stunden später, fühlte es sich noch immer so an, als würde ein Messer in ihrem Herz stecken.

Was hatte sie bloß verbrochen, dass sie heute so heftig einstecken musste? Erst die Nachricht von Lennys zweitem Kind, dann die Erkenntnis, dass ihr eigener Mann sie die ganze Zeit offensichtlich im Unklaren darüber gelassen hatte, wie wenig er eigentlich daran interessiert war, eine eigene Familie zu gründen.

Lisa schaute auf ihren Wecker und stellte mit Entsetzen fest, dass es inzwischen schon halb drei war. Sie musste also schon mehr als zwei Stunden vor sich hingegrübelt haben. Und das ohne ein tröstendes Ergebnis, das sie endlich zur Ruhe kommen ließ.

Noch einmal horchte sie in die Dunkelheit hinein, um sicherzugehen, dass Erik fest schlief. Dann krabbelte sie vorsichtig aus dem Bett und schlich ins Wohnzimmer, wo sie die Leselampe anknipste und sich eine Wolldecke schnappte.

Für eine Oktobernacht war es schon recht kühl, dachte Lisa und kuschelte sich aufs Sofa.

In Gedanken ließ sie den Abend zum wiederholten Male Revue passieren. Ihr ging das Bild einfach nicht aus dem Kopf, wie entsetzt Erik auf den Strampelanzug gestarrt hatte. Es war ein seltsam bedrückendes Gefühl. Und es wurde noch stärker, als sie sich an den Moment erinnerte, in dem Erik mit vielen, aber für sie doch unverständlichen Worten versucht hatte, ihr klarzumachen, dass er sich nicht vorstellen konnte, Vater zu werden. Lisa ermahnte sich sogleich, nicht schon wieder so schwarz zu sehen. Denn genau genommen hatte Erik bloß klargestellt, dass er zumindest *jetzt* noch kein Vater sein wollte. Natürlich würde er gerne Kinder haben wollen. Doch der Gedanke daran wäre für ihn noch sehr weit weg und sei durch das einschneidende Erlebnis in den Flitterwochen sogar noch weiter in die Ferne gerückt.

Seine Argumente hallten in ihrem Kopf nach und verursachten wieder dieses beklemmende Gefühl, das ihre Brust einschnürte.

»Wieso hast du es mit einem Kind auf einmal so eilig?«, hatte er gefragt. »Lass uns doch erstmal leben, nach allem, was passiert ist!«

Lisa seufzte. Wie hatte sie nur so naiv sein können, dass Erik genauso denken und fühlen würde wie sie? Er war nun mal ein Mann. Er musste sich nicht mit biologischen Uhren und hormonbedingten Muttergefühlen auseinandersetzen. Mehrfach hatte er betont, dass er das ganze Thema alles andere als romantisch empfand und sich damit eigentlich nicht den schönen Abend verderben wolle.

Auch das hatte Lisa tief getroffen. Sah er denn nicht, dass es ihr ein Bedürfnis war, darüber zu reden?

Sie stand auf, um sich ein Glas Wasser zu holen. Als sie in der Küche zwischen all den bunten Blüten, die mittlerweile ein wenig welk geworden waren, ihre beiden Wunschzettel sah, musste Lisa schlucken. Mit Herzklopfen nahm sie die Listen zur Hand, schenkte sich schnell ein Glas Wasser ein und ging zurück ins Wohnzimmer.

Da die Müdigkeit ihr kalt in die Knochen kroch, kuschelte sie sich sofort wieder in die wärmende Decke. Sie trank das Wasser in einem Zug aus und nahm sich dann noch einmal Eriks Liste vor. Sie hegte die irrationale Hoffnung, doch noch eine Spur Trost darin zu finden.

Im Gegensatz zu ihrer Liste war seine mit dem Computer geschrieben. Angeblich hatte er sie bei der Arbeit so nebenbei erstellt. Doch die Art und Weise, wie er seine zehn Punkte ausformuliert hatte, ließ darauf schließen, dass er wie sonst auch nichts dem Zufall überlassen und gründlich jedes Für und Wider abgewogen hatte.

Lisa begann zu lesen.

Ich will …

1. mich für die Teilnahme am Ironman auf Hawaii qualifizieren
2. eine mindestens drei Monate lange Auszeit nehmen und Südostasien bereisen
3. ein WM-Endspiel live im Stadion erleben
4. politisch aktiv werden
5. mit Motte tauchen
6. endlich meinen Angelschein machen
7. einen Baum pflanzen
8. alle Teile von »Herr der Ringe« hintereinander angucken
9. mit einem Husky-Schlitten fahren
10. mit Motte eine Radtour von Flensburg nach Freiburg machen.

Der Wunsch nach einem gemeinsamen Kind stand nicht auf der Liste.

Lisa überkam eine neue Welle der Traurigkeit in einer Stärke, die sie bis dahin nicht gekannt hatte. Nicht einmal als ihre Oma gestorben war, hatte sie sich so niedergeschlagen gefühlt. Natürlich hatte es damals auch keinen Trost gegeben, dennoch war es ein ganz anderes Gefühl der Trauer gewesen, als sie jetzt empfand.

Sicher, vielleicht musste sie sich einfach nur gedulden, bis auch Eriks Wunsch nach einem Kind groß genug sein würde. Doch wenn sie ganz ehrlich war, fühlte Lisa tief in ihrem Inneren schon lange diesen leisen, aber nagenden Gedanken, dass sie womöglich niemals eigene Kinder haben würde. Warum nur war es ihr die ganze Zeit über so schwierig erschienen, das Thema offen und geradeheraus anzusprechen?

Sie versuchte, sich Situationen oder Gespräche ins Gedächtnis zu rufen, in denen Erik Andeutungen gemacht oder gar Argumente vorgebracht hatte, die gegen die Gründung einer Familie sprachen. Denn obwohl er es nie konkret formuliert hatte, waren es gerade die Worte, die er zu diesem Thema nicht gesagt hatte, die Lisa nun so schwer bedrückten.

So erinnerte sie sich beispielsweise noch genau an Emis letzten Geburtstag und daran, wie intensiv Erik sich mit der Kleinen beschäftigt hatte. Doch sie erinnerte sich auch noch daran, wie sie auf dem Nachhauseweg im Auto gesessen hatte und es ihr einen Stich versetzte, als Erik ihren Kommentar einfach ignorierte, sie würden hoffentlich eines Tages auch so ein tolles Kind haben wie Emilia. Lisa wusste noch genau, dass Erik damals stur auf die Fahrbahn gestarrt hatte und sich – obwohl sie ihn vom Fahrersitz aus erwartungsvoll ansah – in eisiges Schweigen hüllte.

Auch vor und nach ihrer Hochzeit hatte es unzählige Situationen gegeben, in denen sie von Freunden oder Verwandten mit dem Thema Nachwuchs aufgezogen worden waren. Zwar waren die meisten davon nur so dahergesagt, dennoch blieben Lisa und Erik oft eine Antwort schuldig. Offenbar waren sie unfähig gewesen, etwas Konkretes dazu zu sagen. Und schon damals beschlich Lisa die leise Ahnung, dass sie einen Mann geheiratet hatte, der sich schwertun würde mit dem – in ihren Augen eigentlich – normalen Weg für ein Paar, das sich liebte.

Doch sie wollte es ganz offensichtlich nicht wahrhaben. Und nun saß sie, genau ein Jahr später, in ihrem gemeinsamen Wohnzimmer, ihrer gemeinsamen Wohnung, zwischen all den Möbeln, die sie zumeist gemeinsam ausgesucht hatten, und war unglücklich und verzweifelt.

Als Lisa ein weiteres Mal auf den Zettel starrte, schien sich ihr Gedankenkarussell nur noch schneller zu drehen. Tausend Dinge gingen ihr durch den Kopf, und sie wusste nicht mehr, ob ihr bloß zum Weinen oder gar zum hysterischen Lachen zumute war.

Tatsächlich füllten sich ihre Augen wieder mit Tränen, obwohl sie der ein oder andere Punkt auf Eriks Liste gleichzeitig zu einem Lächeln ermunterte. Dass zu seinen größten Wünschen diese dämliche Radtour durch Deutschland zählte, konnte sie kaum glauben. Wie oft er schon mit diesem Anliegen zu ihr gekommen war! Bislang hatte Lisa den Vorschlag jedes Mal abgeschmettert. Zwar mochte sie durchaus längere Radtouren. Doch sie befürchtete, schon nach der ersten Etappe so überanstrengt zu sein, dass sie sich kaum vorstellen konnte, mehrere Tage oder gar Wochen gemeinsam mit Erik zu fahren – und schon gar nicht in seinem Tempo.

Auch der Besuch einer Husky-Farm hatte schon häufiger für Diskussionen zwischen ihnen gesorgt. Wenn es nach Erik gegangen wäre, hätten sie beide sogar ihre Flitterwochen irgendwo in der finnischen Tundra bei Minustemperaturen verbracht. Und auch wenn Lisa nichts gegen Hunde oder Schnee hatte und sich sogar vorstellen konnte, ihren Urlaub so weit im Norden zu verbringen, wollte sie dies jedoch unter keinen Umständen auf ihrer Hochzeitsreise tun. Viel lieber wollte sie während ihrer Flitterwochen in der Sonne sein, um die gemeinsame Zeit möglichst unbeschwert zu genießen.

Hätte sie damals bloß nachgegeben, kam es ihr nun in den Sinn. Vielleicht hätte sich dann alles ganz anders entwickelt zwischen ihnen. Wenn Erik sich in Sachen Hochzeitsreise durchgesetzt hätte und sie nicht nach Sansibar geflogen wären, hätte er sich vielleicht nicht so von ihr entfernt. Dann wären sie auch nicht mit diesem Flugzeugabsturz konfrontiert worden. Vielleicht hätten sie sich auf einer solchen Reise noch viel mehr auf sich konzentriert. Vielleicht hätten sie sich angesichts der langen, kalten Nächte noch öfter aneinandergekuschelt und lange Gespräche vor dem Kamin geführt, statt die meiste Zeit des Tages getrennt voneinander zu verbringen, weil der eine Sport treiben wollte, während der andere am Strand las.

Vielleicht, dachte Lisa, hätten sie dann das eine entscheidende Gespräch über Kinder geführt, und das Thema hätte sich viel natürlicher ergeben, so wie Lisa es sich seit jeher ausgemalt hatte.

Doch nun schien ein kleiner Teil ihrer eigentlich heilen Welt zu Bruch gegangen zu sein.

Lisa seufzte schwer. Sie wusste noch immer nicht, ob sie die Sache unnötig dramatisierte oder ob sich zwischen ihnen tatsächlich eine ernsthafte Krise anbahnte.

Warum nur war Erik das Reisen so wichtig, dass er so viele andere Punkte nicht einmal angedacht hatte? Er wusste doch, was ihr wichtig war. Natürlich hatte Lisa schon damit gerechnet, dass eine eigene Familie oder auch ein spießiges Haus im Grünen nicht an erster Stelle seiner Liste stehen würden. Aber dass keiner ihrer Wünsche auch nur annähernd in dieselbe Richtung ging, verunsicherte sie stark. Plötzlich taten sich so viele offene Fragen auf. Etwa, ob sie Erik im Alltag nicht genug bieten konnte, und ob sie überhaupt zueinander passten.

Es hatte keinen Sinn, dachte Lisas. So kam sie nicht weiter. Die Müdigkeit und auch die Einsamkeit der Nacht taten ihr Übriges, dass sie immer trauriger wurde. Kurzerhand beschloss sie, so gut es ging an etwas anderes zu denken und wieder ins Bett zu gehen, um hoffentlich doch noch ein paar Stunden Schlaf zu bekommen.

13

Als Lisa am nächsten Morgen aufwachte, war sie im ersten Moment glücklich.

Ihre Gedanken waren noch schlaftrunken und bildeten im Kopf ein paar verschleierte Bilder ab. Sie hatte geträumt, es wäre Weihnachten gewesen. Ihre ganze Familie war gekommen und hatte sich um den bunt gedeckten Küchentisch verteilt. Alle waren dabei gewesen. Sogar Oma Helene. Sie hatte Emi auf dem Schoß sitzen und Lisa gefragt, wann denn das nächste Enkelkind käme.

Und jetzt fiel es Lisa wieder ein: Im Traum war sie im frühen Stadium schwanger gewesen!

Ihre Oma hatte sie in den Arm genommen und fest an sich gedrückt. Daraufhin war Erik neben ihr neugierig geworden und hatte unbedingt wissen wollen, worüber sich Helene und Lisa so freuten.

Und dann war Lisa aufgewacht.

Das wohlige Gefühl, das ihr dieser Traum bescherte, hielt zwar noch einen Moment lang an. Doch allmählich mischten sich trübe Gedanken an die vergangene Nacht darunter.

Lisa wollte nicht erneut ins Grübeln verfallen, außerdem erschien ihr der Kummer nach dem Aufwachen nicht mehr ganz so quälend wie noch am Abend zuvor. So war es ihr schon oft ergangen. Deshalb mochte sie diese kostbaren Augenblicke am Morgen so sehr, die leise Zeit zwischen Traum und Tag.

Erik musste bereits zu seinem Training aufgebrochen sein, denn seine Seite vom Bett war leer.

Genüsslich räkelte Lisa sich noch eine Weile. Erst als sie sah, dass es bereits kurz vor zwölf war, sprang sie mit einem Satz aus dem Bett. Kopfschüttelnd ermahnte sie sich, das Beste aus dem freien Sonntag zu machen, und ging ins Bad.

Die Sonne schien, und der Tag lag gänzlich unverplant vor ihr. Vielleicht würde Erik später mit frischen Brötchen nach Hause kommen, und sie könnten versöhnlich zusammen frühstücken. Vielleicht würde sich im Laufe des Nachmittags auch eine bessere Gelegenheit ergeben, noch einmal über ihre Wunschlisten zu sprechen. Aber diesmal in einer humorvolleren, leichteren Art. Und vielleicht konnten sie sich, da der erste Schock jetzt verdaut war, dann auch auf eine Art Kompromiss einigen, einen späteren, aber absehbaren Zeitpunkt, wann sie aufhören würden zu verhüten.

Vor dem Badezimmerspiegel blieb ihr Blick an der kleinen Schachtel hängen, in der sie die Antibabypille aufbewahrte.

Wie das schon klingt, Antibaby …, dachte Lisa abschätzig. Seufzend griff sie nach der Schachtel und nahm eine Pille heraus. Es war ihre letzte Vorratspackung. Innerhalb der nächsten Woche würde sie sich ein neues Rezept holen müssen. Oder sollte sie einfach …?

Lisa bekam Herzklopfen. Sollte sie einfach heimlich die Pille absetzen? Sollte sie einfach darauf hoffen, dass sich dann all die Unsicherheiten mit Erik von allein lösen würden? Würde das Schicksal schon dafür sorgen, dass er sich in der Rolle als Vater zurechtfand, sobald sein Kind erst einmal auf der Welt war?

Lisa schüttelte den Kopf. Sie musste versuchen, diese leise Stimme, die von einem kleinen, auf ihrer Schulter sitzenden Teufelchen zu kommen schien, zu ignorieren. Schließlich wollte sie ein Familienleben, das keinen Betrug, sondern Liebe als Basis hatte. Aber vielleicht würde sich heute im Laufe des Tages eine gute Gelegenheit ergeben, mit Erik darüber zu reden. Eigentlich war sie nämlich auch nicht mehr bereit, weiter Hormone in sich hineinzustopfen. Und da sie wusste, wie hoch Erik ihr dieses Opfer bislang immer angerechnet hatte, würde er sich vielleicht verständnisvoll zeigen. Sie konnten schließlich auch auf anderem Wege verhüten. Dann würde sich auch ihr natürlicher Zyklus wieder einstellen können.

Außerdem war sie überzeugt davon, dass dieser Schritt endlich ein wenig Druck aus der gesamten Situation nehmen würde. Ein Druck, der schlicht dem Umstand geschuldet war, dass sie verdammt spät dran waren mit allem. Lisas Eltern waren Anfang zwanzig gewesen, als sie sich kennengelernt und geheiratet haben. Ob die beiden ihr Leben im Stillen womöglich sorgenvoll betrachteten? Zwar würden weder ihre Mutter und erst recht nicht ihr Vater das Thema von allein ansprechen. Aber Lisa ahnte, dass sie sich Gedanken machten.

Vor dem Duschen wollte Lisa schnell noch in der Küche nachsehen, ob Erik nicht vielleicht doch schon mit dem Frühstück auf sie wartete. Aber die Wohnung war leer.

Als sie wenig später geduscht und angezogen an den Kühlschrank zurückkehrte, um die Milch für ihren Kaffee zu entnehmen, klebte auf der Tetrapackung ein kleiner Zettel:

Moin, meine Langschläferin,
wollen wir heut vielleicht mal ins Kino?
Ich komme erst am frühen Abend vom Training
und klingle dann mal durch.
E.

Lisa starrte auf die Nachricht und war ein wenig enttäuscht darüber, dass Erik ihr nicht vorher gesagt hatte, dass es heute später werden würde.

Aber vielleicht schafften sie es trotzdem, vor einem Kinobesuch noch etwas in Ruhe zu essen, dachte Lisa. Dann würden sie sich hoffentlich noch über ein paar Gedanken austauschen können, damit all das Gesagte von gestern nicht einfach weiter im luftleeren Raum herumwaberte.

Nachdem Lisa die Küche ein bisschen aufgeräumt und sich einen Kaffee eingeschenkt hatte, griff sie nach dem Telefon, um Jutta anzurufen.

»Und? Wie ist es gelaufen?«, fragte ihre Freundin, noch bevor sie sie begrüßt hatte.

»Weiß nicht«, hörte Lisa sich nach einer kurzen Pause sagen.

»Was heißt das: ›Weiß nicht‹?«

»Erik hat gedacht, ich sei schwanger!«

Nun vernahm Lisa bloß lautes Lachen und entgegnete: »So witzig war das gar nicht.«

»Sorry, Süße! Aber das Gesicht hätte ich echt gern gesehen! Was hat er denn gesagt?«

»Dass er kein Kind will.«

Nun herrschte Stille in der Leitung, und Lisa musste schlucken. Mit der Reaktion hatte auch Jutta offensichtlich nicht gerechnet.

»Das glaube ich nicht«, sagte Jutta schließlich.

»Na ja, er hat zumindest gesagt, dass er jetzt noch keins will.«

»Aber das ist doch auch okay, oder nicht?«

Lisa schwieg und dachte einen Moment darüber nach. »Eigentlich schon«, seufzte sie. »Aber es fühlt sich nicht wirklich gut an.«

»Und warum fühlt es sich nicht gut an? Ihr habt doch noch so viel Zeit!«

»Also, so viel Zeit haben wir ja nun auch wieder nicht. Erst recht nicht, wenn wir irgendwann noch ein zweites Kind wollen.« Lisa klemmte sich den Hörer ans Kinn und spielte versonnen mit ihrem Ring. »Außerdem hab ich das Gefühl, dass Erik mich nur vertröstet.«

»Lass ihm doch die Zeit. Das wird schon. Er ist halt ein Mann …«, versuchte Jutta zu beschwichtigen. »Ist er schon beim Training?«

Als Lisa nur hilflos brummte, forderte Jutta ihre Freundin auf, sich spontan in einem ihrer Lieblingscafés zum Brunchen zu treffen.

Lisa willigte gerne ein und war sehr dankbar dafür, dass ihr somit ein einsamer Sonntagnachmittag voll trüber Grübeleien erspart blieb.

Bereits eine halbe Stunde später, nachdem Lisa auf die Straße getreten war, machten die kreisenden Gedanken glücklicherweise eine Pause. Sie freute sich, dass der Oktober sich trotz kühler Temperaturen von seiner wahrlich goldenen Seite zeigte.

Die Sonne schien durch die Bäume und verlieh der Allee, in der sie wohnten, einen ganz besonderen Glanz. Sie hüllte die gelb-braunen Blätter in ein gedämpftes, warmes Licht. Und auch das Laub, das sich bereits zwischen Bürgersteig und Fahrbahn in bunt schimmernden Haufen ansammelte, sah herrlich einladend aus, um darin munter herumzustapfen.

Als sie im Café ankam, war Lisa froh, dass Jutta bereits einen Tisch für sie gefunden hatte.

Wie immer begrüßten sie sich mit einem Kuss und einer Umarmung. Anschließend bestellte Jutta zwei Schalen Milchkaffee bei der Bedienung und kündigte an, dass sie beide, wie jedes Mal, wenn sie hier in der *Milchbar* waren, am Brunchbüffet teilnehmen würden.

Lisa bewunderte ihre Freundin für ihre Zielstrebigkeit und ihre Direktheit.

Nachdem sie mit voll geladenen Tellern wieder Platz genommen hatte, kam Jutta auch sofort auf das Wesentliche zu sprechen.

»Ich hab noch mal über alles nachgedacht«, erklärte sie und biss von einem Quarkbrötchen ab. »Ich glaube wirklich, Erik braucht einfach nur noch ein bisschen Zeit.«

Lisa seufzte und vermischte erst einmal ihren Obstsalat.

»Ich meine«, fuhr Jutta mit vollem Mund fort, »wenn er genug Zeit hat, sich mit dem Thema auseinanderzusetzen, kommt der Wunsch von ganz allein.«

»Aber ich dachte eben, der ist schon längst da!«, entgegnete Lisa ein wenig trotzig.

»Ach, der ist sicher bloß verschüttet«, sagte Jutta mit leichter Ironie. »Du wirst schon sehen.«

»Und wenn nicht?«, fragte Lisa geknickt.

»Dann kannst du immer noch Plan B in Angriff nehmen.«

Lisa hob ihre Augenbrauen und sah ihre Freundin skeptisch an. »Ich wusste gar nicht, dass ich einen Plan B habe.«

»Na, du wärst ja nicht die Erste, die ein wenig nachhelfen muss.« Jutta blickte sie mit einem verschmitzten Gesichtsausdruck an.

»Du meinst, ich soll ihm ein Kind unterschieben?« Lisa konnte nicht fassen, dass ihre beste Freundin ihr so einen Vorschlag machte, und fühlte sich zu einer energischen Antwort provoziert. »Auf keinen Fall! Mal abgesehen davon, dass Erik Arzt ist – und nicht blöd! Ich kann doch nicht heimlich die Pille absetzen!«

Jutta zuckte bloß lässig mit den Schultern. »Wieso nicht?«, fragte sie.

»Na, weil …« Lisa stockte. »Ich … Ich will eine Familie mit einem Mann gründen, der voll dahintersteht.«

»Aber meinst du nicht, wenn ein Kind erst mal da ist, würde

Erik sich ganz schnell in seine Rolle einfinden? Er wäre doch bestimmt ein toller Vater.«

»Vielleicht, aber er würde mir dann ja wohl kaum noch vertrauen. Und außerdem –«

»Pah! Vertrauen ...«, stieß Jutta etwas abschätzig hervor. »Wer poppt, muss auch damit rechnen, dass das Konsequenzen haben kann. Gerade wenn man sich medizinisch ein bisschen auskennt.«

Lisa verzog ihre Mundwinkel, um nicht laut loszulachen. Denn in dem Moment kam die Bedienung an den Tisch, um den Milchkaffee zu servieren.

»Das ist mir alles zu unromantisch«, sagte sie, als sie wieder allein waren. »Ich dachte eben, ich hätte einen Mann geheiratet, der mich liebt und der sich deswegen auch ein Kind von mir wünscht!« Lisa merkte, wie ihre Stimme ein leichtes Zittern bekam.

»Ach Süße«, tröstete Jutta sie, »bei Männern ist das eben anders. Die haben nicht diese Hormonschübe, wenn sie kleine, süße Babys sehen. Im Gegenteil. Aber das wird schon!«

»Ich weiß nicht«, entgegnete Lisa schwach und zerstörte mit ihrem Löffel die weiße Milchschaumkrone.

Doch Jutta ließ keine Gegenargumente mehr zu, sondern stürzte sich jetzt hungrig auf ihr Rührei.

Nachdem sie noch jeweils drei Mal zum Büffet gegangen waren und Lisa weitere Einzelheiten des gestrigen Abends geschildert und Jutta auch von ihren Listen mit den Lebensträumen erzählt hatte, fühlte Lisa sich schon etwas besser. Es tat gut, mit ihrer Freundin alles zu bereden. Und gerade als sie die Rechnung ordern wollte, klingelte ihr Handy.

»Erik!«, sagte sie nach einem Blick aufs Display zu Jutta und nahm den Anruf entgegen.

»Wo steckst du?«, fragte er neugierig.

»Och, ich bin abgehauen und hab mir einen anderen gesucht«, scherzte Lisa und sah ihre Freundin dabei grinsend an.

»Und warum?«, fragte Erik ganz entspannt.

Lisa zögerte und wusste nicht so recht, ob es richtig war, einfach das Erstbeste zu sagen, was ihr in den Sinn kam. Aber sie tat es. »Ich such mir jemanden, der mir noch heute ein Kind macht.«

Jutta hielt sich erschrocken die Hand vor den Mund und starrte Lisa mit großen Augen an.

Sogleich bereute Lisa ihre trotzige Ansage. Denn sie hatte soeben genau das Gegenteil von dem getan, was ihre treue Freundin ihr in so kluger und geduldiger Weise während der letzten Stunden geraten hatte.

Mist!, dachte Lisa, sie würde Erik einfach mehr Zeit geben müssen und durfte ja keinen Druck mehr auf ihn ausüben.

Doch Eriks Reaktion war genau richtig. »Aber muss man nicht erstmal ziemlich lange üben, um ein Kind zu machen?«, fragte er in einer Weise, die Lisa sofort zum Schmunzeln brachte, weil sie so liebenswürdig und typisch für ihren Mann war.

»Ja, stimmt. Da muss man ganz doll und ganz viel für üben!«, pflichtete sie ihm eifrig bei, während Jutta nur kopfschüttelnd lächelte.

»Dann wird es aber höchste Zeit, dass du nach Hause kommst!«, befahl Erik.

Lisa musste nun laut lachen. Der schwere Stein, der seit der vergangenen Nacht bleiern auf ihrer Brust lag, schien endlich ein gutes Stück an Gewicht zu verlieren.

»Ich sitze hier noch mit Jutta in der *Milchbar*, bin aber gleich zu Hause«, sagte sie schließlich mit wachsender Sehnsucht.

»Ich freu mich«, erwiderte Erik und beendete das Telefonat.

»Siehst du«, kommentierte Jutta das Gespräch unmittelbar, nachdem Lisa ihr Handy wieder in der Tasche verstaut hatte. »Im Grunde willst du doch auch gar keinen anderen.«

Lisa konnte nicht umhin, etwas verlegen zu lächeln. Ihre Freundin hatte mal wieder Recht. Im Grunde war sie sehr glücklich mit Erik.

Vielleicht ist unsere akute Auseinandersetzung doch bloß ein Luxusproblem, dachte Lisa. Ein Luxusproblem, für das es irgendwann sicher eine Lösung gab.

14

Während es die gesamte nächste Woche über ununterbrochen regnete und die ersten Herbststürme sämtliche Blätter von den Bäumen durch die Luft fegten, war es im Laden beunruhigend still.

Wenigstens konnte sich Lisa in die Arbeit an ihrer neuen Kollektion hineinknien. Das war die beste Möglichkeit, sich von dem letzten, aufwühlenden Wochenende abzulenken.

Immerhin war der Sonntag doch noch einigermaßen harmonisch verlaufen, sodass Lisa neue Hoffnung schöpfte. Mit der Zeit würde sich alles von allein fügen. Und doch überkamen sie jedes Mal Zweifel, wenn sie einen Moment innehielt und wieder in die Grübelfalle tappte.

Umso vehementer versuchte sie den Rest der Woche, die schönen Momente mit Erik zu genießen. So wie den gestrigen Samstagabend. Zusammen mit Knuth und seiner neuen, leider vollkommen unscheinbaren Flamme namens Gina hatten sie bei Ed gegessen und trotz allem einen lustigen Abend verbracht.

Und nun war Lisa gespannt, was dieser Sonntag bringen würde. Denn statt noch ein grundsätzliches Gespräch über ihre Wunschliste anzuzetteln, hatte Lisa es geschafft, Erik wenigstens zu einem ihrer Wünsche auf der Liste zu überreden: einfach mal ein ganzes Wochenende lang im Bett zu bleiben.

Erik hatte den Vorschlag natürlich zunächst für eine völlig

bescheuerte Idee gehalten, dann aber mit verzogenen Mundwinkeln eingelenkt und sich zu dem Kompromiss bereit erklärt, aus einem Wochenende im Bett wenigstens einen ganzen Tag zu machen.

Und das Erste, was er an diesem Morgen nach dem Aufwachen tat, war, halb ernsthaft, halb scherzhaft, darüber zu lamentieren, was für einen riesigen Liebesdienst er Lisa erwies, weil er schließlich auf das Trainingsritual mit seinem Kumpel verzichtete.

Lisa stöhnte genervt auf und zog sich noch einmal die Decke über den Kopf. Dabei hatte sie sich ausgemalt, wie schön es sein würde, einfach nur nebeneinanderzuliegen und nichts zu tun außer zu kuscheln, zu plaudern oder herumzualbern.

Doch schon nach weiteren zehn Minuten, in denen sich Erik lautstark der Bedienungsanleitung seines neuen Funkweckers widmete, mäkelte er wieder herum.

»Ich bin hungrig, und außerdem habe ich Hummeln im Hintern.«

»Dann mach doch Frühstück«, schlug Lisa vor. »Und servier es ans Bett. Das ist übrigens auch ein Teil meines Wunsches!« Sie lächelte ihn auffordernd an.

Erik brummelte etwas Unverständliches, verschwand dann aber brav in Richtung Küche.

Lisa richtete sich auf, zog ihren weichen Bademantel über und schob die Gardinen im Schlafzimmer zur Seite. Draußen war es grau in grau, und es nieselte. Sie war froh, dass der Wetterbericht Recht behalten hatte.

Andernfalls würde es noch schwieriger werden, Erik bei Laune zu halten, dachte sie und zweifelte trotzdem, ob der Zeitpunkt für ein eigentlich so romantisches Vorhaben richtig gewählt war.

Doch als Erik zurück ins Zimmer kam, war sie schlagartig wieder bester Stimmung. Zur Feier des Tages hatte Erik

Rührei mit Schnittlauch gemacht. Genau wie Lisa es am meisten liebte. Und nun balancierte er wie in einem Werbefilm auf einem Tablett zwei Teller, einen großen dampfenden Pott Kaffee sowie eine Flasche Pikkolo mit zwei Sektgläsern ans Bett.

Aber die Krönung bildete die Vase mit den zwei dunkelroten Rosen, die er bereits gestern heimlich nach Hause gebracht haben musste.

»Motte, dies ist eine kleine Entschädigung für den Überfall mit dem Ironman«, erklärte er und sprang wieder zu ihr unter die Decke. »Außerdem kann es nicht angehen, dass du zu unserem Hochzeitstag keine Rosen geschenkt bekommen hast.«

Lisa verschlug es die Sprache. Er hatte also doch ein schlechtes Gewissen, und auch an ihm war der Streit nicht spurlos vorbeigegangen.

Als Erik wenig später ein zweites Mal in der Küche verschwand, um noch weitere Frühstücksutensilien ranzuschaffen, hätte der Morgen für Lisa nicht schöner sein können. Er brachte sogar rote Servietten mit, die auf dem weiß bezogenen Bett hervorragend zu den Rosen passten.

Sie machten es sich halb im Liegen, halb im Sitzen so richtig gemütlich und dehnten das Frühstück bis in den frühen Nachmittag aus. Mal fütterten sie sich gegenseitig mit Obstsalat oder Müsli, mal versanken sie in leidenschaftliche Küsse. Bis Erik schließlich Lisas flauschigen Bademantel öffnete und mit dem Mund sanft über ihren Hals fuhr. Doch anstatt sich liebevoll weiterzuwagen, griff er plötzlich nach einem Löffel und verschmierte damit ein wenig Nutella auf ihrem Dekolleté.

Lisa quiekte vergnügt auf und wollte sich wehren, hielt jedoch in der Bewegung inne, als Erik begann, die süße Creme sanft und genüsslich von ihrer Haut abzuschlecken.

Er schob ihr Schlafhemdchen hoch und setzte seine Küsse zärtlich fort, bis er ihre Brüste erreicht hatte. Lisa entfuhr ein

Seufzer, und Erik beeilte sich, sämtliches Geschirr auf den Boden zu stellen, um sich ganz auf sie zu konzentrieren.

Der Akt selber war so schön und besonders, dass sie ihn wohl beide niemals vergessen würden.

Nachdem sie anschließend eine ganze Weile aneinandergekuschelt liegen blieben und zumindest Erik auch kurz eingenickt war, fühlte sich Lisa ihm so nah, dass sie sich endlich traute, sich ihm ganz zu öffnen. Sie wollte diesen Moment der Geborgenheit nutzen, um noch mal das Thema anzusprechen, das ihr so sehr auf dem Herzen lag.

Leise und ruhig und ohne jede Anklage in der Stimme fragte sie: »Sag mal, würdest du dich denn gar nicht freuen, wenn ich plötzlich schwanger wäre?«

Erik atmete tief ein und stieß die Luft laut wieder aus. Offenbar behagte ihm die Frage nicht, und es schien so, als müsse er sich jedes Wort ganz genau überlegen.

Lisa versetzte diese Stille, die bedrohlich zwischen ihnen wuchs, einen kleinen Stich. Doch dann, nach einer langen, für sie quälenden Pause, antwortete Erik.

»Na ja, lieber wär's mir eben, wenn wir erst noch zu zweit so viele schöne Dinge wie möglich erleben.«

Lisa schwieg und dachte lange nach. Und auf einmal empfand sie Eriks Haltung gar nicht mehr grausam und verletzend, sondern irgendwie beruhigend. So als wären seine Worte eine einzige Liebeserklärung. Denn offenbar ging es Erik bei seiner Zurückhaltung in Bezug auf ein Kind eher um den Verlust der Zweisamkeit. Und die würde ihnen als Eltern ja tatsächlich, zumindest ein Stück weit, verloren gehen.

»Dann ist dein ›Nein‹ zu einem Kind so was wie ein ›Ja‹ zu uns?«, tastete sie sich vorsichtig weiter vor.

Erik zuckte mit den Schultern. Dann ergänzte er: »Ich hab ja nicht wirklich ›Nein‹ gesagt. Aber wir haben doch noch so viel vor, oder nicht?«

Lisa nickte zaghaft. Sie gab Erik einen Kuss auf die Nase und verschwand dann, nackt wie sie war, in die Küche, um schnell nach den beiden Wunschlisten zu suchen.

Zusammengefaltet lagen sie auf der Fensterbank. Lisa griff danach, holte aus dem Arbeitszimmer noch ein weiteres Blatt Papier und einen Stift und flitzte wieder zurück ins warme, kuschelige Bett.

»Was wird das denn jetzt?«, fragte Erik amüsiert. »Soll ich einen Akt von dir malen?«

»Wir gucken jetzt, wie wir aus unseren zwei Listen eine gemeinsame machen können«, erklärte Lisa und ignorierte sein scherzhaftes Angebot. »Und welche Träume wir als Erstes angehen.« Lisa dachte kurz nach, dann ergänzte sie: »Am besten wir einigen uns erstmal auf zehn Punkte.«

»Okay.« Erik klang durchaus angetan von der Idee und richtete sich im Bett auf.

Lisa setzte sich neben ihn und schrieb auf das leere Blatt Papier als Erstes die Überschrift: *Wünsche von Lisa und Erik.*

Anschließend betrachtete sie die Zeile und fügte noch das Wörtchen *gemeinsame* ein. Dann forderte sie Erik auf, einen Punkt seiner Liste zu nennen, den er unbedingt mit ihr zusammen realisieren wollte.

»Dann darfst du also noch vier Punkte bestimmen und ich noch fünf«, sagte er, woraufhin Lisa ihn empört ansah. »Na, deinen ersten Wunsch mit dem Tag im Bett haben wir ja schon erfüllt!« Er grinste siegesgewiss.

»Fast!«, korrigierte Lisa. »Der Tag ist schließlich noch nicht vorbei!« Etwas skeptisch blickte sie auf ihre Liste. Ob sie versuchen konnte, mit Erik zu feilschen? »Wie wär's: Wir beginnen ab jetzt, und jeder darf fünf Wünsche bestimmen.«

Erik grinste, ließ sich jedoch nicht übers Ohr hauen. »Nein«, sagte er entschieden, »das wäre total ungerecht.«

Lisa wusste sich nicht anders zu helfen, als sich ein Kissen zu schnappen und damit anzugreifen, statt verbal zurückzuschlagen. Doch auch den Überraschungstreffer ließ Erik nicht einfach so über sich ergehen. Er versuchte, Lisa an ihren Handgelenken festzuhalten, damit er sie ungehindert kitzeln konnte. Kreischend sprang sie aus dem Bett und flüchtete sich flink aus dem Zimmer. Sie rannte durch den Flur ins Wohnzimmer, dicht gefolgt von Erik, der sie jedoch nicht zu fassen bekam.

Keuchend standen sie sich gegenüber, jeder an einer Stirnseite des Sofatisches, und belauerten sich mit funkelnden Augen.

Lisa täuschte an, links herum in Richtung Tür fliehen zu wollen. Erik versuchte daraufhin, sich ihr in den Weg zu stellen. Doch sie wich geschickt aus, und er griff ins Leere, während sie nach rechts in Richtung Badezimmer entschwand.

Blitzschnell schlüpfte sie hinein, drehte den Schlüssel im Schloss herum und lachte aus vollem Hals.

Erik war ihr unter scherzhafter Androhung bestrafender Züchtigung bis zur verschlossenen Tür gefolgt. »Komm raus, sofort!«, befahl er.

»Nur, wenn wir fifty-fifty machen«, entgegnete Lisa.

»Du hast doch selber Schuld, wenn du einen deiner Wünsche schon verspielt hast.«

Lisa schwieg. Denn leider fiel ihr keine überzeugende Antwort ein, mit der sie spontan kontern konnte. Dennoch unternahm sie einen weiteren trotzigen Versuch.

»Ich will aber auch fünf Wünsche haben.«

»Dann krieg ich aber sechs.«

Lisa dachte darüber nach und erklärte dann etwas kleinlaut: »Aber elf ist doch irgendwie doof.«

»Mit dem einen Tag im Bett haben wir dann insgesamt zwölf – für jeden Monat einen.«

»Aber es war ja noch gar kein ganzer Tag!«

»Das ist doch nicht mein Problem, wenn du nicht im Bett

liegen bleibst«, erwiderte er spöttisch und kratzte leise am Rahmen.

Daraufhin öffnete Lisa vorsichtig die Tür und sah durch einen winzigen Spalt, wie Erik sich lauernd vor ihr aufgebaut hatte. Und dann war kein Halten mehr. Ehe Lisa es sich versah, drückte Erik die Tür auf, packte sie blitzschnell an der Hüfte und den Beinen und hob sie hoch, um sie schnurstracks zurück ins Schlafzimmer zu tragen.

Unter gespieltem Protest ließ sie es lachend geschehen.

15

Weitere zwei Wochen später hatte der November bereits begonnen und damit ein Monat, von dem Lisa und Jutta befürchteten, dass er noch umsatzärmer werden würde als der vergangene.

Umso eifriger arbeitete Lisa weiter an ihrer Kindermode, die Jutta mit niedlichen Accessoires ergänzte. Heute wollten sie nach Ladenschluss die ersten bunten Strampler, Täschchen und Mützen im Schaufenster ausstellen. Außerdem musste sie noch die Weihnachtsdekoration bestellen, bevor sie endlich gegen 15.00 Uhr ins Wochenende gehen konnten.

Schon jetzt war Lisa ein wenig aufgeregt. Denn heute würden sie und Erik den ersten Punkt auf ihrer gemeinsamen Liste angehen und eine hoffentlich gute Tat vollbringen. Sie wollten ihren Wochenendeinkauf dazu nutzen, um endlich mal mit Herrn Griesgram ins Gespräch zu kommen. Vielleicht konnten sie ihm eine Freude bereiten, falls er einverstanden wäre.

Auf dem Weg nach Hause beeilte sich Lisa. In der Wohnung angekommen, zog sie auch gar nicht erst ihre Jacke und Schuhe aus, sondern ging direkt in die Küche, wo sie Erik vermutete.

Er saß seelenruhig am Küchentisch und las in einem Magazin einen Artikel über den Ironman.

»Ey!«, rief Lisa tadelnd. »Das ist doch erst der letzte Punkt auf unserer Liste!«

Erik hob sein Gesicht, grinste kurz und gab Lisa zur Begrüßung einen Kuss. Dann setzte er sich wieder hin.

»Warum bist du noch nicht angezogen?«, fragte sie.

Erik deutete mit dem Kopf in Richtung Kühlschrank, an dem ihre Wunschliste seit zwei Wochen wie ein verheißungsvolles Versprechen befestigt war, und erwiderte grinsend: »Ich muss mich rechtzeitig für den letzten Punkt auf der Liste vorbereiten.«

»Aber doch nicht jetzt!«

Lisa griff nach der Zeitschrift, rollte sie zusammen und gab Erik damit einen Klaps auf den Kopf.

Er schrie theatralisch auf und hielt sich den Kopf. Dann erhob er sich widerwillig von der Bank und sagte, als er zur Tür rausging: »Geht gleich los, ich muss nur noch eben die Steuererklärung machen.«

Lisa rollte mit den Augen und warf das Heft mit aller Wucht in seine Richtung. Doch Erik lachte bloß schäbig, weil sie statt seiner den Mülleimer getroffen hatte, und verschwand ins Bad.

Um die Wartezeit zu verkürzen, schnappte sich Lisa die Wunschliste und betrachtete die Kritzeleien und Kommentare auf dem Zettel. Sie griff nach Eriks halb geleertem Becher Tee, der auf dem Tisch stand, und lehnte sich an die wärmende Heizung. Einen nach dem anderen ging sie noch einmal alle Punkte durch, die sie hoffentlich einander näher bringen würden und ihnen das Gefühl gaben, wirklich zu leben.

1. ~~*Oktober*~~
   ~~*einen Tag im Bett verbringen*~~
2. *November*
   Welt verbessern (Obdachlosengeschenk?)
3. *Dezember*
   Silvesterparty mit Freunden und Hausbewohnern (Alle einladen!)

4. *Januar*
alle Teile »Herr der Ringe« gucken – ***hintereinander***
5. *Februar*
Hochzeitsalben fertig machen ♥♥♥
6. *März*
in Nordfinnland Husky-Schlitten fahren (Nordlichter!)
7. *April*
~~*Katze*~~ ~~***Hund***~~ *Katze aus Tierheim holen*
8. *Mai*
einen Baum pflanzen
9. *Juni*
Radtour quer durch Deutschland (nicht zu ~~*lang*~~*!* ***kurz****)*
10. *Juli*
Tauch-Urlaub ☹ ☺
11. *August*
Tango-Kurs ♥ ☹
12. *September/Oktober*
Hawaii (mit einem romantischen Restaurantbesuch mit Tisch im Meer!)

Beinahe stolz darüber, dass sie beide es nach langem, teils ernsthaftem, teils aber auch sehr heiterem Ringen geschafft hatten, sich auf die ausstehenden Punkte für die nächsten elf Monate zu einigen, hielt Lisa den Zettel hoch – wie ein selbst gemaltes Bild.

Für die heutige »Weltverbesserungsaktion«, wie Erik es nannte, hatte sie besonders viel Überzeugungskraft gebraucht. Erik fand den Vorschlag viel zu naiv und hatte noch einmal davon angefangen, wie gern er sich bei »Ärzte ohne Grenzen« oder irgendeiner ähnlichen Organisation engagieren würde. Doch weil er offenbar spürte, wie sehr Lisa ein solches Vorhaben widerstrebte, gab er schließlich Ruhe. Stattdessen wollten sie sich zunächst auf die kommenden Monate konzentrieren.

In einem Jahr würden sie vielleicht eine weitere Liste erstellen, wenn sich die Methode bewähren sollte. Dann würden sie auch über größere Veränderungen in ihrem Leben entscheiden – nämlich, ob sie eines Tages als »echte Spießer« in einem Haus im Grünen leben würden, und vor allem wie es mit der Gründung einer Familie stand.

Dieses nach wie vor heikle Thema hatten sie auf der Liste bewusst ausgespart. Aber immerhin begegneten sie der Kinderfrage seitdem mit einer gewissen Leichtigkeit. Beispielsweise hatten sie die Idee, ein Tier aus dem Tierheim zu holen, humorvoll diskutiert. Sie wollten sozusagen im Kleinen schon mal testweise Verantwortung für ein Lebewesen übernehmen und schauen, wie sich der Alltag damit gestalten ließ. Auch für den Fall, dass sie verreisen würden. Da Erik sich mit seinem Wunsch nach einem Hund allerdings nicht durchsetzen konnte und Lisa auf einer Katze beharrte, einigten sie sich darauf, dass Erik dafür den nächsten Punkt auf der Liste bestimmen durfte: das Urlaubsziel Finnland, wo er sich immerhin seinen lang gehegten Traum vom Besuch einer Husky-Farm erfüllen konnte.

Am meisten hatten sie über die Frage gerungen, ob es darüber hinaus möglich sein würde, eine längere Auszeit zu nehmen. Erik war sogar bereit, für den Plan einer Weltreise einen größeren Kredit aufzunehmen. Schließlich hatte ihnen der letzte Urlaub gezeigt, wie schnell alles vorbei sein konnte im Leben. Doch Lisa war diese Vorstellung einfach zu unvernünftig erschienen. Außerdem würde sie Jutta nicht ein Vierteljahr lang allein im Laden lassen können. Genauso wenig schien es ihr möglich, eine so lange Zeit nichts zu den Beständen im Laden oder zu einer neuen Kollektion beizutragen. Und so war Lisa froh darüber, dass Erik sich mit einem Kompromiss zufriedengegeben hatte: Statt einer mehrmonatigen Weltreise würden sie zum Ironman nach Hawaii reisen. Wenn es nötig war, würden sie sich dafür tatsächlich Geld von der Bank oder von Eriks Mutter leihen. Wegen Lisas Flugangst wollten sie zunächst per Schiff nach New York fahren. Für den Flieger nach Hawaii würde Lisa dann ihr Trauma überwinden müssen – falls Erik sich für die Teilnahme am Ironman überhaupt qualifizierte. Alternativ konnte er sich aber auch vorstellen, beim Marathon in New York mitzumachen.

Überhaupt, der sportliche Aspekt der Liste! Da Erik es trotz hartnäckiger Versuche nicht schaffte, Lisa zum regelmäßigen Joggen zu bewegen, musste sie sich zumindest auf eine längere Fahrradtour im Sommer einlassen. Und auch darauf, es endlich einmal mit dem Tauchen zu versuchen. Spätestens als Erik sie auf ihre immer wieder schmerzenden Knie ansprach und behauptete, sie täte einfach zu wenig für ihren Körper, sah sich Lisa zum Einlenken gezwungen. Im Juni wollten sie daher eine längere Radtour durch Deutschland unternehmen.

Als Belohnung für ihre Einsichtigkeit und den Anspruch, sich mehr zu bewegen, ließ Erik sich wiederum zähneknirschend auf den Tango-Kurs ein, mit dem Lisa ihm schon seit Beginn ihrer Beziehung in den Ohren lag.

Weniger hatten sie dagegen um das Thema »Baum pflanzen« verhandeln müssen, dafür aber umso mehr über die Filme von *Herr der Ringe* und vor allem über die Silvesterparty.

Lisa konnte sich rein gar nicht dafür erwärmen, einen kompletten Sonntag für ein paar Filme zu opfern, bei denen sich ihr die Nackenhaare schon sträubten, wenn sie nur daran dachte. Noch dazu wollte Erik ursprünglich die Originalfassungen in Englisch und im Director's Cut sehen!

Erik dagegen machte sich absolut nichts aus großen Feiern, und er verstand auch nicht, warum Lisa so viel Wert darauf legte, eine riesige Sause zu veranstalten und noch dazu die Nachbarn einzuladen. Warum wollte sie überhaupt alle Menschen im Haus mit Namen kennen? Er wechselte nur selten mal ein Wort mit ihnen.

Sie hatten sich schließlich darauf geeinigt, beide Punkte in Angriff zu nehmen – allerdings in abgespeckter Form.

An Silvester würden sie eine Feier in kleinerem Rahmen machen und dazu nur die engsten Freunde, aber immerhin auch alle Bewohner aus dem Haus einladen. Und Lisa wiederum hatte versprechen müssen, dass sie sich die DVDs in normaler Länge und auf Deutsch und vor allem vollkommen unvoreingenommen anschauen würde. Denn Erik war überzeugt, sie würden auch ihr gefallen, solange sie sich nur wirklich darauf einließ.

Ungeduldig schaute Lisa jetzt zum x-ten Mal innerhalb von zehn Minuten auf die Uhr.

Das ist so typisch, dachte sie, dass Erik rumbummelt, wenn er etwas gegen seinen Willen tun soll.

Dabei war es doch äußerst spannend, zu sehen, ob sie Herrn Griesgram oder aber einem anderen Bedürftigen eine Freude bereiten konnten.

»Meinst du, wir tun das Richtige?«, fragte Erik skeptisch, als er endlich wieder in die Küche trat.

Obwohl er bereits komplett angezogen war, strahlte er keine enthusiastische Aufbruchstimmung aus. Seine Mütze hatte er absichtlich so weit ins Gesicht gezogen, dass er ein vollkommen trottelhaftes Bild abgab.

Lisa erhob sich amüsiert vom Stuhl und ging lächelnd auf ihn zu. Behutsam streichelte sie ihm über den Mützen-Kopf und zitierte mit ironischer Genugtuung in der Stimme ihren Lieblingsautor Philip Roth: »Du weißt doch: Das Handeln ist der Feind der Gedanken.«

Erik verzog seine Mundwinkel. »Und wenn uns der Penner das Portemonnaie klaut?«, fragte er bemüht besorgt. »Dann ist es das Ende der guten Gedanken.«

Doch sein spöttischer Blick verriet, dass dies bloß ein weiterer kläglicher Versuch war, eine Ausrede zu erfinden.

Kurz entschlossen fasste Lisa ihn am Arm und zog ihn hinter sich her aus der Wohnung.

Auf dem Weg nach unten unternahm Erik noch weitere Versuche, ihr Vorhaben im denkbar schlechtesten Licht erscheinen zu lassen. Doch Lisa ließ sich nicht beirren und trat wild entschlossen nach draußen, wo es inzwischen schon wesentlich kühler geworden war und ein wenig dämmerte.

Sie schob ihren Mann Richtung Osterstraße. Als sie jedoch um die Ecke an der Bäckerei bogen, konnte Lisa Herrn Griesgram nirgends entdecken.

»Tja«, sagte Erik mit gespieltem Bedauern, »ich hätte ja gern geholfen. Aber er ist nicht da.«

Spielerisch boxte sie ihm in die Seite und schob ihn weiter. »Dann suchen wir uns eben ein anderes Opfer«, erwiderte sie feierlich, obwohl sie ein wenig enttäuscht darüber war, dass Herr Griesgram offenbar ausgerechnet heute bereits vor Ladenschluss abgetaucht war.

Sie schlenderten die belebte Straße entlang und ließen sich immer wieder von ihrem Vorhaben ablenken. Am Eingang der Buchhandlung und vor dem Schaufenster eines Schuhgeschäftes herrschte noch munteres Treiben.

Vielleicht sollten sie und Jutta spätestens zum Weihnachtsgeschäft ihre Öffnungszeiten erweitern und darüber in einem Flyer informieren, dachte Lisa und seufzte mit leisem Bedauern darüber, dass sie sich die Miete in dieser Straße einfach nicht leisten konnten.

Gerade als Lisa laut darüber nachdachte, ob sie ihr Vorhaben besser verschieben sollten, glaubte sie, Herrn Griesgram vor einem Kiosk an der nächsten Kreuzung entdeckt zu haben.

»Komm!«, sagte sie entschieden und zog Erik mit sich.

»Das ist er nicht«, erwiderte Erik mürrisch, allerdings ohne richtig hinzusehen.

»Doch«, erklärte Lisa in einer Bestimmtheit, der Erik nichts entgegensetzen konnte. »Das ist er. Das ist unser Mann.«

Als sie sich dem Kiosk näherten, verlangsamte Lisa allerdings ihren Schritt. Ob es überhaupt richtig war, einen Fremden einfach so anzusprechen? Würden sie überhaupt etwas für ihn tun können? Vielleicht wollte er gar nicht, dass man ihm half.

Lisa wurde unsicher.

Der Mann stand einfach nur da und beobachtete das Treiben. Er trug einen hellgrauen Mantel und ausgelatschte Stiefel. Als er Erik und Lisa auf sich zukommen sah, hielt er Lisas Blick stand.

»Entschuldigung, dass wir Sie einfach so ansprechen«, sagte Lisa zögernd. Sie sah sich kurz vergewissernd zu Erik um und ergänzte dann: »Wir würden Ihnen gern einen Gefallen tun.«

Herr Griesgram musterte sie in aller Seelenruhe und hob dann fragend seine Augenbrauen. Er hatte einen Bart, und sein Gesicht war faltig. Dennoch hätte Lisa nicht zu sagen vermocht, wie alt er wohl war. Aus der Nähe betrachtet, kam er ihr schon gar nicht mehr so griesgrämig vor. Sie meinte sogar, in seinen Augen kurz etwas Freundliches aufblitzen zu sehen.

Erik räusperte sich. »Tja, also … Es ist so: Wir haben uns für heute vorgenommen, mal was Gutes zu tun. Und auch wenn es etwas seltsam klingt: Wir möchten Ihnen gern eine kleine Freude bereiten.«

Der Mann sah noch einmal skeptisch zwischen ihnen hin und her dann lächelte er. Es war ein warmes, von Herzen kommendes Lächeln, das unmittelbar den Blick auf eine große Lücke zwischen seinen bräunlich verfärbten Zähnen freigab.

Bei dem Anblick schreckte Lisa etwas zurück. Als sie sich

nach einem kurzen Moment wieder gefangen hatte, traute sie sich zu fragen: »Gibt es vielleicht etwas, was wir für Sie tun können?«

Der alte Mann schien durch sie hindurchzusehen. Oder dachte er nach? Lisa war sich nicht sicher, ob er sie überhaupt verstand. Schließlich sagte er ruhig, aber bestimmt: »Ich brauche nichts.«

Doch sogleich begann er heftig zu husten. Das Röcheln hörte sich so entsetzlich an, dass es seine Aussage Lügen strafte.

»Mein Mann ist Arzt.« Lisa deutete in Richtung Erik, während sie Herrn Griesgram weiter in seine seltsam leuchtenden Augen sah. »Sie sollten sich untersuchen lassen. Sie brauchen doch sicher Medikamente.«

Doch statt eine Antwort zu geben, bekam der Mann einen weiteren Hustenanfall.

Erik wendete sich ihm zu und fragte: »Sind Sie in Behandlung?«

Der Mann winkte ab und röchelte weiter wie ein kleiner Mops, der zwar kaum Luft bekam, aber trotzdem sonderbar agil wirkte.

Als er sich ein wenig beruhigt hatte, gab Erik sich einen Ruck. »Kommen Sie«, sagte er freundlich, aber mit fester Stimme. »Wir laden Sie auf einen Kaffee ein.«

Herr Griesgram blickte ihn verständnislos an. Dann zuckte er mit den Schultern und sagte: »Wenn Sie meinen.« Bereitwillig trottete er neben ihnen her in Richtung Bäckerei.

»Ganz schön kalt heute, was?«, fragte Lisa, um die seltsame Situation etwas zu entkrampfen.

»Och, es geht immer noch schlimmer«, erwiderte Herr Griesgram und lachte kurz auf. Doch die Reaktion führte zu einer nächsten Hustenattacke.

Als sie in der warmen Bäckerei ankamen, deutete Erik den beiden, dass sie sich schon einmal zur Sitzecke begeben sollten.

»Dürfen wir Sie auch zu einem Kuchen einladen?«, fragte er, bevor er an den Tresen trat.

Auf einmal lächelte Herr Griesgram wieder. »Schwarzwälderkirsch!«

Erik nickte und sah Lisa an.

»Ich nehme eine Müslistange«, erklärte sie und setzte sich zu ihrem Gast an den einzig freien Tisch. Sie registrierte die neugierigen Blicke ihrer Tischnachbarn.

Die Servicekraft, die gerade das dreckige Geschirr abräumte, war dagegen bemüht, sich nichts von ihrer Irritation über diese augenscheinlich ungewöhnliche Konstellation anmerken zu lassen.

Als Lisa ihre Jacke ablegte, tat der alte Mann es ihr gleich. Er zog seinen hellgrauen Tweedmantel aus, an dessen Bündchen man erahnen konnte, wie lange das Kleidungsstück nicht mehr gewaschen worden war. Statt ihn beiseite zu legen, faltete er den dicken Stoff etwas umständlich und legte ihn behutsam wie eine Serviette auf seinen Schoß.

Nachdem Erik zunächst drei große Kaffeebecher und ein Stück Schwarzwälder Kirschtorte an den Tisch gebracht hatte, marschierte er erneut zur Theke, um auf einem Teller die Müslistange und für sich ein Stück Obstkuchen zu holen. Anschließend zog er seine Jacke aus und setzte sich zu ihnen.

Die Stimmung war noch immer recht beklemmend.

»Guten Appetit«, sagte Erik etwas unsicher und sah Lisa auffordernd an, damit sie die Konversation in Gange hielt.

Der Mann bedankte sich knapp, hob die Tasse und roch mit geschlossenen Augen an seinem duftend-heißen Kaffee.

»Sie sind häufiger hier, richtig?«, wagte sich Lisa ein wenig vor.

Herr Griesgram nickte schweigend und hielt die Tasse fest umklammert, als müsse er sich daran festhalten.

»Wir wohnen ganz in der Nähe«, versuchte Lisa es weiter,

»außerdem habe ich einen Laden in einer der Nebenstraßen. Deswegen komme ich öfter hier vorbei und –«

Auf einmal sah der Mann auf und sagte: »Ich hatte auch mal einen Laden!«

»Ach wirklich?«, fragte Lisa neugierig. »Was genau haben Sie denn gemacht, bevor Sie …«

Lisa unterbrach sich.

»Sie meinen, bevor ich ein Penner geworden bin?«, fragte er unumwunden und lächelte plötzlich wieder sein warmes Lächeln. Sein Blick war so direkt und so ehrlich, dass er damit unterstrich, wie wenig Sinn es haben würden, die Wahrheit mit Worten zu beschönigen. »Was schätzen Sie, wie alt ich bin?«, fragte er sichtlich gespannt und in einer Weise, die ihm offensichtlich Freude bereitete.

Erik sah ihn etwas abschätzig an. »Ich tippe, Sie sind über sechzig, aber unter siebzig.«

Der Mann lachte amüsiert auf, was Lisa in ihrer Einschätzung noch weiter verunsicherte. Ob er älter als siebzig war?

»Was sagst du, Lisa?«, forderte Erik sie auf.

»Ich weiß nicht.« Die Situation war ihr unangenehm, und sie hatte etwas Verletzendes zu sagen. »Also … Ich würde auch sagen so um die siebzig. Vielleicht auch Mitte siebzig?«

Der Mann seufzte tief. »Vierundfünfzig. Ich bin vierundfünfzig!«

Der Schock darüber, dass ein verhältnismäßig junger Mann aufgrund seines Schicksals zwanzig Jahre älter wirkte, saß bei Lisa und Erik so tief, dass sie für einen Moment nichts mehr sagen konnten.

Der Mann griff in die Innentasche seines Mantels, zog eine völlig verknitterte Visitenkarte hervor und legte sie vor Erik auf den Tisch.

Erik griff danach und las laut den Namen vor, der darauf stand: »Georg Sellmann.«

»Das bin ich, genau«, sagte der Mann mit einem gewissen Stolz in der Stimme und plauderte munter drauflos.

Er war sich auch nicht zu schade, die deprimierenden Einzelheiten seines sozialen Abstiegs zu erläutern. Vom Inhaber eines gut gehenden Sportgeschäfts und verheirateten Familienvater zu einem einsamen, kranken Mann, der nun schon seit über zehn Jahren kein echtes Zuhause und keine Perspektive mehr hatte.

Betroffen und andächtig lauschten Erik und Lisa seiner Geschichte. Sie erfuhren, dass Georg – wie er von ihnen genannt werden wollte – einen Haufen Schulden von seinem Vater geerbt hatte. Über die Geldsorgen war es dann zum Bruch mit seiner Frau gekommen, die ihn, soweit man ihm glauben konnte, betrogen und beklaut hatte. Doch das fand Georg erst heraus, als es bereits zu spät war und sie sich mit dem damals elfjährigen Sohn Florian ins Ausland abgesetzt hatte. Nur kurze Zeit später wurde er mit der Diagnose Prostatakrebs konfrontiert und musste sich einer zwar letztlich erfolgreichen, aber auch langatmigen, zermürbenden und vor allem kostspieligen Therapie unterziehen. Schließlich war er gezwungen, das Geschäft und damit seine Existenz aufzugeben.

Lisa war voller Mitgefühl. Dieser Mann hatte buchstäblich alles verloren. Trotzdem beschlich sie eine Ahnung, dass derartige Schilderungen womöglich recht einseitiger Natur waren und er sicher auch einen gewissen Anteil an seinem traurigen Lebenslauf gehabt hatte.

Als Georg dann auch noch ein Foto seines Sohnes aus der Hemdtasche hervorholte, das an den Rändern etwas eingeknickt und insgesamt leicht vergilbt war, fiel es ihr unendlich schwer, so zu tun, als könne sie auch nur einen Bissen ihrer Müslistange genießen. Dennoch nahm sie all ihren Mut zusammen und fragte, was ihr schon die ganz Zeit auf dem Herzen gelegen hatte.

»Haben Sie denn nicht mal versucht, Ihren Sohn ausfindig zu machen?«

Georg winkte ab und murmelte etwas davon, dass die Suche eh keinen Sinn haben würde. Dann widmete er sich dem sahnigen Stück Torte.

»Es geht doch nichts über ein gemütliches Plätzchen«, sagte er nach dem letzten Bissen sichtlich zufrieden. Mit beiden Händen umklammerte er den warmen Kaffeebecher. Seine Fingernägel wirkten brüchig und abgewetzt und ließen dunkle Schmutzstreifen darunter erkennen.

Trotzdem war Georg insgesamt eine recht würdevolle Erscheinung.

Lisa studierte aufmerksam sein Gesicht und versuchte, darin die Spuren seiner Geschichte abzulesen, die ihn letztendlich zu einem Leben auf der Straße gezwungen hatte. Doch es war vor allem der auffallend warme Blick seiner klaren blauen Augen, die trotz allem eine gewisse Hoffnung, wenn nicht gar Lebensfreude ausstrahlten.

Nachdem Georg einen weiteren großen Schluck Kaffee genommen hatte, fragte er Lisa: »Wie läuft denn Ihr Laden?«

Lisa freute sich zwar über das Interesse. Doch es bereitete ihr trotzdem Unbehagen, ausgerechnet mit einem Mann darüber zu sprechen, der selbst einmal Inhaber eines Geschäfts gewesen war. In wenigen Worten berichtete sie von Jutta und ihrem gemeinsamen Label. Aber es erschien ihr nicht richtig, auch ihre Ängste und Sorgen zu erwähnen, die sie aufgrund der akuten Flaute verspürte, und die nagenden Frage, ob sie mit ihrer Selbstständigkeit den richtigen Weg eingeschlagen hatte.

Doch Georg hörte ihr aufmerksam zu und stellte kluge Fragen nach dem Standort ihres Geschäftes, dem Warenwert sowie dem Umsatz in Relation zu den Fixkosten. Er schien noch immer etwas von dem Metier zu verstehen.

Auch Erik forderte er auf, aus seinem Leben als Arzt in der

physiotherapeutischen Gemeinschaftspraxis zu berichten. Wie sich herausstellte, war Georg früher nicht nur ein guter Sportler gewesen und hatte es zum Landesmeister im Weitsprung geschafft. Sondern er erwähnte zudem auch mit einer gehörigen Portion Stolz, dass sein Sohn wohl auch angehender Mediziner sei.

Als Georg schließlich noch wissen wollte, ob sie denn auch Kinder hätten, sahen sich Lisa und Erik überrascht an.

»Äh, nein, wir haben keine Kinder«, brachte Erik schließlich hervor.

»Nein?«, fragte Georg sichtlich erstaunt. »Warum nicht?«

Lisas Herz klopfte plötzlich spürbar, und sie musste sich sehr bemühen, so sachlich wie möglich zu bleiben. »Es hat bisher einfach noch nicht gepasst.«

Georg sah sie ungläubig an. »Eines Tages ist es zu spät!«, erklärte er, und seine Worte klangen fast ein wenig mahnend. »Wenn ich einen Rat geben darf: Das Schlimmste im Leben ist die Reue – die Reue, etwas nicht getan zu haben.«

Lisa musste schlucken. Georg hatte in einem Grundton so tiefer Überzeugung gesprochen, dass es vollkommen überflüssig schien, dem noch etwas entgegenzusetzen oder aber weiter nachzubohren, aus welchen konkreten Erfahrungen oder eben nicht gemachten Erfahrungen er diese Erkenntnis gewonnen hatte.

Auch Erik hakte nicht weiter nach, sondern ging lieber dazu über, Georg nach seinem Gesundheitszustand zu befragen. Doch die ausweichende Reaktion machte ihm schnell klar, dass er einen weiteren wunden Punkt getroffen hatte.

Unruhig rutschte Georg auf seinem Stuhl hin und her. »Tja, ich zieh dann mal weiter«, sagte er plötzlich und erhob sich.

Lisa konnte gar nicht so schnell reagieren, so überrumpelt fühlte sie sich. Schließlich hatten sie ihm noch gar nicht richtig geholfen. Lisa hätte ihn so gerne mit einer Aufmerksamkeit, einem neuen Mantel vielleicht, bedacht. Doch sie wusste nicht, wie sie dieses Angebot anführen sollte, ohne Georg bloßzustellen. Also sagte sie nur: »Kommen Sie mich doch mal im Laden besuchen. Wir haben immer mal Sachen, von denen wir froh sind, wenn sie das Lager nicht vollstopfen«, schwindelte sie. »Vielleicht ist ja mal was Passendes für Sie dabei.«

Doch Georg nickte bloß und wendete sich bereits zum Gehen, sodass sie beide wussten, er würde die Einladung niemals annehmen.

Später, als Lisa und Erik schweigend ihre Einkäufe nach Hause in ihre warme Wohnung trugen, musste Lisa immer wieder an Georgs sanften Blick denken – und daran, wie oft er sich am Ende für die nette Einladung bedankt hatte.

Beim Abschied hatte er ihnen alles Gute gewünscht, vor allem für »die vielen kleinen Babys, die sicher bald kommen würden«.

Sie sah in den dunklen Himmel und registrierte die ersten zarten Schneeflocken, die den nahenden Winter ankündigten. Und obwohl Lisa durchaus zufrieden war über die Tatsache, dass sie einem Bedürftigen nicht bloß einen Kaffee spendiert, sondern auch ein wenig Aufmerksamkeit geschenkt hatten, hinterließ diese denkwürdige Begegnung einen bitteren Beigeschmack.

16

Die folgenden Wochen verliefen für Lisa und Jutta ziemlich stressig.

Entgegen den schlimmsten Befürchtungen nahm das Weihnachtsgeschäft so sehr an Fahrt auf, dass sie und Katja alle Hände voll zu tun hatten. Während ihre Kundinnen offenbar etwas Besonderes für die Weihnachtsfeier oder den Silvesterabend suchten, verirrten sich auch ein paar Männer in den Laden, weil sie noch Geschenke für ihre Liebsten suchten. Vor allem Accessoires waren sehr gefragt.

Am meisten aber freute sich Lisa, dass ihre Probekollektion für Kleinkinder innerhalb kürzester Zeit ausverkauft war. Bis auf ein Kleid, das sie Emi zu Weihnachten schenken wollte, und einen süßen Kapuzenpullover für Katjas Sohn, den sie ebenfalls rechtzeitig zur Seite gelegt hatte, waren sämtliche Kleidungsstücke aus den bunten Nickistoffen sofort vergriffen. Der reißende Absatz überzeugte sowohl Lisa als auch Jutta restlos, und sie beschlossen, das Angebot für die Kleinen noch zu erweitern.

Sogar am gestrigen Heiligabend hatten Kunden bis zum Geschäftsschluss um 13.00 Uhr den Laden belagert. Dabei wollte Lisa pünktlich Schluss machen, um noch eine besondere Lieferung aus ihrem Laden persönlich zuzustellen.

Sie hatte für Georg ein kleines Weihnachtspäckchen aus ihrer Kollektion geschnürt, einen dicken Schal und dazu passende Handschuhe mit gefüttertem Wildleder. Die Sachen wollte sie ihm noch vor den Festtagen überreichen, weil sie hoffte, ihm damit eine kleine Freude machen zu können.

Nach ihrer ersten Begegnung und dem ungewöhnlichen Kaffeetrinken hatte sie ihn noch öfter gesehen und sogar ein Mal mit ihm geplaudert. Doch schon bei der nächsten Begegnung war Lisa um ein echtes Gespräch verlegen gewesen, sodass sie ihm danach nur noch von Weitem zuwinkte, wenn sich ihre Blicke zufällig trafen. Weil sie dabei aber irgendwie Scham empfand, hatte sie beschlossen, ihm zu Weihnachten ein Geschenk zu machen.

Schon vor den Feiertagen hielt sie vermehrt nach ihm Ausschau, wenn sie die Osterstraße entlangging. Doch er blieb unauffindbar, sodass sie an Heiligabend schließlich unverrichteter Dinge nach Hause ging.

Lisa und Erik waren für den Abend mit Eriks Mutter verabredet. Sie wollten eine kleine Feier bei ihnen in der Wohnung machen, und Erik hatte sich zuvor um alles gekümmert. Er hatte den Großeinkauf erledigt, einen kleinen Tannenbaum besorgt und sogar geschmückt und seine Mutter abgeholt.

Als Lisa dann am Nachmittag mit dem Paket für Georg unterm Arm die Wohnung betrat, roch es bereits sehr köstlich nach dem leckeren Fischgericht, dass Erik zubereitet hatte.

Doch irgendwie fühlte sich Lisa an dem Abend nicht richtig wohl. Immerzu musste sie an Georg Sellmann denken und daran, wie er wohl das Weihnachtsfest verbrachte. Beinahe wäre ihr sogar das Essen im Halse stecken geblieben. Die ganze Zeit über hatte sie die vielen Geschenke im Blick, die sie sich gemacht hatten: den Brotbackautomaten von Renate, den Cashmere-Pullover, den sie neben einigen weiteren Kleinigkeiten für Erik ausgesucht hatte, und auch ihre Designer-Armbanduhr, die sie sich schon so lange gewünscht und dieses Jahr endlich von Erik geschenkt bekommen hatte.

Und so war es ihr ein Bedürfnis gewesen, Renate während des Essens von der denkwürdigen Begegnung mit Georg zu berichten – und von dessen einsamem Schicksal. Natürlich erwähnte sie mit keinem Wort die Hintergründe dieser Aktion und ihre Liste, geschweige denn wie sie auf die Idee gekommen waren. Vielmehr hatte sie das Ganze als zufälliges Treffen beim Bäcker geschildert und Erik einen verschwörerischen Blick zugeworfen. Dennoch hatte ihre Schwiegermutter bloß einen abschätzigen Kommentar für den Verlauf des Treffens übrig. Sie konnte einfach nicht verstehen, warum um Himmels willen man einen Wildfremden zu Kaffee und Kuchen einladen musste. Erik war Lisa zwar beigesprungen, doch er hatte Georgs Schicksal abschließend ganz anders bewertet. Letztlich sei Georg ohne Familie wohl besser dran gewesen, schließlich habe ihn seine Frau am Ende ins Verderben gezogen. Lisa stand mit ihrem Mitgefühl also alleine auf weiter Flur. Es war doch furchtbar, keinen Menschen in seiner Nähe zu haben, der einen liebte oder an einen dachte – nicht mal an Weihnachten. Aber die beiden waren ihre sentimentalen Appelle einfach übergangen, sodass Lisa schließlich aufgegeben und den Rest des Abends nur noch sehr wenig zum Tischgespräch beigetragen hatte. Und als Renate mal wieder auf ihre sehr direkte und übergriffige Art zum Ausdruck brachte, wie sehr sie sich ein Enkelkind wünschte, da wäre Lisa beinahe der Kragen geplatzt.

Erik ignorierte solche Äußerungen schon allein aus Prinzip, doch Lisa konnte an diesem Heiligabend nur schwer damit umgehen und musste sich innerlich mehrfach ermahnen, dem Anflug von Traurigkeit nicht nachzugeben.

Umso mehr freute sich Lisa heute, am ersten Weihnachtstag, auf den Besuch bei ihren Eltern.

Sie war heilfroh, dass ein Kompromiss in dieser Hinsicht überhaupt so verhältnismäßig einfach zustande gekommen war. Wie jedes Weihnachten stellte sich die Frage: Wo sollten sie Heiligabend feiern? Es war in diesem Jahr das erste Mal gewesen, dass sie den 24. Dezember gänzlich ohne ihre Eltern verbracht hatte. Denn Hans und Irene waren der Einladung von Lennys Schwiegereltern gefolgt, sodass Emi in diesem Jahr mit beiden Großelternpaaren gleichzeitig feiern konnte. Und da Erik seine Mutter nicht allein lassen wollte, hatten sie kurzerhand entschieden, bei sich zu Hause zu feiern und sie dazuzubitten.

Dafür würden Erik und Lisa heute den Abend bei ihrer Familie in der Heide verbringen, und sie wollte das Beisammensein mit ihren Liebsten so richtig genießen. Vor allem freute sie sich auf den Moment, wenn Emi ihr Geschenk auspacken würde. Jedenfalls wollte sie sich ihre Laune heute auch von Erik nicht nehmen lassen. Denn wie sie ihren Mann kannte, würde er bereits wenige Minuten nach dem Abendessen auf die Uhr gucken und sie leise fragen, wie lange sie wohl noch bleiben mussten. Lisa seufzte, als ihr beim Einpacken von Emis Geschenk mal wieder bewusst wurde, dass ausgerechnet sie sich in einen absoluten Familienmuffel verliebt hatte.

Auch bei dem Thema Silvesterfeier verbreitete Erik nach wie vor schlechte Stimmung. Zwar hatte er Lisa kurz vor Weihnachten noch den Gefallen getan, die letzten Einladungen zu übergeben. Doch er gab ihr nach wie vor zu verstehen, dass er die ganze Sache für eine überflüssige Schnapsidee hielt und überhaupt keine Lust auf eine Feier mit so vielen Kindern hatte.

Daher blickte auch Lisa der Feier inzwischen mit gemischten Gefühlen entgegen. Als Gastgeberin fühlte sie sich dafür verantwortlich, dass alle gut miteinander auskommen würden.

Doch die Gäste bildeten einen ziemlich bunt zusammengewürfelten Haufen – angefangen von Eriks Kumpeln Knuth und Martin, bis zu Jutta und Betty und deren Familie. Aus dem Haus hatte das schwule Pärchen aus der Dachgeschosswohnung zugesagt sowie ihre direkte Nachbarin Lucia mit ihrer zwölfjährigen Tochter Charlotta. Auch das Pärchen aus dem Erdgeschoss wollte mit ihrem Sohn Ole kommen. Aus der WG in der anderen Dachgeschosswohnung wussten sie nicht einmal, wer von den vier Studenten offiziell Mieter und wer bloß Freunde oder Partner waren. Lediglich Frau Kuhlmann aus der Erdgeschosswohnung links und deren Nichte, die immer nur sporadisch nach Hamburg kam, hatten die Einladung höflich, aber ohne Begründung abgelehnt.

Während sie eine große Schleife um das Geschenk band, nahm sich Lisa vor, sich von Eriks Unmut nicht anstecken zu lassen. Sie musste den Umstand, dass er nun mal kein Freund von großen Feierlichkeiten mit Kind und Kegel war, mit Humor nehmen und sich in Zukunft mit Kommentaren besser zurückhalten.

Lisas Freude auf den heutigen Abend wuchs. Sie liebte Weihnachten im Kreis der Familie, und sie wusste, dass die Weihnachtsgans ihrer Mutter im ganzen Haus einen Duft verbreiten würde, der Kindheitserinnerungen aufkommen ließ. Vielleicht würde Erik ja doch noch Lust auf eine eigene Familie bekommen, wenn ihm heute noch mal vor Augen geführt würde, wie schön es sein konnte, im größeren Kreis zu feiern – und nicht bloß mit der eigenen Mutter als einzigem Menschen, dem man sich verbunden fühlte.

Allmählich wurde es Zeit, aufzubrechen, und Lisa drängte zur Abfahrt. Doch Erik war noch immer im Bad verschwunden, sodass Lisa schnell noch eine Flasche Wein als Dankeschön für ihre Eltern aus dem Regal nahm und sie mit einer weihnachtlichen Schleife dekorierte.

»Wo bleibst du denn?!«, rief sie vorwurfsvoll in Richtung Badezimmer. Erneut sah sie unruhig auf die Uhr.

Doch sie bekam keine Antwort, obwohl sie sich ganz sicher war, dass Erik sie gehört haben musste. Lisa begann, sich zu ärgern. Schließlich hätte Erik nicht noch zu einer kleinen Trainingstour aufbrechen müssen, nachdem er seine Mutter nach Hause gefahren hatte. Nun waren sie entsprechend spät dran.

Als sie sich dann endlich mit dem Auto auf den Weg in die Heide machten, war die Stimmung alles andere als weihnachtlich und harmonisch.

»Wann sind wir denn wohl wieder zu Hause?«, fragte Erik schlecht gelaunt. »Im Fernsehen kommt ein Bericht über Hawaii und da will ich –«

»Wir sind noch nicht mal da, und du stresst jetzt schon rum!«, entfuhr es Lisa.

»Wer stresst denn hier rum? Ich hatte nicht mal Zeit, mich umzuziehen«, entgegnete Erik. »Du bist echt total unentspannt.«

Innerlich wäre Lisa fast der Kragen geplatzt, doch sie beschloss, für den Rest der Fahrt zu schweigen. Sie würde sich von Erik nicht weiter provozieren lassen. Nicht heute.

Im Radio spielten sie ein Weihnachtslied nach dem anderen. Bei »Driving home für Christmas« von Chris Rea, Lisas Lieblingslied, füllten sich ihre Augen mit Tränen. Aber sie riss sich zusammen, um Erik nichts von ihren verletzten Gefühlen zu zeigen und schon gar nicht ihren Eltern, die ihr sofort ansehen würden, dass etwas nicht stimmte.

Als sie mit zwanzig Minuten Verspätung bei ihren Eltern ankamen, lief Emi ihnen sofort freudig entgegen. Sicher ahnte sie, dass sie noch ein Geschenk bekommen würde. Lenny hatte ihr vermutlich erzählt, der Weihnachtsmann hätte es bei Lisa abgegeben.

Nach der turbulenten Begrüßung durch ihre Nichte und dem warmen Empfang ihrer Eltern und Agnes und Lenny war Lisa dankbar, dass Emi sich sofort daranmachte, ihr Geschenk aufzureißen, und somit alle Aufmerksamkeit auf sich zog. Tatsächlich freute sie sich über das hübsche Kleid, sprang aufgeregt durchs weihnachtlich dekorierte Wohnzimmer und wollte es sofort anziehen.

Niemand schien die Angespanntheit zwischen Erik und ihr zu wittern.

Nach der Suppe erzählte Lisas Mutter mit glänzenden Augen vom gestrigen Abend. Wie der Weihnachtsmann plötzlich aufgetaucht war und wie Emi ihm so tolle Gedichte aufgesagt hatte. Alle Blicke richteten sich jetzt auf Lisas Nichte, und man konnte sehen, wie stolz sie auf ihre Leistung war. Auch Lenny und Agnes lächelten glücklich. Es war fast ein seliges Lächeln, mit dem sie ihre Tochter bedachten.

Dann fragte Lisas Vater, wie denn ihre kleine Feier mit Eriks Mutter gewesen wäre und ob sie sich einen schönen Abend gemacht hätten. Lisa hatte partout keine Lust darauf zu antworten und sah stattdessen Erik auffordernd an. Der legte demonstrativ die Hand auf ihre Schulter und streichelte sie sanft, während er ausführte, wie ruhig und harmonisch der Abend gewesen wäre. Als er dann in einem ironischen Ton ergänzte, dass es auch Vorteile habe, wenn die Familie nur aus einem Mitglied bestand, versetzte dies Lisa einen leichten Stich.

Ihre Eltern schmunzelten über seine vermeintlich scherzhafte Äußerung, doch Lisa wusste, dass darin in Wahrheit gar keine Ironie lag.

Aber es lag noch etwas anderes in der Luft, das Lisa immer wieder irritiert von einem Gesicht zum anderen blicken ließ. Als sie ihrer Mutter in der Küche für den Hauptgang zur Hand ging und den Rotkohl und die Klöße auf die Teller füllte, fragte sie: »Sag mal, ist alles in Ordnung? Irgendwie tut ihr alle so geheimnisvoll.«

Doch ihre Mutter antwortete nicht, sondern lächelte nur versonnen. Sie zuckte mit den Schultern und widmete sich weiter dem Zerlegen des duftenden Gänsebratens.

»Nun sag schon«, ermahnte Lisa ihre Mutter. »Ihr habt doch irgendwas.«

Gut gelaunt sah ihre Mutter sie an und entgegnete nur: »Lass dich überraschen!«

Als sie an den Tisch zurückkamen, hielt auch Emi die komische Spannung offenbar nicht mehr aus. Gerade als Lisas Vater das Glas erheben und allen noch einmal fröhliche Weihnachten und einen guten Appetit wünschen wollte, platzte es aus ihr heraus: »Mama und Papa haben eine Überraschung!«

Lisa sah Emi fragend an.

»Ich krieg einen kleinen Bruder!«, erklärte ihre Nichte feierlich und strahlte in die Runde.

»Aber Emi«, warf Lenny lachend ein, »wir wissen doch noch gar nicht, ob es ein Junge wird. Vielleicht bekommst du ja auch eine Schwester!«

Alle stimmten in das Lachen ein. Alle bis auf Lisa. Sie spürte, wie die freudigen Blicke ihrer Eltern auf ihr ruhten und eine Reaktion von ihr erwarteten. Also atmete sie tief durch und stürmte dann auf Lenny und Agnes zu, so wie es von ihr erwartet wurde. Sie umarmte erst Agnes und dann Lenny, und es fiel ihr wahnsinnig schwer, ihren Bruder wieder loszulassen. Doch Erik stand bereits hinter ihr, um ebenfalls zu gratulieren.

»Glückwunsch!«, sagte er. »Wir freuen uns sehr für euch.«

Während sie sich wieder auf ihren Platz setzten, versuchte Lisa, den dicken Kloß in ihrem Hals nach allen Kräften zu ignorieren.

Erst als der Hauptgang und auch das Gespräch über den errechneten Geburtstermin im Herbst sowie Agnes' allgemeines Befinden beendet waren, flüchtete sich Lisa aufs Klo, um ein paar Tränen zu verdrücken. Sie hoffte, dass niemand etwas bemerken und sie auch nicht auf das Thema Nachwuchs ansprechen würde.

17

Lisa dröhnte der Kopf. Wieso nur hatte sie sich von Jutta dazu überreden lassen, die Inventur ausgerechnet heute am Neujahrstag zu machen? Lisa hatte zwar in der Silvesternacht nur ein paar Gläser Sekt getrunken. Doch sie war spät ins Bett gekommen, und drei Stunden Schlaf waren eindeutig zu wenig gewesen.

Erik hatte noch in der Nacht, nachdem die letzten Gäste in ihren Wohnungen verschwunden waren, angefangen aufzuräumen. Und da Lisa nun mal die Idee zu dieser etwas schrägen Party gehabt hatte, fühlte sie sich verpflichtet, mitzuhelfen, das Chaos so schnell es ging zu beseitigen.

»Früher warst du nicht so eine Memme«, sagte Jutta, als sie ihr von einer Leiter aus einen Stapel Schals aus einem Regal herunterreichte. Offenbar hatte Lisa noch immer einen gequälten Gesichtsausdruck.

»Ich bin das Feiern einfach nicht mehr gewohnt«, jammerte sie müde und ließ für einen Moment die Leiter los, um die Schals beiseite zu legen.

»Ey!«, beschwerte sich ihre Freundin. »Festhalten, hab ich gesagt!«

Lisa gehorchte artig und nahm nur noch mit einer Hand weitere Taschen und Tücher entgegen. Wie verabredet, wollten sie nämlich nicht nur ihren Bestand und die Diebstahlquote checken, sondern auch einmal gründlich sauber machen.

»Also, ich fand's lustig gestern. Du nicht?«, fragte Jutta gut gelaunt weiter.

»Schon«, stimmte Lisa ihr nachdenklich zu, »aber irgendwie hab ich was anderes erwartet.«

»Was denn?«, fragte Jutta, ohne ihr hyperaktives Treiben zu unterbrechen.

»Weiß nicht«, murmelte Lisa, »ich dachte, ich lerne die Leute besser kennen – wenn man schon unter einem Dach wohnt.«

»Aber das ist doch immer so, dass man sich als Gastgeber nicht so entspannt unterhalten kann.«

Lisa stieß einen zustimmenden Seufzer aus und machte sich daran, die Regalböden abzuwischen.

»Also, ich fand's total nett.« Jutta hielt inne und streichelte verträumt über einen Stapel flauschiger Pullover.

»Ja, vor allem diesen Paul. Oder wie heißt dein neuer Schülerschwarm noch mal?«, stichelte Lisa.

»Der ist kein Schüler. Der studiert Jura!«

»Ist trotzdem zu jung für dich.«

Nun drehte sich Jutta zu Lisa nach unten und verzog ihre Mundwinkel. »Ist ja nicht jeder mit Mitte dreißig so ein spießiger Mutti-Typ wie du.«

»Ich bin kein Mutti-Typ!«, protestierte Lisa und ließ den feuchten Lappen fallen.

Behände stieg Jutta von der Leiter, sodass sie Lisa direkt in die Augen blicken konnte. »Aber du wärst es gern. Und das ist dein Dilemma.«

Lisa hob die Augenbrauen und stöhnte auf. Schon wieder waren sie bei diesem leidigen Thema angelangt, von dem sie sich noch um Mitternacht gewünscht hatte, dass es sie im neuen Jahr – wenn überhaupt – nur positiv beschäftigen würde. Aber als sie die kleine Nachbarsfamilie während des Feuerwerks dabei beobachtete, wie sie eng umschlungen den bunten Hamburger Himmel bewunderten, war sie ganz melancholisch geworden. Es war so rührend zu sehen, wie der kleine Ole, der rechtzeitig zu Mitternacht aus seinem improvisierten Bettchen in Lisas Gästezimmer geholt worden war, schlaftrunken, aber fasziniert beobachtete, wie die Jungs eine Rakete nach der anderen zündeten. Auch die lauten Knaller konnten ihm nichts anhaben. Stattdessen blickte er zwischen seinen Eltern hin und her und forderte sie mit glänzenden Augen dazu auf, immer noch mehr »Bumm« zu machen. Sein vergnügtes Lachen war ansteckend gewesen, und Lisa hatte sich verliebt nach Erik umgesehen. Ihr Mann stand ein paar Meter weiter weg und schien mit Knuth gedanklich gerade in einer ganz anderen Welt unterwegs zu sein als sie. Die beiden sprachen über ihre Pläne für das neue Jahr, und Lisa schnappte mal wieder Wörter wie Trainingsoptimierung und Bestzeiten auf. Als sie sich dazugesellte, wurde sie schlichtweg ignoriert.

Lisa erinnerte sich, wie sie ihre wehmütigen Gefühle in dem Moment dem Alkohol zuschrieb. Doch jetzt überkam sie eine neue Welle der Traurigkeit. Sie war zwar noch ziemlich müde, aber doch auch schon wieder ganz klar im Kopf. Und sie spürte eine undefinierbare Angst – Angst davor, dass sie und Erik sich in diesem neuen Jahr letzten Endes doch in zwei komplett unterschiedliche Richtungen entwickeln würden.

»Ach, Süße«, sagte Jutta nun versöhnlich, »lass den Kopf nicht so hängen. Irgendwie werdet ihr euch schon einig.« Sie sah Lisa aufmunternd an. »Tut mir leid, wenn ich was Blödes gesagt habe. Komm, wir trinken jetzt erst mal einen Kaffee. Die Staubmäuse können warten!«

Als Lisa am späten Nachmittag wieder auf dem Weg nach Hause war und überall noch die hässlichen Papierfetzen und leeren Flaschen auf den Straßen liegen sah, drängten sich ihr bei diesem Anblick Assoziationen zu ihrer Ehe auf.

Gestern Abend wirkte alles bunt, jede abgefeuerte Rakete

versprühte hoffnungsvolle Funken auf eine sorgenfreie Zukunft, und das laute Knallen würde alle traurigen und bösen Gedanken für immer verstummen lassen.

Die gemeinsame Zukunft mit Erik wird noch schöner und bunter, dachte Lisa, denn die Magie der Silvesternacht speist sich aus einer Sehnsucht nach Zuversicht. Und die ist uns beiden gemein. Doch dann am nächsten Morgen kriecht die bittere Schalheit in den Alltag zurück, und alles, was bleibt, sind traurige Spuren, die jeglichen Zauber verloren haben.

Als sie in die Osterstraße einbog, schüttelte Lisa den Kopf über sich und ihre komischen Gedanken.

Wieso nur, fragte sie sich, fühlte sie sich so melancholisch und leer? War sie etwa Opfer ihrer Hormone, die ihr vorgaukelten, nur eine sofortige Schwangerschaft könnte sie aus ihrem emotionalen Loch herausholen? Oder sehnte sie sich bloß danach, einfach wieder einen festen Platz in dieser unüberschaubaren Welt zu finden? Vielleicht sehnte sie sich auch nur nach echter Nähe mit Erik, die sich anfangs so mühelose zelebrieren ließ und die sich in letzter Zeit so selten von allein einstellte.

Nein, ermahnte Lisa sich innerlich, Schluss jetzt mit dem Grübeln! Sie würde jetzt auf der Stelle umkehren und in Eriks Lieblings-Sushi-Bar eine Platte für zwei Personen ordern. Heute Abend würden sie es sich so richtig schön gemütlich machen – ohne dass sie irgendwelche Punkte auf einer ominösen Liste dafür brauchten. Und auch ohne jede Grübelei, die sämtliche Lebensfreude schon im Keim erstickte.

Lisa atmete tief durch und spürte, wie die kühle Luft in ihren Körper drang. Ein Blick gen Himmel, wo gestern Nacht noch das bunte Feuerwerk die Nacht erhellte und wo nun die ersten Sterne auszumachen waren, gab ihr ein gutes Gefühl von verlässlicher Beständigkeit.

Als sie wenig später mit den frisch zubereiteten Leckereien im Haus eintraf, war sie endlich wieder bester Laune.

Im Treppenhaus begegnete sie Johann, dem Vater des kleinen Ole. Auch er hatte für seine Familie etwas zu essen geholt. Er bedankte sich noch einmal für die tolle Feier. Dann fachsimpelten sie noch darüber, wo es im Stadtteil wohl das leckerste Sushi zu essen gab, und wünschten sich schließlich noch einen schönen Abend.

In großen Schritten eilte Lisa die Treppe hinauf.

Hoffentlich hat Erik auch Lust auf Sushi, dachte sie. Sie würden zahlreiche Kerzen anzünden, sich zusammen gemütlich in die Wolldecke auf dem Sofa kuscheln und vielleicht einen alten Film ansehen.

Lisa schloss die Wohnungstür auf und rief sogleich nach Erik. Doch es kam keine Antwort.

Als ihr Blick auf den kleinen, gelben Zettel auf der Kommode fiel, starb die Vorfreude auf einen romantischen Abend schlagartig. Ungläubig las sie die Nachricht, die Erik ihr hinterlassen hatte:

Hi Motte,
hoffe, dein Tag war nicht zu anstrengend …
Bin mit Knuth zum Schwimmtraining
und anschließend 'ne Kleinigkeit essen.
Riesenknutscher, E.

Lisas Magen schrumpfte auf einen kleinen, festen Klumpen zusammen. Obwohl sie mit aller Macht versuchte, den neuen Anflug von Enttäuschung zu ersticken, schlug der Schmerz mit voller Wucht zu. Sie musste sich an die Wand lehnen, so schwach fühlte sie sich plötzlich. Sie sank zu Boden und ließ ihren Tränen freien Lauf.

18

Lisa saß schon eine ganze Zeit lang missmutig auf dem Sofa. Obwohl der Fernseher seit Stunden lief, sah sie gar nicht richtig hin. Als sie endlich den Schlüssel in der Wohnungstür hörte, griff sie schnell nach einer Zeitschrift und blätterte darin.

Erik trat ins Wohnzimmer und begrüßte sie mit einem flüchtigen Küsschen auf die Wange. »Hi Motte!«, sagte er gut gelaunt und schaute gleich zum Bildschirm, während er sich seine Fahrradjacke auszog.

Lisa tat so, als würde sie hochkonzentriert lesen. Sie hatte einfach keine Lust, nett zu ihm zu sein. Nicht an diesem enttäuschenden, einsamen Abend.

»Willst du auch noch was trinken?«, fragte Erik im Weggehen.

Doch Lisa blieb stumm.

Sollte sie jetzt etwa eine Grundsatzdiskussion anzetteln?, fragte sie sich widerwillig.

»Wo kommt denn das ganze Sushi her?«, hörte sie Erik angetan aus der Küche fragen.

Kurz darauf kam er genüsslich kauend mit einem Energydrink in der Hand zurück ins Wohnzimmer.

»Drei Mal darfst du raten!«, stichelte Lisa patzig.

Erik schaltete offenbar sofort. Denn er setzte sich zu ihr auf die Sofakante und blickte sie irritiert an. »Sag mal, hast du geheult?«, fragte er überrascht.

Doch Lisa antwortete nicht, sondern schaute ihn stattdessen nur vorwurfsvoll an.

»Was ist denn?«, fragte er verständnislos.

»Ach, nichts.« Lisa blätterte weiter in ihrem Magazin.

Erika nahm es ihr aus der Hand und bohrte bemüht sanft weiter: »Wann warst du denn zu Hause?«

»Früh genug, um mir mit dir einen gemütlichen Abend zu machen!«, entgegnete sie scharf.

»Aber wieso hast du denn nicht angerufen?«, fragte Erik und grinste. »Du weißt doch, für Sushi verzichte ich sogar aufs Training!«

»Für Sushi schon, für mich aber nicht!« Lisas Stimme hatte einen aggressiven Ton angenommen.

Nun atmete Erik schwer durch und stöhnte – in einer Weise, die Lisa nicht nur zur Weißglut trieb, sondern auch verletzte.

»Aber ich konnte doch nicht wissen, dass du schon so früh von der Arbeit zurückkommst!«, verteidigte er sich.

Lisa schwieg, woraufhin Erik sich umso mehr bemühte, gut Wetter zu machen. Er rutschte etwas näher an sie heran und fragte: »Wollen wir morgen unseren DVD-Tag machen? Den nächsten Punkt auf unserer Liste?« Er schaute sie erwartungsfroh an, so als würde er ihr mit diesem Vorschlag einen riesigen Gefallen tun. »Dann können wir auch das Sushi essen.«

»Ach, bis dahin ist es längst verdorben«, entgegnete Lisa und klang dabei noch immer beleidigt. Schließlich würde Erik wieder nicht ihretwegen zu Hause bleiben, sondern bloß wegen seiner Lieblingsfilme. Sie hatte außerdem absolut keine Lust, ihren einzigen freien Tag in dieser anstrengenden Woche mit all den Umtauschen und der Inventur dafür zu opfern, stundenlang Filme zu schauen, denen sie einfach nichts abgewinnen konnte.

Erik amüsierte sich jetzt offenbar über ihre schlechte Laune, denn er sagte: »Du bist sowas von süß, wenn du zickig bist …«

»Ich bin nicht zickig!«, rief Lisa nun empört und richtete sich mit einem Ruck auf. Sie hatte sich die letzten Stunden so in Rage gedacht, dass sie einfach nicht so tun konnte, als wenn alles in bester Ordnung sei.

»Motte …«, sagte Erik etwas sanfter und gab ihr einen Kuss auf die Nasenspitze. Dann küsste er sie auf die Wange. Langsam wanderte sein Mund weiter zu ihrem Hals.

Als plötzlich das Telefon klingelte, war Lisa hin- und hergerissen. Eigentlich wünschte sie sich, sich ihm hinzugeben und diese anstrengende Angespanntheit einfach abzuschütteln. Doch dann hätte Erik wieder gewonnen. Nichts würde sich ändern an ihrem Grundgefühl, dass sie sich ständig vernachlässigt und in ihren Wünschen missachtet fühlte.

Das Telefon läutete unbeirrt weiter, und da Erik keine Anstalten machte hinzugehen, stand Lisa genervt auf.

»Lass es doch klingeln«, bat Erik.

Lisa verzog ihre Mundwinkel und blickte ihn tadelnd an. Sie zögerte. »Ich guck nur schnell, wer es ist«, sagte sie mürrisch. »Ist doch seltsam, dass jemand noch so spät anruft.«

Sie ging zum Telefon im Flur und sah im Display, dass es ihre Eltern waren. Nun wunderte sie sich noch mehr über einen so späten Anruf, denn eigentlich hatten Irene und Hans ihr schon heute Mittag ein frohes, neues Jahr gewünscht.

»Komisch, das sind meine Eltern«, sagte sie und sah Erik irritiert an, der ihr gefolgt war.

Erik lächelte gequält, denn er wusste genau, dass Lisas Gespräche mit Hans oder Irene meist sehr wohl länger dauerten. Aber vermutlich gab es diesmal tatsächlich einen guten Grund für ihre späte Störung.

»Ja?« fragte Lisa verwundert in den Hörer.

»Hallo Liebes«, antwortete ihre Mutter, und Lisa hörte sofort an ihrer gedämpften Stimme, dass etwas nicht stimmte.

»Was ist los?«, fragte sie besorgt.

»Das Kind …«, sagte die Mutter stockend. »Agnes hat es verloren. Lenny hat uns eben angerufen …«

Lisa traf die Nachricht wie ein Schlag. Natürlich wusste sie, wie kritisch die erste Phase einer Schwangerschaft war. Doch damit hatte sie einfach nicht gerechnet.

»Was ist passiert?« Ihr Herz begann zu rasen.

»Es ist … Es ist abgegangen. Gestern schon …« Lisas Mutter sprach mit tränenerstickter Stimme. »Sie wollten gerade zum Fondueessen mit den Nachbarn. Aber Agnes fühlte sich nicht wohl und hat sich gekrümmt vor Schmerzen. Sie musste ins Krankenhaus … Jetzt ist sie wieder zu Hause. Gesundheitlich ist mit ihr aber wohl alles so weit in Ordnung«, fügte sie leise hinzu.

»Gut. Äh …« Lisa korrigierte sich. »Ich meine, es ist natürlich nicht gut. Also, das mit dem Kind … Soll ich kommen?« Unsicher drehte sie sich zu Erik um, der sie alarmiert ansah.

»Nein«, erklärte Irene traurig und seufzte. »Danke, das ist lieb. Aber wir können ja eh nichts tun.« Sie bemühte sich, wieder etwas fröhlicher zu klingen, als sie noch hinzufügte: »Es sollte wohl nicht sein.«

»Ach, Mama … Ich weiß gar nicht, was ich sagen soll.«

»Schon gut. Ich nehme Emi morgen. Die beiden brauchen ein bisschen Ruhe … Lenny wollte, dass ich dir Bescheid sage.«

»Okay, danke.« Lisa spürte einen Kloß im Hals. »Ich melde mich morgen bei ihm. Das wollte ich sowieso machen.«

Sie verabschiedeten sich noch herzlicher als sonst, und Lisa legte auf. Eine ganze Weile blieb sie einfach reglos stehen.

Erst als Erik sich vor sie stellte, sie an der Schulter berührte und fragend ansah, erwachte sie aus ihrer Lethargie.

In knappen Worten berichtete sie ihm, was vorgefallen war. Er nahm sie in die Arme, streichelte zärtlich ihren Nacken und sagte nach einer Weile: »Das ist aber schade.«

»Ja, das Jahr fängt wirklich gut an …«, murmelte Lisa voll bitterer Ironie in Eriks Sweatshirt.

Erik ließ sie wieder los, ging ins Wohnzimmer und sagte: »Wir könnten auch jetzt noch einen Film gucken. Vielleicht kommt ja noch irgendwas Schönes!«

Lisa traute ihren Ohren nicht. Sie stand einfach nur da und sah ihm fassungslos hinterher.

Will Erik nun tatsächlich gleich zur Tagesordnung übergehen?, fragte sie sich.

Als Erik bemerkte, dass Lisa sich nicht rührte, kam er zurück in den Flur und schaute sie irritiert an.

»Was ist denn?«, fragte er mit einer Spur Gereiztheit in der Stimme. »So was passiert nun mal.«

Lisa baute sich mit verschränkten Armen vor ihm auf und entgegnete angesäuert: »Macht dir das denn gar nichts aus?«

Erik stöhnte auf. Er ahnte offenbar, dass sich nun eine lange Diskussion entspinnen konnte, und erwiderte betont freundlich: »Lisa, natürlich ist das traurig. Aber ich hab sowieso nicht verstanden, warum die beiden die Schwangerschaft in einem so frühen Stadium hinausposaunt haben.«

»Weil sie sich gefreut haben, vielleicht!« Sie spürte, wie ihr das Blut in den Kopf schoss.

»Willst du mir jetzt wieder unterstellen, dass ich mich an Lennys Stelle nicht gefreut hätte, oder was?« Erik war laut geworden und sah Lisa herausfordernd an.

Lisa wusste nicht so recht, was sie darauf antworten sollte. Sie wusste, sie benahm sich wie ein trotziges Kind.

Doch Erik ließ ihr keine Zeit zum Erwidern. Genervt fügte er noch hinzu: »Langsam hab ich echt keinen Bock mehr auf das Thema!«

»Keinen Bock?«, fragte sie entsetzt. Wieder hatten seine Worte sie verletzt. »Das ist doch nicht normal, wie dich das alles abschreckt!«

»*Du* schreckst mich ab!«, rief Erik und fuchtelte mit den Armen in der Luft rum. »Wir haben eine Abmachung, und du stresst trotzdem immer wieder rum. Alles dreht sich nur noch um –«

»Ich stresse rum?«, schrie Lisa mit zittriger Stimme. »Du hast ja keine Ahnung, wie es in mir aussieht!«

»Oh doch! Du hasst mich, weil ich kein Kind will!«

»Ach! Dann gibst du es also endlich mal zu?!«

Eriks wütender Gesichtsausdruck verriet, dass er noch einen draufsetzen wollte. Wie ein gehetztes Tier schritt er unruhig den Flur auf und ab. Dann blieb er plötzlich vor ihr stehen, atmete tief durch und winkte ab.

»Was soll das, Lisa?«, sagte er schließlich in dieser betont vernünftigen Art, die Lisa in den Wahnsinn treiben konnte. »Unterstell mir nicht immer, ich wäre ein Kinderhasser!«

»Okay. Wenn du kein Kinderhasser bist, wirst du ja sicher nichts dagegen haben, dass ich die Pille absetze!«

Kaum hatte sie die Worte ausgesprochen, erschrak Lisa. Was hatte sie da bloß gesagt? Das musste Erik als Provokation verstehen! Als eine Kriegserklärung, die nun über ihnen schwebte, wie ein Fallbeil, das jeden Moment herunterzustürzen drohte.

»Du hast die Pille abgesetzt?«, entfuhr es Erik zornig.

Doch Lisa sagte nichts, sondern flüchtete sich in die Küche. Auf keinen Fall wollte sie Erik zeigen, wie schon wieder Tränen in ihr aufstiegen. Sie war so enttäuscht und wütend auf ihn. Und gleichzeitig fühlte sie sich so voller Scham und Trauer.

Sie ließ sich auf die Bank sinken und vergrub das Gesicht in den Händen.

Erik war ihr gefolgt, blieb aber in der Tür stehen und sah sie lange Zeit abwartend an. In einem für Lisa unheimlich sachlichen, aber beinahe auch verächtlichen Tonfall sagte er schließlich: »Wie kannst du mich so hintergehen?!«

»Und wie kannst du mich mit all dem so allein lassen?«, konterte Lisa. Ihre Stimme war leise, aber gefasst. Sie stand auf, trat ans Fenster und blickte hinaus in die Dunkelheit.

Dann hörte Lisa, wie Erik aus der Küche ging und offenbar ins Wohnzimmer verschwand. Sie hielt die Luft an und traute sich kaum, zu atmen. Nervös spielte sie mit ihrem Ehering und blickte starr auf den dunklen Hof. Wie lange war es her, dass sie dort die Blaumeisen beobachtete hatte, wie sie spielerisch umeinander flogen? Was war seitdem passiert?

Plötzlich stand Erik wieder in der Küchentür und sagte: »Ich muss hier raus.«

Lisa drehte sich zu ihm um, und es versetzte ihr einen erneuten Stich, als sie sah, dass er seine Jacke wieder angezogen hatte und tatsächlich die Wohnung verlassen wollte.

»Dann hau doch ab!«, sagte Lisa kalt und entschieden.

Sie blickten sich abschätzig in die Augen.

Dann drehte sich Lisa wieder in Richtung Fenster und hörte, wie Erik die Wohnungstür hinter sich zuknallte.

19

Lisa schnäuzte mittlerweile in das fünfte Taschentuch und atmete tief durch. Obwohl Erik schon vor über einer Stunde abgehauen war, wirbelten ihre Gedanken noch immer wild in ihrem Kopf herum.

Doch jetzt, da sie sich wieder etwas beruhigt hatte und ihre Tränen getrocknet waren, fühlte sie sich plötzlich unendlich leer. Sie konnte nicht mal sagen, ob sie wütend, enttäuscht, traurig oder gar erleichtert war. Lediglich die Einsamkeit war allgegenwärtig.

Daran ist einzig und allein Erik schuld, redete sie sich ein. Es hätte eigentlich so ein gemütlicher Abend werden können. Aber nun hatte er es versaut. Mit seiner Ignoranz und Eigenbrötlerei hatte er sie dazu getrieben, ihn so zu provozieren, dass der Streit eskaliert ist. Es war wohl der bislang schlimmste, seit sie sich kannten.

Und wer weiß, fragte sich Lisa. Vielleicht markiert er auch den Anfang vom Ende.

Vielleicht ist ihre Ehe womöglich nichts anderes mehr als ein Gerüst, das allein nur noch aus Hoffnung und Sehnsucht nach etwas bestand, von dem Lisa nicht mehr wusste, ob es das überhaupt gab.

Ob sie sich etwas Warmes anziehen und einen langen Spaziergang machen sollte? Falls Erik zurückkommen und sie suchen würde, sollte er sich ruhig grämen und sich am besten sogar Sorgen um sie machen. Sie würde einfach durch die Nacht spazieren und ihn ordentlich schmoren lassen.

Lisa zögerte. Oder konnte sie um diese Zeit noch Jutta anrufen, um sich alles von der Seele zu reden? Sie war sich sicher, dass ihre Freundin immer ein offenes Ohr für sie hatte. Doch eigentlich genoss sie es auch ein bisschen, sich in ihre einsame Melancholie fallen zu lassen und ein bisschen im Selbstmitleid zu baden. Aber eine Runde um den Block würde sie drehen.

Frische Luft würde ihr sicher guttun, dachte Lisa.

Sie stand auf und streifte ihren Wintermantel über. Als sie den Garderobenschrank öffnete, um auch noch ihren Schal und ihre Handschuhe herauszuholen, purzelte ihr plötzlich Lord Helmchen entgegen.

Das ist ja typisch!, dachte Lisa ärgerlich.

Eigentlich hatte sie gehofft, Erik würde den Helm in seiner Sporttasche ständig parat haben und wenigstens ab und zu tragen. Doch er sah noch immer erschreckend neu und unbenutzt aus.

Sie fragte sich, ob sie nicht einfach zu viel Rücksicht auf Erik genommen hatte die letzten Monate. Nur um ihn ja nicht zu nerven oder sich bei ihm unbeliebt zu machen, hatte sie ihn nicht mehr auf den Helm angesprochen und auch nicht auf ihren Wunsch nach einem Kind – und schlimmer noch: ihr Bedürfnis, darüber offen zu reden, hintangestellt.

Lisa beschloss, keine Notiz für Erik zu schreiben, und sie würde auch ihr Handy auf der Kommode im Flur liegen lassen.

Im Grunde hatte Erik sie doch sogar hintergangen, dachte sie, als sie die Tür hinter sich zuzog und durchs Treppenhaus nach unten lief. Seit Beginn ihrer Beziehung stand außer Frage, dass er eine Familie haben wollte. Doch als es dann endlich konkret wurde, ließ er sie im Stich. Mit einem Mal galt nicht mehr, was er gesagt hatte. Stattdessen tat er so, als hätten sie noch ewig Zeit. Dabei war Erik doch Arzt und wusste nur allzu gut, mit wie vielen Komplikationen sie in ihrem Alter rechnen mussten.

Aber vielleicht ist genau das ja seine Strategie, dachte Lisa auf einmal und kickte dabei trotzig eine leere Schachtel Zigaretten zur Seite, die zusammengeknüllt vor dem Haus lag.

Sicher, sie rauchten beide nicht, nahmen auch sonst keine Drogen und ernährten sich meist recht gesund. Und zumindest Erik war außerdem noch sehr sportlich. Dennoch konnte er doch nicht allen Ernstes davon ausgehen, dass es mit einer Befruchtung auf Anhieb klappte! Ganz zu schweigen von allem anderen, was schiefgehen konnte.

Unweigerlich musste Lisa an das verlorene Kind von Lenny und Agnes denken und daran, wie viel Tragik in dieser Situation lag. Das eine Paar kann sich nicht einig werden in der Frage, ob sie ein Kind wollen oder nicht. Und das andere Paar wünscht sich innigst ein Kind, aber verliert es wieder.

Wie sie das Ganze auch drehte und wendete, es entstand in ihrem Kopf einfach kein klares Bild. Was war bloß geschehen, dass sie so mit Erik aneinandergeraten konnte? Was war aus dem sicheren Gefühl geworden, das sie noch während ihrer wundervollen Zeit auf Sansibar gespürt hatte? Das Gefühl, wahrhaftig und für immer an die Seite eines Mannes zu gehören, den sie wirklich liebte und sehr schätzte. Was hatte sie ihm getan, dass er sich nicht oder nicht mehr vorstellen konnte, sie würde die Mutter seiner Kinder?

Vielleicht hat er eine Affäre, schoss es Lisa plötzlich durch den Kopf. Vielleicht waren all die Treffen, die schuld daran waren, dass sie so wenig Zeit miteinander verbrachten, gar keine Verabredungen zum Sport, sondern Verabredungen mit anderen Frauen. Aber sie war einfach nicht der Typ, um Erik hinterherzuschnüffeln. Jutta würde ihr garantiert genau dazu raten – mit dem Argument, Erik sei schließlich auch nur ein Mann.

Ob ich Erik geheiratet hätte, wenn ich gewusst hätte, wie wenig souverän er mit dem Thema Kinder umgeht?, fragte sich Lisa und bog auf die Osterstraße ein.

Entschieden marschierte sie weiter und immer weiter. Und plötzlich stand ihr Entschluss fest. Es reichte!

Sie würde Erik vor die Wahl stellen: Entweder sie einigten sich verbindlich auf einen Zeitpunkt für ein Kind oder sie trennten sich.

Lisa war plötzlich klar, dass sie niemals an Eriks Seite würde alt werden können, wenn sie seinetwegen kinderlos blieb. Wie sollte sie einen Mann weiterhin aufrichtig lieben können, wenn er nicht aufrichtig zu ihr war?

Wenn es aus anderen Gründen nicht klappte, dachte Lisa, würden sie sicher einen Weg finden, sich ein schönes Leben zu zweit zu machen. Aber unter diesen Umständen war Lisa fest entschlossen, die Einsamkeit und die neue undankbare Rolle der »Stressmacherin« in ihrer Beziehung nicht länger einfach so hinzunehmen.

Als Lisa an dem Fahrradladen vorbeikam, in dem sie und Erik den Helm gekauft hatten, stiegen ihr wieder Tränen in die Augen. Dort im Schaufenster lag ein ähnlich hässliches Exemplar wie Lord Helmchen.

Gedankenverloren starrte sie ins Fenster, bis sich mit einem Mal ihr Blick scharf stellte und sie ihr Gesicht in der Scheibe gespiegelt sah. Sie erschrak maßlos.

Sie sah nicht nur verheult und müde aus, sondern auch griesgrämig, ja fast hasserfüllt.

Sofort schaute sie weg, weil sie diesen Anblick nicht ertragen konnte.

War es wirklich allein Erik, der sich falsch verhalten hatte? Lisa traute sich kaum, dieser Frage gewissenhaft nachzugehen. Doch die Ahnung, dass auch sie einen gehörigen Teil zu der gesamten Entwicklung beigetragen hatte, breitete sich in ihr aus wie ein knallroter Luftballon, den man aufgrund seiner wachsenden Größe einfach nicht länger ignorieren konnte.

Zumindest für die Provokation mit der Pille würde sie sich entschuldigen müssen. Das war einfach nur mies gewesen, und der Gedanke, dass Erik annahm, sie würde ihn tatsächlich auf so niederträchtige Weise hintergehen, war für sie unerträglich.

Mit schneller werdenden Schritten setzte sich Lisa wieder in Bewegung. Auf einmal überkam sie eine große Sehnsucht nach Erik, nach seiner sanften Stimme, seiner ruhigen Art, seinem duftendem Körper. Wo er wohl sein mochte? Ob er sich wieder zu Knuth geflüchtet hatte?

Lisa schlug den Heimweg ein. Wenn Erik noch nicht wieder zu Hause war, würde sie ihn anrufen und ihn bitten, auf direktem Weg zu kommen, damit sie alle Missverständnisse aus der Welt schaffen konnten.

Als Lisa in ihre Straße einbog und sich dem Haus näherte, in dem sie wohnten, versetzte es ihr einen kleinen Stich, dass in der Wohnung kein Licht brannte. Erik war offenbar noch nicht nach Hause gekommen.

Lisa ging mittlerweile so zügig, dass sie allmählich in Laufschritt verfiel. Und je näher sie ihrem Hauseingang kam, desto stärker fühlte sie ihr Herz klopfen. Nun sah sie, dass Erik tatsächlich mit seinem Rennrad losgefahren sein musste. Zumindest stand es nicht an seinem Platz, angekettet am überdachten Fahrradständer.

Wieso nur hatte sie ihr Handy nicht mitgenommen? Dann hätte sie Erik gleich jetzt angerufen, statt weitere Minuten sinnlos verstreichen zu lassen.

Als sie endlich oben ankam und die Tür aufschloss, rannte sie sofort zu ihrem Handy, um nachzusehen, ob er angerufen hatte. Doch es gab keine neuen Nachrichten und auch keine SMS. Enttäuscht drehte sie sich zum Telefon auf der Kommode und sah, dass der Anrufbeantworter blinkte. Sie legte das Handy beiseite und ging mit einem gespannten Lächeln auf das rot leuchtende Signal zu. Wer sonst würde mitten in der Nacht noch bei ihnen anrufen?

Lisa drückte auf den Wiedergabe-Knopf, doch es war keine Ansage zu hören. Ob das Erik war?, fragte sich Lisa. Ich muss mit ihm reden!

Erneut griff sie nach dem Handy. Doch gerade als sie seine Nummer wählen wollte, klingelte es an der Tür.

Lisa erschrak, beruhigte sich dann aber mit dem Gedanken, dass Erik in seiner Wut offenbar seinen Schlüssel vergessen haben musste.

Sie drückte den Summerknopf und öffnete die Wohnungstür einen Spalt weit. Anschließend rannte sie ins Bad, um sich blitzschnell die Haare zu kämmen und die verheulten Augen mit kaltem Wasser zu benetzen.

»Frau Grothe?«, hörte sie eine fremde, männliche Stimme in den Flur rufen.

Lisa erstarrte.

»Hallo? Frau Grothe?«

Mit unsicheren Schritten kam Lisa aus dem Bad in den Flur zurück und sah, wie sich die Wohnungstür öffnete.

Plötzlich standen zwei Polizisten vor ihr.

»Frau Grothe?«, fragte der Jüngere und blickte sie freundlich an.

Lisa nickte zaghaft.

»Ich bin Polizeiobermeister Janßen, und das ist mein Kollege Polizeihauptmeister Meier, guten Abend.«

Der Mann hielt kurz seinen Ausweis hoch, doch Lisa schenkte ihm keine Aufmerksamkeit. Sie spürte nur noch, wie ihr Herz vor Angst bis zum Hals schlug, und hörte sich mit zitternder Stimme sagen: »Was wollen Sie? Ist etwas passiert?«

»Dürfen wir kurz reinkommen?«, fragte der andere Mann.

Lisa nickte und ließ die beiden Polizisten herein. Mit mechanischen Bewegungen schloss sie die Tür.

»Frau Grothe, wir müssen Ihnen leider mitteilen, dass Ihr Mann in einen Verkehrsunfall verwickelt war. Er wurde mit schweren Verletzungen ins Krankenhaus gebracht.«

20

Wie in Trance saß Lisa auf dem langen, kalten Krankenhausflur. Jedes Mal, wenn sich die große Schwingtür nervtötend langsam mit einem Summton öffnete, schreckte sie hoch.

Bereits über eine quälend lange Stunde war vergangen, seit sie von den beiden Polizisten in ein Taxi gesetzt und zum Uniklinikum Eppendorf gefahren worden war. Eine Schwester hatte sie gebeten, hier einen Moment Platz zu nehmen. Aber wie lange sollte sie hier noch tatenlos rumsitzen?

Ein junger Arzt lief hektisch an ihr vorbei, ohne sie auch nur anzusehen. Sie blickte ihm hinterher und konnte am anderen Ende des Flurs endlich zwei vertraute Gesichter ausmachen.

Es waren Lenny und ihr Vater! Lisa sprang auf, um ihnen direkt in die Arme zu laufen. Sobald sie ihren Vater geherzt und sich dann an Lenny festgeklammert und ihr Gesicht an seiner starken Schulter vergraben hatte, schluchzte sie herzerweichend.

»Danke, dass ihr gekommen seid.«

Hans streichelte ihr sanft über den Rücken und redete beruhigend auf sie ein. »Liebes, beruhig dich. Alles wird gut.«

Lisa sah auf. Wie gerne hätte sie ihm geglaubt!

»Weißt du denn schon Näheres?«, fragte Lenny. »Wie geht es ihm?«

Lisa schüttelte den Kopf und sagte stockend: »Es war … Es

war wohl ein schwerer Unfall. Ein Kleinwagen. Erik ist … Er ist dem Fahrer direkt vors Auto gefahren und dann –«

»Und was genau er hat, konnten die Ärzte …« Auch Lenny stockte.

»Die Schwester hat gesagt, dass …dass sie nichts Genaues sagen können, solange er noch untersucht wird.« Und mit zitternder Stimme fügte Lisa noch hinzu: »Aber ich habe aufgeschnappt, dass was mit der Halswirbelsäule ist!« Erneut musste sie mit den Tränen kämpfen. Doch sie wollte unbedingt stark sein und lächelte ihren Bruder tapfer an. »Was machst du eigentlich hier? Möchtest du nicht lieber bei Agnes sein?«

Lenny lächelte sie liebevoll an und antwortete in seiner ruhigen Art: »Sie soll mal wieder richtig ausschlafen.«

»Emi ist jetzt bei uns«, ergänzte Hans und deutete in die Richtung, in der Lisa zuvor gesessen hatte. »Sollen wir uns nicht setzen?«

Lisa nickte, und als ihr Bruder sie zu dem Platz führte, wo noch ihre Tasche und ihre Jacke lagen, flüsterte sie ihm ins Ohr: »Es tut mir so leid mit dem Kind.«

Er sah sie aufmunternd an. »Das weiß ich doch.«

»Ich soll dich natürlich auch von Mama ganz lieb grüßen.« Hans hob Lisas Tasche auf, die auf den Boden gefallen war. »Sie sagt, wir sollen sie unbedingt anrufen, wenn wir mehr wissen –«

»O Gott! Ich muss Renate endlich Bescheid sagen«, entfuhr es Lisa, »ich konnte es einfach noch nicht.« Sie holte ihr Handy hervor. »Was soll ich ihr denn bloß sagen?« Ihre Hände zitterten noch immer so sehr, dass sie kaum die Tatstatur bedienen konnte.

»Lass mich das machen«, bot Lenny an.

Hans schüttelte den Kopf und schlug vor, dass sie Eriks Mutter tatsächlich erst informieren sollten, sobald sie ihr auch etwas Konkretes sagen konnten. Denn schließlich ergab es keinen Sinn, wenn sie sich vor lauter Ungewissheit und Angst genauso lange quälte.

Kaum hatte er die Worte ausgesprochen, ging erneut die große Schwingtür auf. Ein großer, drahtiger Mann mit angegrauten Haaren und dunkler Brille betrat den Flur und kam eiligen Schrittes auf sie zu.

Lisa sprang auf, und auch Lenny und Hans erhoben sich von ihren Stühlen.

»Frau Grothe?«, fragte der Mann in einem sehr bestimmten Ton. »Ich bin Professor Weiländer.« Er streckte zuerst Lisa und dann ihrem Vater und ihrem Bruder die Hand entgegen.

Lisa nickte nur. Sie war unfähig zu sprechen und rechnete mit dem Schlimmsten.

»Was ist mit meinem Schwiegersohn?«, fragte Hans entschieden, damit der Arzt ohne Umschweife zum Punkt kommen würde.

Professor Weiländer atmete tief ein und erläuterte dann in langen, für Lisa unerträglich nüchtern formulierten Sätzen, wie es um Erik stand. Offenbar hatte er keine Verletzung der Halswirbelsäule, dafür aber eine epidurale Blutung durch eine Schädelfraktur.

Nur durch einen akustischen Schleier nahm Lisa wahr, dass Lenny den ärztlichen Monolog unterbrach, weil er wissen wollte, ob Erik denn keinen Helm getragen hatte. Als Professor Weiländer mit Bedauern verneinte, drohte Lisa in sich zusammenzusacken.

Schnell hakte ihr Vater sie unter und stützte sie für den Rest der Ausführungen. Gemeinsam versuchten sie, gefasst den komplizierten Erklärungen des Professors weiter zu folgen.

Lisa verstand nur so viel, dass Erik derzeit notoperiert werde, um die Gehirnblutung zu stillen und den dadurch ansteigenden Schädelinnendruck zu vermindern. Es bestand akute Lebensgefahr, doch die Chance, dass die Ärzte eine erfolgreiche Druckentlastung durch eine Öffnung des Schädels erreichen konnten, war relativ hoch. Sie lag bei etwa fünfundsiebzig Prozent. Doch auch die Gefahr bleibender Schäden lag immerhin noch bei etwa zwanzig Prozent.

Professor Weiländer erklärte, dass es noch Stunden dauern konnte, bis sie etwas zum Verlauf der OP würden sagen können. Er riet ihnen, Eriks Mutter erst am nächsten Morgen anzurufen und sie dann gegebenenfalls abzuholen. Er nickte ihnen aufmunternd zu und marschierte mit strammen Schritten wieder zurück in den OP-Saal.

Lisa ließ sich wieder auf den Stuhl sinken. Sie fühlte sich vollkommen leer. Nur schemenhaft beobachtete sie, wie Lenny auf eine Krankenschwester zuging und mit ihr etwas beredete. Ihr Vater nahm sich währenddessen ihr Handy vor, um ihre Mutter anzurufen, wie er sagte. Doch auch seine Worte drangen nicht richtig zu Lisa hindurch.

Nach einer Weile – Lisa hätte nicht sagen können, wie viel Zeit verstrichen war – kam die Schwester mit einem Glas Wasser und einer kleinen weißen Tablette auf sie zu. Lenny und Hans redeten behutsam auf sie ein, und Lisa führte die Pille schließlich zum Mund. Das Schlucken erfolgte mechanisch, auch wenn jede Bewegung sie schmerzlich quälte. Dann lehnte sie sich an Lennys Schulter und fiel in einen unruhigen Dämmerzustand.

21

Lisas Gedanken waren frei und leise. Sie liebte diese kostbaren Momente zwischen Tag und Traum am Morgen.

Zufrieden lächelnd lag sie auf einer weißen, weichen Oberfläche und blickte auf den sanft gewölbten Horizont. Erste Sonnenschimmer verwandelten das tiefdunkle Blau der Nacht allmählich in blendende Pastelltöne, die auf einem unendlich scheinenden Wolkenmeer zu tanzen schienen. Genauso unbekümmert wie das Lächeln des kleinen Mädchens, das mit seinen glänzenden Kinderaugen plötzlich auf Lisa zugelaufen kam.

Lisa breitete ihre Arme aus. Doch das Mädchen stürmte mit einer so gewaltigen Wucht purer Lebensfreude auf sie zu, dass sie beide ins Straucheln gerieten und in einen nicht enden wollenden Abgrund zu fallen drohten.

Für einen Moment hielt Lisa den Atem an. Die Angst vor einem harten Aufprall nahm eine Dimension an, die sie zu überwältigen drohte. Doch auf einmal wurde ihr ganz warm ums Herz.

Sie hielt das lachende Kind fest umklammert in ihren Armen und landete mit ihm schließlich sanft und geräuschlos wie eine Feder auf einer anderen Wolke, die sehr viel größer war als diejenige zuvor. Eine Woge der glückseligen Geborgenheit machte sich in ihr breit, und sie verlor jedes Zeitgefühl.

Weißer Nebel umlagerte sie. Er schimmert so hell und stark, dass Lisa Mühe hatte, den Horizont im Blick zu behalten. Und für einen kurzen Moment konnte sie nicht einmal erahnen, wo oben und unten war.

Dann drängte sich ihr eine viel wichtigere Frage auf: Wo war Erik?

Das kleine Mädchen neben ihr rief mit begeisterter Freude: »Papa!« und deutete zu einer anderen Wolke, die sehr viel dunkler und kleiner war und auf der nur schemenhaft die Umrisse eines jungen Mannes auszumachen waren.

Obwohl die Kleine immer lauter und drängender nach ihrem Vater rief, reagierte der Mann nicht. Er konnte sie offenbar nicht hören.

Lisa vermochte noch immer nicht zu erkennen, ob es tatsächlich Erik war, der dort in einiger Entfernung so einsam und unnahbar schien.

Auch ihr Winken erzeugte keine Reaktion. Der Mann wirkte vollkommen starr.

Als die beiden Wolken drohten, sich immer weiter voneinander zu entfernen, begann das Mädchen in einer Weise zu weinen, die Lisa bis in ihr tiefstes Inneres erschütterte. Sie weinte beinahe lautlos, und doch liefen ihr dicke Tränen über das tieftraurige Gesicht hinab auf das Kleidchen, das Lisa schon einmal gesehen hatte.

Sie versuchte, ihre Gedanken zu sammeln und sich zu erinnern, woher sie dieses zauberhafte Kleid mit dem vertrauten Schriftzug kannte. Aber ihr Blick war so stark getrübt, dass sie ihn nicht entziffern konnte. All ihr Mühen war vergeblich, sie erinnerte sich nicht.

Plötzlich kam ein starker Wind auf, der das Kleid des Mädchens heftig flattern ließ. Lisa geriet ins Wanken. Die Kleine jedoch stand einfach nur da und fixierte noch immer mit sehnsuchtsvollem Gesichtsausdruck den Mann, der so weit weg schien. Seine Wolke hatte sich inzwischen so weit entfernt, dass er nur noch als kleiner dunkler Punkt auszumachen war. Instinktiv hielt Lisa das Mädchen fest an der Hand, damit es nicht hinfortgetragen wurde von einer Böe. Doch der Sturm schien sich auf einmal genauso schnell zu verflüchtigen, wie er gekommen war.

Dann war es wieder vollkommen still um sie herum. Und erst jetzt bemerkte Lisa, welch wunderschöne Melodie das Mädchen vor sich hinsummte. Ihr Lied berührte sie tief.

Und dann geschah etwas ganz Unglaubliches: Ein gleißender Lichtstrahl durchfuhr den dichten Nebel. Urplötzlich verwandelte sich das Wolkenmeer in eine große, bunt blühende Blumenwiese.

Lisa verstand zwar nicht, wie sie so schnell und so sicher auf der Erde landen konnte, nahm es aber einfach hin, weil sie bereits wunderbar warme Sonnenstrahlen auf ihrer Haut spürte. Das Licht war noch immer so hell, dass sie kaum etwas erkennen konnte, und ihre Augen schmerzten bei dem Versuch, sich zu orientieren.

Nun löste sich das Mädchen aus ihrer Umklammerung und lief zu der Quelle, von der alles Leuchten zu kommen schien.

Lisa wollte hinterherlaufen, doch sie war noch immer geblendet und kam nur langsam vorwärts. Eine seltsame Energie, die von dem Licht ausging, zog sie magisch an. Sie blinzelte in das Strahlen hinein und erkannte schemenhaft, wie das kleine Mädchen auf den jungen Mann zulief, der ebenfalls von seiner Wolke gefallen war. Lisa war sich nicht sicher, aber sie hoffte, nein, sie ahnte: Es war Erik! Gleich würde auch sie ihn glücklich in die Arme schließen können.

Lisa versuchte, ihre Angst vor dem starken Sog zu überwinden und sich dem Strahlen ganz und gar hinzugeben. Doch die Energie der Lichtquelle wurde schwächer, je näher sie den anderen beiden kam. Lisa geriet ins Straucheln und stürzte schließlich zu Boden. Sie konnte keine Kraft mehr aufwenden, um sich wieder aufzurichten.

Plötzlich vernahm sie, wie jemand ihren Namen rief: »Lisa! Lisa! Hörst du mich?«

Die männliche Stimme war ganz deutlich zu verstehen. Sie kam ihr vertraut vor, doch sie konnte außer Erik und dem kleinen Mädchen niemanden sehen. Die beiden standen dicht zusammen und schienen auf sie zu warten. Dennoch war Lisa unfähig, sich zu bewegen. Irgendeine neue Kraft hielt sie am Boden fest. Ihre Schultern und ihr Nacken schmerzten.

»Lisa, aufwachen!«, rief die Stimme erneut. Sie war sanft, aber bestimmt. Dann rüttelte jemand an ihrem Arm.

Als Lisa die Augen öffnete, sah sie mit einem Schlag wieder alles ganz klar. Ihr Bruder beugte sich über sie und sagte: »Lisa, wach auf! Du darfst jetzt zu Erik. Er hat die OP überstanden.«

22

»Der Professor sagt, Erik hat die Operation gut überstanden. Wenn du möchtest, darfst du jetzt zu ihm.«

Lisa sah ihren Bruder verwirrt an. Dann schaute sie sich um, und sofort war der lähmende Schmerz wieder da, der sie wie ein bleierner Mantel zu erdrücken drohte. Sie war immer noch im Krankenhaus – aber in einem kleinen Zimmer mit einer Liege. Durch das schmale Fenster fiel Tageslicht herein. Lisa konnte sich nicht daran erinnern, wie sie sich hier schlafen gelegt hatte.

»Was hast du gesagt?«, fragte sie irritiert und rieb sich die Augen. »Wie lange hab ich geschlafen? Und wo ist Papa?«

Lenny strich ihr eine Haarsträhne aus dem Gesicht. »Du hast sehr lange geschlafen, ein paar Stunden jedenfalls. Es ist sieben Uhr. Und Papa hat sich auf den Weg zu Renate gemacht.«

»Ach, Lenny«, entfuhr es Lisa. Sie konnte ihre Tränen nicht länger unterdrücken und sprach schluchzend weiter: »Wird Erik wieder ganz gesund?«

Lenny hielt sie eine Weile fest in seinen starken Armen, sodass Lisa sich wie ein kleines Mädchen fühlte.

Ach ja, ein kleines Mädchen …, dachte sie.

Sie hatte geträumt. Und plötzlich war die Erinnerung an diesen merkwürdigen Traum sehr präsent. Mehr noch als die verschwommenen Bilder aber wurde Lisa nun von diesem wohligen, friedlichen Gefühl erfasst, das sie während des Schlafs gehabt hatte. Es war ein Gefühl von Hoffnung, getragen von einer inneren Stimme, die ihr leise zuflüsterte: Du schaffst das schon. Alles wird gut!

»Renate hat es ganz gut aufgenommen, denke ich.« Lenny redete in einer Weise, als würde er mit sich selbst sprechen. »Ich hoffe nur, dass sie auch zu ihm reindarf.«

»Wo ist Erik? Immer noch im OP?«, fragte Lisa. Ihre Stimme klang fremd.

Lenny schüttelte den Kopf. »Komm, ich bringe dich hin«, sagte er und half ihr beim Aufstehen.

Behutsam führte er sie zu den Fahrstühlen am Ende des langen Ganges. Das geschäftige Treiben der Krankenschwestern registrierte Lisa nur schwach. Sie war froh, dass ihr Bruder bei ihr war und sie stützte.

Als sich die Tür des linken Fahrstuhls öffnete, traten sie ein. Lenny drückte auf eine Taste, und nach einer gefühlten Ewigkeit kam der Fahrstuhl endlich wieder zum Stehen.

Beim Aussteigen fiel Lisas Blick sofort auf das bedrohlich erscheinende Schild »Intensivstation«. Die lange Buchstabenreihe bohrte sich förmlich in ihr Herz, und für einen Moment dachte Lisa, sie würde nicht mehr atmen können.

Warum nur ist das alles passiert?, fragte sie sich. Warum nur? Wer will uns bestrafen? Und wofür?

Mit weichen Knien und schmerzendem Nacken setzte sie an der Seite ihres Bruders einen Fuß nach dem anderen auf. Langsamen Schrittes kamen sie bis zu einer großen Tür, an deren Seite Lenny erneut einen Knopf betätigte. Wenige Augenblicke später öffnete sich die Tür, und eine Frau in einem grünen Kittel stand vor ihnen. Lisa konnte nicht ausmachen, ob sie eine Ärztin oder eine Krankenschwester war. Aber aufgrund ihres besorgten Blicks witterte Lisa sofort, dass sie jetzt wirklich sehr stark sein musste. Die Frau wechselte einen wissenden Blick mit Lenny, dann sah sie Lisa mitfühlend an.

»Kommen Sie, Frau Grothe. Ich bringe Sie zu Ihrem Mann.«

Lenny blieb an der Tür stehen, und Lisa drehte sich noch einmal zu ihm um. Sie kam sich vor wie in einem schlechten Film. Der Blick über die Schulter erschien ihr so bedeutungsschwanger, dass sie drohte, den Halt zu verlieren. Es war, als würde sie in eine Vergangenheit zurückschauen, die zwar voller Unsicherheit und Sorge gewesen war, aber im Vergleich zu ihrer jetzigen Lage nicht annähernd so dramatisch wirkte. Der lange, schmale Gang lag vor ihr wie ein Tunnel in die Verzweiflung und Ohnmacht. Am liebsten würde Lisa stehen bleiben, sich auf den Boden schmeißen und sich ganz klein zusammenrollen. Sie wollte die Augen schließen und in einen unendlichen Schlaf fallen, der die Glückseligkeit des Traums zurückholte und den riesigen dunklen Schrecken für immer in die Flucht schlug.

»Wir haben Ihren Mann bis auf Weiteres in ein künstliches Koma versetzt«, erklärte die Frau in routinierten, aber freundlichen Worten. »Ich bitte Sie, sich Ihre Hände am Spender zu desinfizieren und Ihren Mann keinesfalls am Kopf zu berühren.«

»Nein, natürlich nicht«, antwortete Lisa, ohne dass sie zuvor über die Worte nachgedacht hatte.

Sie gelangten schließlich zu einem Zimmer, das man vom Flur aus durch eine große Scheibe einsehen konnte. Darin standen zwei Betten. Eines davon war leer und mit einer glatt gestrichenen Plastikfolie bedeckt, so, als hätte vor gar nicht langer Zeit ein gnadenloser Tod hier gründlich aufgeräumt und alle Spuren beseitigt.

Auf der anderen Seite lag ein Patient mit einem enormen Kopfverband. Um das Bett herum standen viele Geräte und Monitore, die trotz ihrer maschinellen Sterilität ein wenig Sicherheit ausstrahlten, weil sie so dicht am Krankenbett standen.

»Der Schlauch unterstützt die Atmung«, erklärte die Frau und schob Lisa sanft in den Raum. »Ich lasse Sie nun ein paar Minuten allein.«

Lisa erstarrte. Als sie das monotone Piepen der Geräte vernahm, füllten sich ihre Augen sofort mit Tränen. Sie konnte kaum ausmachen, ob der kleine Ausschnitt, den der Verband und der Schlauch freiließen, wirklich zu dem ihr so vertrauten Gesicht von Erik gehörte.

Vorsichtig ging sie einen Schritt näher an das Bett heran und betrachtete voller Sorge Eriks rechten Arm, an dem Schläuche mit klaren Flüssigkeiten angeschlossen waren. Der andere Arm lag ebenfalls eng am Körper.

Ja, das sind Eriks Hände, dachte Lisa, seine schönen, starken Hände.

Ihr Mund zitterte, und sie stieß einen kleinen, herzzerreißenden Schrei aus. Reflexartig hob sie die Hand vor den Mund.

Sie musste sich zusammenreißen!, befahl sich Lisa und atmete tief durch.

Sie trat ans Kopfende des Bettes, legte den Zeigefinger auf den Handrücken von Eriks linker Hand und streichelte ihn behutsam wie ein ängstliches Kind, das zum ersten Mal mit einem fremden Tier in Berührung kommt.

Dann beugte sie sich über Eriks Gesicht und flüsterte: »Hallo, mein Lieber, ich bin es, deine Lisa. Es tut mir alles so leid. Es tut mir alles so wahnsinnig leid! Bitte, bitte werde ganz schnell wieder gesund.«

Eine Träne fiel auf Eriks scheinbar leblosen Oberkörper. Und erst als Lisa blinzelte, konnte sie in seinem bandagierten Gesicht erahnen, wie sehr auch dieses in Mitleidenschaft gezogen worden sein musste.

Der Bereich um seine Augen war bläulich und geschwollen, und am Jochbein klebte ein großes Pflaster, durch das eine orangefarbene Flüssigkeit schimmerte. Wie in Zeitlupe fuhr Lisa mit den Augen die Bahnen des Kopfverbandes ab, die nur undeutlich erahnen ließen, wie es darunter aussah. Sie musste sich zusammenreißen, um nicht laut loszuschreien.

Wie gern würde sie sich jetzt einfach nur zu Erik legen und sich an ihn schmiegen, seinen vertrauten Duft schnuppern, seinen Mund küssen, sein Haar kraulen, seiner Stimme lauschen.

Ob er unter dem Kopfverband kahl rasiert ist?, fragte sich Lisa und ermahnte sich sogleich, sinnvollere Fragen an die Ärzte zu stellen.

Dabei wusste sie gar nicht, wo sie anfangen sollte. Nie hatte sie sich für medizinische Angelegenheiten interessiert. Und wenn sie in ihrem Umfeld mit Erkrankungen konfrontiert wurde, war es meist Erik gewesen, der mit gutem Rat zur Seite stand, die Beschwerden erklären konnte oder durch sein Wissen Trost spendete. Und nun war er selbst so krank, dass die Folgen sogar …

Lisa traute sich nicht, den Satz in ihrem Kopf zu Ende zu formulieren. Nein! So durfte sie nicht denken. Es würde niemals vorbei sein.

Nicht jetzt.

Nicht so.

Aber was, wenn das Schicksal doch noch vorhatte, Erik aus dem Leben zu reißen? Was, wenn der vergessene Ehering im Hotelsafe Gott einen Strich durch die Rechnung gemacht hatte und dies seine Rache war?

Lisa hielt den Atem an. Wut stieg in ihr auf. Und doch musste sie schließlich wieder weinen, obwohl sie sich eigentlich viel zu schwach dafür fühlte. Viel lieber wollte sie Erik ein paar tröstende Worte ins Ohr sprechen – auch wenn es ihr merkwürdig erschien.

»Kommen Sie?« Die Frau im grünen Kittel stand in der Tür.

Ihre Worte waren nach wie vor freundlich, aber doch so bestimmt, dass Lisa sich nicht traute zu protestieren.

Sie nickte der Frau traurig zu. Dann wendete sie sich zum Gehen. Als Lisa die Tür erreicht hatte, sah sie sich noch einmal nach Erik um, nahm all ihren Mut zusammen und sagte: »Ich weiß, es ist ziemlich bescheuert … Aber darf ich ihm schnell noch eine Nachricht schreiben?«

Die Frau überlegte einen Moment, dann lächelte sie und sagte: »Aber natürlich. Ich warte draußen auf Sie.«

Mit zitternden Fingern fischte Lisa nun schnell ihren Kalender aus der Handtasche und riss wahllos ein Blatt daraus heraus. Dann wühlte sie weiter nach einem Stift. Obwohl sie wusste, dass sich irgendwo in der Tasche noch ein Füllfederhalter verstecken musste, fand sie auf die Schnelle nur einen Bleistift von Ikea. Der musste von ihrem letzten Besuch im Herbst stammen. Damals waren sie und Erik vergeblich auf der Suche nach einem neuen Schreibtisch für das Arbeitszimmer gewesen. Aber sämtliche Vorschläge von Erik hatte Lisa genervt abgelehnt. Schließlich hatte sie insgeheim ja gar kein Interesse daran gehabt, das Arbeitszimmer zu verschönern. Schließlich würde sich eine Neuanschaffung kaum noch lohnen, wenn sie den Raum schon bald als Kinderzimmer nutzen würden.

Bei dem Gedanken an die damalige Diskussion überkam Lisa ein furchtbar schlechtes Gewissen. Wie hatte sie Erik nur über all die Monate so im Unklaren über ihre Vorstellung der gemeinsamen Zukunft lassen können?

Deine Selbstsucht treibt Erik in den Tod, höhnte das kleine Teufelchen, das schadenfroh darauf lauerte, sie endgültig zu brechen.

Lisa schämte sich und konnte den Anblick von Erik, wie er in diesem schrecklichen Raum lag und an all die erbarmungslosen Maschinen angeschlossen war, kaum noch länger ertragen.

Sie kniete sich in die Hocke und nutzte ihren Kalender als Schreibunterlage. Ohne lange zu zögern, folgte Lisa einfach einem Impuls, von dem sie nicht einmal wusste, ob es tatsächlich ihr eigener war. Der kleine Bleistift schrieb die folgenden Zeilen beinahe wie von selbst:

Mein Liebster,
es tut mir so unendlich leid, was geschehen ist.
Wenn ich nur die Zeit zurückdrehen könnte!
Ich bin bei dir – in jeder Sekunde und für immer …
Deine Motte

23

Die nächsten drei Tage waren die schlimmsten in Lisas Leben.

Noch immer konnten die Ärzte keine Prognose darüber abgeben, wie lange Erik im Koma bleiben und ob er je wieder vollkommen gesund werden würde.

Lisa erhob sich von dem unbequemen Stuhl, den sie so dicht wie möglich an die rechte Seite von Eriks Bett geschoben hatte, und seufzte. Auch wenn Professor Weiländer immer wieder mit leicht überheblichem Lächeln betonte, dass Lisa hier vergeblich wachen würde, bestand sie darauf, so viel Zeit wie möglich in Eriks Nähe zu verbringen.

Am liebsten würde sie sich in dieser Nacht in das noch immer freie Bett gegenüber legen, statt heute das erste Mal allein in ihrer verlassenen Wohnung zu schlafen, in dem einsamen Schlafzimmer. Gestern hatte ihr Vater darauf bestanden, sie mit nach Hause zu nehmen. Auch die vorherige Nacht hatte sie bei ihren Eltern verbracht.

Tagsüber war sie mit Renate und ihrer eigenen Mutter beinahe die ganze Zeit im Krankenhaus gewesen. Wie ein unbeteiligter Geist ließ sie die unzähligen Gespräche mit den Ärzten und den Schwestern über sich ergehen. Lauschte wie aus der Ferne der Diagnose über den komplizierten Bruch von Eriks Unterschenkel und den möglichen Heilungschancen. Immer wieder wurde sie mit den Risiken bis hin zum Tod konfrontiert. Doch Lisa weigerte sich mit aller Macht, diese zu akzeptieren.

Noch immer spürte sie deutlich diesen dumpfen Schmerz, der sich wie ein schwerer Klumpen zwischen Herz und Magen ausbreitete, sobald sie an das Informationsmaterial und all die Formulare dachte, die ihr im Laufe der zahlreichen Unterredungen überreicht worden waren. Man hatte ihr die Unterlagen in die Hand gedrückt, als würde es sich bloß um eine banale Routineangelegenheit handeln. Dabei stand dort auch alles Notwendige für den Fall einer Organspende! Denn sollte sich bei Erik der Gehirntod einstellen, würde Lisa in die unerträgliche Situation geraten, über das Abschalten der Geräte entscheiden zu müssen.

Da es sich bei dem Schwerverletzten um einen Arzt handelte, erschien es Lisa so, als wäre für das gesamte Team auf der Station eine Organspende im Fall des Falles eine nicht verhandelbare Selbstverständlichkeit. Natürlich wusste Lisa, dass Erik einen Spenderausweis besaß. Dennoch weigerte sie sich konsequent, sich damit auch nur gedanklich auseinanderzusetzen.

Wann immer sie die Panik packte, malte sich Lisa im Geiste schnell aus, wie sie schon bald wieder gemeinsam das Leben genießen würden. Sie dachte daran, wie es sein würde, mit ihm in der Küche zu sitzen, zu essen und herumzualbern. Wie sie im Frühling gemeinsam um die Alster spazieren würden. Und wie sie eines Tages den schrecklichen Streit an Neujahr belächeln würden – vielleicht sogar ein wenig dankbar, weil er sie am Ende wieder einander näher gebracht hatte. Denn eines schwor sich Lisa: Nie wieder würde sie sich einem Menschen gegenüber so respektlos verhalten, den sie so sehr liebte wie Erik.

Die Vorstellung, dass sein Leben oder ihre Liebe vorbei sein konnten, ließ sie beinahe ersticken. Und immer wieder hörte sie die Stimme des kleinen Teufelchens, das irgendwo in einer dunklen Ecke über ihre Suizidgedanken frohlockte, für den Fall, dass sich der schlimmste Alptraum bewahrheitete.

Was sollte sie mit ihrem Leben anfangen, wenn Erik nicht mehr der Alte wäre? Oder schlimmer noch, wenn er nie wieder aufwachen würde?

Vorsichtig trat sie ans Krankenbett und strich Erik über den Arm. Dann öffnete sie die Schublade seines Nachttisches und holte die kleinen Zettel hervor. Sie hatte ihm auch gestern eine kurze Nachricht hinterlegt für den unwahrscheinlichen Fall, dass er von allein aufwachen würde oder aber von den Ärzten zurückgeholt wurde, ohne dass man sie rechtzeitig informiert hätte.

Gedankenverloren betrachtete Lisa das kleine Stück Papier, das sie ebenfalls aus ihrem Kalender gerissen hatte. Mit einem Mal fiel ihr Blick auf das Datum, und sie traute ihren Augen kaum. Erst jetzt bemerkte sie, dass sie nicht irgendeinen beliebigen Tag aus ihrem Kalender, sondern ausgerechnet ihren Hochzeitstag, den 10. Oktober, erwischt hatte.

Was für ein merkwürdiger Zufall, dachte Lisa.

Aber vielleicht war es ja auch gar kein Zufall, sondern ein Zeichen. Ein Zeichen dafür, dass dieser Tag doch auf ewig ihr Glückstag sein würde.

Behutsam legte Lisa die Notizen wie heilige Schriften wieder zurück in die Schublade. Sie nahm sich vor, Erik nun jeden Tag ein paar Zeilen unter sein Kopfkissen zu schieben, bevor die Nachtschwester sie nach Hause schickte. Schließlich hatte er ihr stets kleine Liebesbotschaften geschenkt. Außerdem wollte sie ihm noch so vieles sagen.

Als es an der Tür klopfte, zuckte Lisa erschrocken zusammen. Sie tat einen Schritt zur Seite, weil sie annahm, dass die Schwester nun hereinkommen und nach Erik sehen würde. Aber es war Lenny.

Er trat leise ein und umarmte sie. Für einen stillen, kurzen Moment hielten sie sich fest umschlungen.

»Hallo Schwesterchen«, flüsterte er. »Wie geht es dir?«

Lennys tröstliche Art entlockte Lisa ein mattes Lächeln.

»Gibt es was Neues? Was sagen die Ärzte?«, fragte Lenny weiter und deutete auf Erik.

»Nichts Neues«, sagte Lisa leise und sank wieder auf den Stuhl zurück. Ihre Augen füllten sich mit Tränen – und das wäre eigentlich Antwort genug gewesen.

»Es ist schon spät«, erklärte Lenny. »Ich wollte dich abholen.« Er nahm Lisas Jacke und ihre Tasche zur Hand, um unmissverständlich klarzumachen, dass er sich nicht auf eine Diskussion einlassen würde.

»Abholen? Warum?«, fragte Lisa irritiert.

»Ich bring dich nach Hause und bleibe auch über Nacht bei dir, wenn du willst.«

Nun musste Lisa doch unweigerlich lächeln und willigte schließlich ein. »Okay, aber gib mir noch eine Minute.«

Lenny verstand und nickte. Dann ging er zur Tür hinaus.

Lisa machte sich sofort daran, Zettel und Stift aus ihrer Tasche zu kramen, die sie ihrer Mutter inzwischen abgeluchst hatte. Sie schrieb:

Mein Liebster,
du fehlst mir so sehr …
Aber schon bald ist alles wieder gut,
und ich werde jeden Tag dafür dankbar sein.
In Liebe, deine Motte

24

Bevor Lisa und Lenny sich mit dem Auto durch den Feierabendverkehr kämpften, hatte sie ihn gebeten, kurz am Laden anzuhalten.

Bereits vor zwei Tagen hatte sie Jutta vom Krankenhaus aus angerufen und sie über den tragischen Zustand informiert. Und obwohl Lisa sich sicher sein konnte, dass ihre Freundin mühelos die Stellung hielt und mit Katjas Hilfe alles im Griff hatte, wollte sie sich wenigstens kurz bei ihr blicken lassen und sich noch einmal für ihre Unterstützung bedanken.

Lisa war so froh, dass Jutta ihr das Gefühl gab, nicht auch noch ihretwegen ein schlechtes Gewissen haben zu müssen. Sie konnte also ganz für Erik da sein.

Als Jutta sich nun besorgt nach Eriks Zustand erkundigte, war Lisa ein kleines bisschen erleichtert, dass sowohl Katja als auch noch eine Kundin im Laden waren. Auf keinen Fall wollte Lisa die Fassung verlieren. Daher beschränkte sie sich auf die wenigen Fakten, die ihre eigene Hoffnung nährten, und hielt ihre äußere Fassade aufrecht. Wäre sie mit Jutta allein gewesen, hätte sie ganz sicher den Halt verloren.

Wenig später sackte sie erleichtert wieder auf den Beifahrersitz und ließ sich von Lenny nach Hause fahren. Als ihr Bruder dann allerdings vorschlug, bei Ed eine Kleinigkeit zu essen, musste Lisa kapitulieren. Abgesehen davon, dass sie absolut keinen Hunger, geschweige denn Appetit hatte, quälte sie die Vorstellung an ihr gemeinsames Lieblingslokal. Sie konnte nicht einfach dort einkehren, als wäre alles wie immer.

Alles, was Lisa mit Erik in Verbindung brachte, war zwar einerseits tröstlich und auf eine beruhigende Weise vertraut. Andererseits machte genau diese Nähe es ihr unmöglich, solche bedeutungsschweren Aktivitäten auch nur im Ansatz zu genießen. Lisa mochte nicht einmal daran denken, wie es sein würde, wenn sie morgen früh allein in dem großen Bett aufwachen und niemand im Bad fröhlich vor sich hinsummen oder Kaffee kochen würde. Sie war heilfroh, dass sie die nächsten Stunden nicht allein verbringen musste. Allein in ihrer Wohnung, wo jeder Gegenstand, jedes Geräusch und jeder Geruch die Sehnsucht nach Erik unerträglich machte.

»Was ist das denn?«, fragte Lenny etwas abschätzig, als er einen Blick auf die Wunschliste am Kühlschrank warf.

Lisa suchte gerade nach etwas Essbarem für ihren Bruder.

»Die Welt verbessern?«, bohrte Lenny weiter. »Husky-Schlitten fahren? Tango-Kurs? Ist das diese ominöse Liste?« Er sah Lisa mit hochgezogenen Augenbrauen an.

Lisa holte eine Pizza aus dem Eisfach und hielt sie ihrem Bruder mit einer fragenden Geste vors Gesicht. Lenny nickte, nahm ihr die Packung ab und machte deutlich, dass er sich selbst um sein Essen kümmern würde.

»Na, du weißt schon«, setzte Lisa an, »das ist die Liste mit unseren gemeinsamen Lebensträumen. Aber es fällt mir schwer, darüber zu reden.«

Sie wusste nicht recht, was sie zu der Liste noch hätte sagen sollen. Einerseits verspürte sie den Drang, die Idee zu verteidigen und die Punkte, die sie bereits erfolgreich abgehakt hatten, mit aller Leidenschaft vorzutragen. Andererseits schmerzte sie nicht nur die Erinnerung daran, sondern auch die Vorstellung, dass diese Liste letzten Endes ja auch ein Zeugnis ihrer Probleme war.

Während Lenny sich am Backofen zu schaffen machte, holte Lisa noch ein Bier für ihn aus dem Kühlschrank, öffnete es und stellte die Flasche auf den Tisch. Sie setzten sich beide hin und schwiegen noch einen Moment lang, bis Lenny die Stille schließlich durchbrach.

»Dann erzähl wenigstens, was genau eigentlich passiert ist an Neujahr«, forderte Lenny und sah Lisa in dieser schonungslos entwaffnenden Weise an, wie es nur Geschwister können.

Lisa fühlte sich so schuldig an Eriks Unfall, dass sie es bislang nicht geschafft hatte, weder ihren Eltern noch Renate noch ihrem Bruder von dem Streit zu berichten, der der Katastrophe vorausgegangen war.

Lisa seufzte tief. Ihre Hände zitterten, aber sie wusste, dass die Wahrheit endlich rausmusste.

»Ich bin schuld an seinem Unfall«, sagte sie schließlich mit bebender Stimme.

Lenny sah sie mit weit aufgerissenen Augen an. Dann schüttelte er den Kopf. »So ein Blödsinn«, entgegnete er tröstend und setzte sich zu Lisa auf die Bank, um sie zu drücken.

»Doch«, erwiderte Lisa mit tränenerstickter Stimme. »Ich hab ihn provoziert, und dann ist er wütend abgehauen und …«

Sie konnte nicht weitersprechen. Die Erinnerung an den schrecklichen Abend raubte ihr die Luft. Sie vergoss bittere Tränen. Und dann haute sie alles ungefiltert heraus, was ihr in den Sinn kam. Angefangen von Eriks Rückzug nach den verpatzten Flitterwochen bis zu ihren ständigen Auseinandersetzungen wegen eines Kindes. Einzig den Auslöser für die Zuspitzung an Neujahr ließ sie aus, um Lenny nicht unnötig zu verletzen.

Als sie ihren langen, immer wieder von Heulkrämpfen unterbrochenen Monolog beendet hatte, blickte sie ihren Bruder traurig an und fügte leise hinzu: »Eigentlich sollte ich ja dich trösten. Du hast schließlich dein Kind verloren. Und ich hab ja noch Hoffnung …«

Sie wussten beide, dass die Hoffnung in der jetzigen Situation zwar so nötig war wie die Luft zum Atmen. Aber auch Lenny schien klar zu sein, dass Lisas Verzweiflung dennoch ungleich größer war als der Trost, den das Hoffen bot.

»Klar ist das mit dem Kind traurig. Aber ganz ehrlich«, sagte Lenny schließlich, »das, was du gerade durchmachst, finde ich viel heftiger.«

Es klang so überzeugend, dass Lisa nicht zu widersprechen wagte. Dennoch erschien es ihr nicht richtig, ihr Leid über das von Agnes und Lenny zu stellen. »Aber wie macht ihr das? Zu akzeptieren, dass es …« Lisa unterbrach sich, weil sie Mühe hatte, die richtigen Worte zu finden.

»Weißt du, vielleicht sollte es eben noch nicht sein mit einem zweiten Kind. Natürlich haben wir uns total drauf gefreut. Aber es hat sicher einen tieferen Sinn, dass es nicht geklappt hat.«

Lisa dachte eine Zeit lang über das Gehörte nach und ergänzte dann mit einem tapferen Lächeln: »Weißt du noch? Das hat Oma auch immer gesagt.«

»Ja, und vielleicht gibt es irgendwann ja sogar einen besseren Zeitpunkt für ein Kind.«

»Für dich oder für mich?«, fragte Lisa mehr zu sich selbst. Der Schmerz übermannte sie erneut, und sie hatte große Mühe, ihre Tränen zu unterdrücken. Sie gestand Lenny, dass sie gar nicht anders konnte, als ständig so gefühlsduseliges Zeug zu denken. Zum Beispiel, dass Emi nächstes Weihnachten ohne ein Geschwisterchen da säße. Und dass sie selbst mit großer Wahrscheinlichkeit auch noch nicht schwanger sein würde, obwohl sie es sich schon so oft ausgemalt hatte. Aber am schlimmsten war die Sorge darüber, dass Erik vielleicht nicht einmal mehr dabei sein würde … Der Gedanke war einfach zu schrecklich, und Lisa versuchte, ihn mit aller Macht abzuwehren.

Bevor sie sich weiter in diese alptraumartige Aussicht hineinsteigerte, zwang sie sich, aufzustehen und nach der Pizza zu sehen. Der Käse, den Lenny noch extra obendrauf gelegt hatte, war bereits zerlaufen und genau so knusprig, wie Lenny es gern mochte.

»Der perfekte Zeitpunkt«, murmelte Lisa vor sich hin und schob die Pizza auf einen Teller. Nachdem sie den Ofen ausgemacht hatte, setzte sie sich wieder an den Tisch. »Wenn Erik wieder zu Hause ist, werde ich als Erstes ins Tierheim gehen und einen Hund für ihn aussuchen«, erklärte sie entschlossen. »Die anderen Punkte der Liste müssen wir ja wahrscheinlich erstmal verschieben. Aber es muss schließlich irgendwie weitergehen!«

Lisa ahnte, dass sie damit vor allem sich selbst Mut zusprach und ihr Bruder dies als bloße Verzweiflungstat entlarven würde, was er auch direkt tat.

»Du kannst dein Leben doch nicht am Reißbrett entwerfen!«, konterte Lenny, während er sich ein Stück Pizza abschnitt. Als er den ersten Bissen zu Ende gekaut hatte, ergänzte er noch: »Wenigstens das solltest du aus diesem furchtbaren Ereignis lernen.«

»Aber wenn man schon auf so brutale Weise erfahren muss, wie schnell alles vorbei sein kann, ist es doch umso wichtiger, das Leben bewusst zu genießen.« Lisa hatte nicht so laut werden wolle. Sie spürte, wie ihr das Blut in den Kopf stieg, weil sie wieder an Eriks Worte nach dem Flugzeugabsturz denken musste.

Nun legte Lenny sein Besteck beiseite und sah Lisa eindringlich an, um ihr deutlich seine Meinung zu sagen: »Ich meine es echt nicht böse, Schwesterherz. Aber bei dir muss immer alles durchgeplant sein. Immer sagst du: Wenn erst der Traummann kommt, ist endlich alles toll. Oder: Wenn wir unsere Traumwohnung erst gefunden haben, bin ich glücklich … Wenn ich erst meinen eigenen Laden hab, ist mein Leben perfekt … Wenn wir erst ein Kind haben, fühle ich mich vollkommen … Aber so funktioniert ein glückliches Leben nicht!« Lenny ergriff ihre Hand. »Zufriedenheit musst du doch in dir selbst finden und nicht, indem du einzelne Punkte auf einer ominösen Liste abhakst.«

Das saß.

Mit der Wucht von Lennys klaren Worten hatte Lisa nicht gerechnet. Nicht jetzt, wo sie eh schon am Boden lag. Sie musste schlucken und wollte unbedingt ihrem Impuls folgen, sich zu verteidigen. Doch es gelang ihr nicht. Was sollte sie darauf antworten? Hatte Lenny vielleicht ins Schwarze getroffen?

Lisa atmete schwer. Plötzlich fand sie ihr ganzes Leben so verwirrend, so kompliziert und so hoffnungslos. Alles hätte doch eigentlich so schön sein können – aber jetzt …

Lenny strich über ihre Hand und sprach sanft weiter. Offenbar hatte er registriert, wie sehr er sie mit seinen harten Worten getroffen hatte. »Ich weiß, das klingt jetzt sehr esoterisch und bloß nach Gelaber. Aber du musst lernen, loszulassen und mehr in dich hineinzuhören! Was sind deine echten Bedürfnisse? Worauf kommt es wirklich an im Leben?«

Nun kapierte Lisa überhaupt nichts mehr. Sie verstand auch nicht, warum Lennys Sicht der Dinge sie so traurig machte, statt einfach nur wütend. Ihre Augen füllten sich mit Tränen. Schließlich wusste sie sehr genau, was sie wollte. Das dachte sie jedenfalls, und deshalb entgegnete sie entschieden: »Ich will ein Kind. Von Erik. Was soll mit diesem Wunsch nicht stimmen?!«

Lenny schob seine angefangene Pizza zur Seite und rutschte noch näher an Lisa heran. Dann erst begann er seinen eigentlichen Vortrag. Lisa konnte seinen Worten zwar folgen, aber seine Argumentation war für sie einfach nicht nachvollziehbar. Schlimmer noch – sie fühlte sich ungerecht behandelt, weil ihr eigener Bruder so gemeine Behauptungen aufstellte.

»Weißt du«, erklärte Lenny, »wenn es in den letzten Jahren dein innigster, tiefster Wunsch gewesen wäre, ein Kind zu bekommen, dann hättest du längst eins.«

»Es hat bislang eben einfach nicht gepasst!«, verteidigte sich Lisa. »Außerdem kann ich ja wohl nichts dafür, dass Erik gar keins mehr will!«

»Aber Lisa«, antwortete Lenny nun wieder etwas strenger, »überleg doch mal: Das kann doch kein Zufall sein, dass du ausgerechnet an einen Mann geraten bist, der sich schwer damit tut. Guck doch lieber auf dich selbst, statt ihn zu verurteilen.«

»Aber ich wollte doch immer ein Kind, verdammt!«, schrie sie zurück und blickte ihren Bruder gleich darauf entsetzt an.

»Wenn es wirklich Liebe ist, hast du in Erik einen Partner, an dem du auch deine eigenen Konflikte abarbeiten kannst – um daran zu wachsen. Und wenn es nicht die wahre Liebe ist, rettest du mit einem Kind auch keine kaputte Beziehung. Eine eigene Familie macht alles extremer. In alle Richtungen.«

»Aber ich liebe ihn doch«, hauchte Lisa schwach und begann, heftig zu weinen. »Ich liebe ihn mehr als mein eigenes Leben.«

25

Als Lisa am nächsten Morgen zu Erik ins Zimmer ging, blieb sie erschrocken in der Tür stehen.

Renate saß auf ihrem Platz oder besser gesagt, auf dem Stuhl, auf dem Lisa nun schon so viele bange Stunden verbracht hat.

»Was machst du hier?«, fragte Lisa, ohne ihre Verwunderung zu unterdrücken. Doch sofort korrigierte sie sich und fügte noch ein »Guten Morgen« an.

»Guten Morgen, Lisa«, sagte ihre Schwiegermutter, und das erste Mal, seit sie sich kannten, kam es Lisa so vor, als würden Renates sonst so kontrollierten Gesichtszüge nicht mehr zu dem strengen Ton ihrer Stimme passen. Sie saß tief traurig da, und Lisa erkannte an ihren geschwollenen Augenrändern, dass sie geweint haben musste.

Lisa ging auf sie zu, um ihr wie immer die Hand zu schütteln. Doch Renate zog sie an sich und hielt sie einen Moment lang fest, was so gar nicht ihre Art war.

»Sie wollen ihn heute noch mal untersuchen und seine Gehirnströme messen«, flüsterte sie, so als ob Erik nichts davon mitbekommen durfte.

Lisa seufzte und nickte. Sie wusste, was die Untersuchung zu bedeuten hatte. Heute würden sie vielleicht erfahren, wie es um Eriks Gehirntätigkeit stand und ob die schweren Kopfverletzungen Teile seines Gehirns unwiederbringlich geschädigt oder zerstört hatten.

»Ich darf gar nicht daran denken, was passiert, wenn sie feststellen, dass …« Renate unterbrach sich und holte ein Stofftaschentuch hervor, das sie wie immer elegant in ihrem Ärmel versteckt trug.

Lisa nahm sich den Stuhl, der vor der Fensterbank stand, und trug ihn auf die andere Seite von Eriks Bett.

Nun saßen beide Frauen eine Zeit lang schweigend da, in der Mitte Erik, dessen Gesicht trotz der Intubation und des Kopfverbands glücklicherweise wieder recht normal aussah, weil die Augenpartie nicht mehr so bläulich und so geschwollen war.

»Warum trug der Junge bloß keinen Helm?« Es klang wie eine rhetorische Frage, doch sie hing bedrohlich im Raum und erschütterte Lisa bis ins Mark.

Sie atmete tief durch und sagte nach einer kurzen, beklemmenden Pause: »Wir haben gestritten.«

Ihre Schwiegermutter sah sie irritiert an. »Wie bitte? Ihr habt gestritten?«

Lisa nickte zaghaft. »Ein Wort hat das andere ergeben. Und dann ist Erik zur Tür rausgerannt. Wenn er nicht so wütend gewesen wäre, wäre ihm sicher nichts passiert.«

Plötzlich war die Atmosphäre in dem ohnehin schon kalten Zimmer zum Schneiden. Das unerträgliche Schweigen weitete sich aus, sodass Lisa glaubte, keine Luft mehr zu bekommen. Sie fürchtete, jeden Augenblick würden die schlimmsten Vorwürfe über sie hereinbrechen.

Da klopfte es an der Tür. Eine Schwester schaute herein und bat sie, draußen Platz zu nehmen, weil sie noch alles für die Untersuchung vorbereiten musste.

Lisa holte noch schnell den Zettel von ihrem gestrigen Besuch unter Eriks Kopfkissen hervor und legte ihn in die Schublade. Gleichzeitig fragte sie sich, ob Renate ihn wohl gelesen hatte.

Früher hätte es ihr etwas ausgemacht, dachte Lisa. Doch

jetzt war es ihr ganz egal, ob Renate ihre Nase in Dinge steckte, die sie eigentlich nichts angingen.

Obwohl Lisa ihre Schwiegermutter eigentlich mochte, waberte zwischen ihnen immer etwas Unausgesprochenes, von dem sie nicht zu sagen vermochte, was es genau war.

»Soll ich uns einen Kaffee holen?«, fragte Lisa unsicher, als sie auf den Flur traten. Sie wollte nicht länger als nötig mit Renate alleine sein.

Eriks Mutter nickte. »Sehr gern, Lisa.«

»Ich bin gleich wieder da«, erklärte Lisa schnell und marschierte Richtung Fahrstühle.

Warum nur fiel es nicht nur Erik, sondern auch ihr so schwer, Renate so zu akzeptieren, wie sie war? Niemals hätte ihre Schwiegermutter sie offen kritisiert. Immer war sie so unglaublich kontrolliert und hielt mit ihren Gefühlen hinterm Berg. Aber unter ihren subtilen Vorwürfen und der ständigen Kritik hatte Erik sein Leben lang gelitten, das wusste Lisa.

Während sie wieder einmal den nicht enden wollenden Flur entlangging, der sich so beklemmend anfühlte wie ein auswegloser Tunnel, kam ihr plötzlich ein neuer Gedanke. Vielleicht hatte Erik keine andere Chance gehabt, als seinen Protest im Stillen auszudrücken, weil sein Mitgefühl für diese einsame Frau einfach zu groß war. Vielleicht fühlte er sich deshalb so getrieben und musste immer wieder an seine eigenen körperlichen Grenzen gehen, um sich frei zu fühlen und seine eigene Kraft zu spüren. Vielleicht war der Extremsport seine Art der Rebellion.

Wie oft hatten sie schon gestritten, weil Erik selbst bei den kleinsten Meinungsverschiedenheiten lieber gleich vor seiner Mutter kapitulierte, als sich einer mühsamen Diskussion auszusetzen. Er tat alles, um seine Mutter bloß nicht vor den Kopf zu stoßen.

Lisa fiel wieder die Mütze ein, die Erik selbst im pubertären Alter noch tragen musste und die er sich vom Kopf riss, sobald er um die Ecke gebogen war und seine Mutter ihn nicht mehr kontrollieren konnte.

Wie tragisch diese eigentlich zum Schmunzeln anregende Geschichte doch war, dachte Lisa. Denn mit diesem verdammten Helm hatte Erik im Grunde nichts anderes getan. Obwohl er als Arzt nur allzu gut wusste, wie gefährlich das Fahren auf seinem Rennrad und Mountainbike ohne Kopfschutz war, missachtete er diese Tatsache allein aus Trotz und vielleicht sogar bloß, um ihr eins auszuwischen.

Vielleicht wäre das Tragen des Helms für ihn eine Selbstverständlichkeit gewesen, wenn sie ihn nur nicht immer dazu gedrängt hätte, dachte Lisa voller Reue und seufzte tief.

Schon wieder meldete sich ihr schlechtes Gewissen, doch dieses Mal gelang es ihr, der Vernunft den Vorrang zu geben. Überhaupt sah sie seit dem Gespräch mit Lenny gestern Abend einiges sehr viel klarer. Er hatte ihr deutlich vor Augen geführt, was es heißt, für sich und sein Leben Verantwortung zu übernehmen, statt sich zum Opfer anderer zu machen. Auch wenn es ihr widerstrebte, dass ihr Bruder manchmal so oberschlau daherredete, war er im Grunde der Einzige, der schonungslos ehrlich zu ihr war. Offenbar hatte Agnes durchaus einen guten Einfluss auf ihn. Denn früher war er viel verschlossener gewesen und hatte eine ähnlich ablehnende Haltung gegenüber so einem Psycho-Gequatsche wie sie selbst.

Lisa hielt einen Moment lang inne. Eigentlich empfand sie sich immer als offen und flexibel. Auch reflektierte sie gern über ihre eigene Entwicklung oder die Probleme anderer. Aber vielleicht hatte Lenny wirklich Recht – vielleicht war sie trotzdem ihr ganzes Leben lang bloß getrieben, einen Punkt nach dem anderen abzuhaken. Vielleicht versuchte sie tatsächlich, durch äußere Umstände Halt und vermeintliches Glück zu finden. Nur war ihr dies offensichtlich nie bewusst gewesen.

So viele Fragen schwirrten ihr im Kopf herum, dass ihr schwindelte. Am liebsten würde sie einfach einschlafen und nie wieder aufwachen. Doch augenblicklich ermahnte sie sich, stark zu sein, und beschleunigte ihren Schritt.

Schließlich trat Lisa an den Automaten, drückte den Knopf, auf dem das Wort »Milchkaffee« stand und warf die passenden Münzen in den Schlitz. Ein Fünfzig-Cent-Stück rutschte trotz mehrmaliger Versuche immer wieder nach unten durch. Lisa kramte genervt in ihrem Portemonnaie und war zornigen Tränen nahe, als sie vergeblich nach einer Ersatzmünze suchte. Sie schaute sich um, aber weit und breit war niemand auszumachen, den sie um Hilfe bitten konnte.

Sie fluchte leise und ging dann schnellen Schrittes in Richtung Treppenhaus, um unten am Empfang zu fragen, ob ihr jemand Geld wechseln konnte.

Es dauerte eine gefühlte Ewigkeit, bis sie wieder auf den Flur mit den Automaten trat. Doch ausgerechnet jetzt machte sich daran ein älterer Herr zu schaffen, der Mühe hatte, den Automaten richtig zu bedienen.

Nachdem Lisa endlich einen Kaffee erstanden hatte, rührte sie noch ein halbes Päckchen Zucker hinein und balancierte den Becher andächtig zum Fahrstuhl.

Als sie den langen Flur zu Eriks Zimmer entlangging, bemerkte sie, dass sich das schlechte Gewissen inzwischen tatsächlich verflüchtigt hatte. Falls Renate ihr also Vorwürfe machen würde, würde sie ihr, so ruhig es ging, erklären, dass Erik immer auf volles Risiko ging – ganz gleich, ob er mit oder ohne Helm fuhr, an einem steilen Abhang spazierte oder wie noch vor ihrer gemeinsamen Zeit trotz Höhenkrankheit immer wieder ins Hochgebirge hinauswollte.

Doch was, wenn er von nun an nicht mehr in der Lage sein würde, für sich selbst zu sorgen?

Wie viel bittere Ironie in dieser Situation doch lag, dachte Lisa, während sie vergeblich Ausschau nach Renate hielt.

Gerade erst hatte sie die Lektion gelernt, was es heißt, verantwortungsbewusst miteinander umzugehen, und dass es nicht immer richtig war, sich in das Leben des anderen zu sehr einzumischen. Und nun würde Erik vielleicht bald so bedürftig sein wie ein kleines Kind – wie ein Kind, für das er die Verantwortung nicht übernehmen wollte und die Lisa nun vielleicht alleine würde tragen müssen.

Bitte, lieber Gott, bitte lass Erik wieder gesund werden, betete Lisa innerlich.

Sie sah nun aus einiger Entfernung, wie Professor Weiländer in Begleitung einer Schwester auf Renate einredete. Eriks Mutter sank plötzlich auf ihrem Stuhl zusammen und zückte ihr Taschentuch, sodass Lisa vor Schreck den heißen Kaffeebecher zu Boden fallen ließ.

Erst jetzt bemerkten die drei, dass Lisa mittlerweile hinter ihnen stand.

»Frau Grothe? Ist alles in Ordnung?« Professor Weiländer trat mit besorgtem Gesicht auf sie zu.

Lisa nickte zaghaft und lauschte dann den ruhigen, monotonen Worten des Arztes. Die ersten Ergebnisse der Untersuchung hätten gezeigt, wie gut die Chancen für Erik standen, eines Tages wieder ein normales Leben führen zu können. Doch erst nachdem Lisa sich mit einem fragenden Blick bei Renate vergewissert hatte, dass auch sie diese optimistische Diagnose gehört hatte, begann Lisa, den Worten des Professors Glauben zu schenken. Denn Renate lächelte ihr mit glasigen Augen erleichtert zu.

Professor Weiländer verabschiedete sich höflich und fügte noch hinzu, dass sie sich wegen des verschütteten Kaffees keine Sorgen zu machen brauchte. Und dann eilte auch schon die Schwester mit einem Lappen herbei und kümmerte sich um den großen hellbraunen Fleck auf dem hässlichen Fußboden.

Nun sprang Renate auf, ging auf Lisa zu und breitete ihre Arme aus. Sie hielten sich fest aneinandergeklammert und weinten – vor Erleichterung, obwohl sie immer noch nicht wussten, wann die Schwellung in Eriks Kopf zurückgehen würde und er aus dem Koma geholt werden konnte.

Nachdem Lisa ihren Eltern, Lenny und auch Knuth die gute Neuigkeit am Telefon beziehungsweise per SMS überbracht hatte, verbrachte sie die nächsten Stunden gemeinsam mit Renate an Eriks Bett.

Die beiden Frauen tauschten sich über ihre Sorgen aus und kamen immer wieder auf Erik und seine spezielle Art zu sprechen, das Leben zu leben. Sie berichteten sich gegenseitig von Erlebnissen, die zweifelsfrei belegten, dass Erik eine Art Risiko-Gen in sich tragen musste. Renate war der Meinung, das konnte er nur von seinem Vater geerbt haben, der bei dem vergeblichen Versuch ums Leben gekommen war, ein älteres Ehepaar bei einem Brand aus dem benachbarten Wohnhaus zu retten.

Lisa erinnerte hingegen an den letzten Besuch bei Hagenbecks anlässlich des vierten Geburtstages von Emi. Wie eine kleine Familie waren sie zu dritt durch den Zoo geschlendert und hatten Emi dabei zugesehen, wie sie sich über die lustigen Pinguine freute, für die sie kurzerhand die niedliche Bezeichnung »Pingihühner« erfand. Später hatten sie am Gehege der Bären gestanden, wo Erik der kleinen Emi unbedingt ihren Wunsch nach einem schönen Foto erfüllen wollte. Dafür kletterte er extra auf einen hohen Felsvorsprung. Und gerade als Lisa dachte, was für ein schlechtes Vorbild er dabei doch abgab, rutschte er plötzlich ab und verstauchte sich seinen linken

Knöchel. Damit war nicht nur der Tag im Eimer, sondern auch die Stimmung der folgenden Wochen, weil Erik nun mal ziemlich unausstehlich war, wenn er keinen Sport treiben konnte.

Ohne es laut auszusprechen, hatte Lisa das Gefühl, dass auch Renate ahnte, wie schwierig die nächste Zeit trotz der guten Prognose werden würde.

Nun, da Lisa ihre kleine Nichte erwähnt hatte, erkundigte sich Renate höflich nach Emi und ihren Eltern. Doch Lisa hatte einfach keine Lust, ihr von dem verlorenen Kind zu erzählen und noch weniger davon, dass sie mit Erik auch deswegen so aneinandergeraten war. Also gab sie eine ausweichende Antwort und verfiel dann in Schweigen.

Nach einiger Zeit räusperte sich Renate und unterbrach das monotone Surren der Geräte. »Lisa, du musst darauf nicht antworten, wenn du nicht möchtest, aber …«

»Ja?«, fragte Lisa und sah zu ihr rüber.

»Möchte Erik wirklich kein eigenes Kind?«

Renate war die Frage ganz offensichtlich unangenehm, und Lisa glaubte ihr ansehen zu können, wie groß ihre Angst vor einer ehrlichen Antwort war.

»Genau darüber haben wir gestritten«, sagte Lisa traurig und erhob sich, um ein paar Schritte im Raum auf und ab zu gehen.

Gerade wenn sie sich an solche Erlebnisse wie den Zoobesuch erinnerte, konnte sie sich kaum zerrissener fühlen. Einerseits sah sie in Erik trotz seiner albernen Spielereien den perfekten Familienvater, der mit einem eigenen Kind sicher mindestens genauso aufmerksam und liebevoll umgehen würde wie mit Emi. Andererseits überkam Lisa dann wieder das überwältigende Gefühl der Wehmut und Ohnmacht, da sie einen Mann liebte, der offenbar innerlich so getrieben war – weg von Familie und weg von einem normalen Leben, wie Lisa es aus ihrem Elternhaus kannte.

Sie deutete mit dem Kopf zu Erik und bemühte sich tapfer um ein Lächeln, als sie leise hinzufügte: »Ich weiß nicht, was in ihm vorgeht. Aber ich weiß jetzt, dass ich es akzeptieren kann, wenn er keine Familie will.«

Renate atmete tief durch und kämpfte mit den Tränen. Es schien ihr peinlich zu sein, denn mit nervösen Bewegungen schaute sie auf ihre Uhr und erhob sich kurz darauf von ihrem Platz. »Ich glaube, es wird langsam Zeit für mich.«

»Ja, ist gut.« Obwohl Lisa noch gerne in Eriks Nähe geblieben wäre, bot sie ihrer Schwiegermutter diesmal von Herzen an, sie mit dem Wagen nach Hause zu bringen. Renate zögerte, das Angebot anzunehmen. Doch als Lisa erklärte, sie könne später ja wieder hierher zurückkommen, war sie einverstanden.

»Ich schreibe ihm lediglich noch schnell eine Nachricht«, sagte sie, woraufhin Renate ihr verständnisvoll zuzwinkerte, ohne dass es Lisa unangenehm war.

Während der Fahrt Richtung Norden herrschte im Auto erneut eine unangenehme Stille, sodass Lisa sich beim Halten an einer roten Ampel gezwungen fühlte, eine Bemerkung über den Himmel zu machen, dessen Wolkendecke seit Tagen das erste Mal wieder ein paar Sonnenstrahlen durchließ.

Völlig unvermittelt seufzte Renate plötzlich und sagte: »Ach Lisa, ich hab so viel falsch gemacht.«

Lisa wusste gar nicht, wie ihr geschah, und noch weniger, was sie darauf erwidern sollte.

»Wie meinst du das?«, fragte sie vorsichtig und fuhr wieder an, als sich die Autoschlange vor ihr in Bewegung setzte.

»Ach, weißt du, ich hab das Gefühl, der Junge quält sich immer so mit allem. Dabei war es so ein Segen, dass er dich getroffen hat.«

»Aber ohne mich würde er jetzt nicht …« Lisa unterbrach

sich und fuhr dann etwas stockend fort: »Ich habe ihn bedrängt … mit meinen eigenen Wünschen … Mir war die ganze Zeit total egal, was *er* eigentlich will.«

Renate seufzte erneut und fügte leise an: »Aber wieso tut er sich so schwer damit? Was habe ich bloß angerichtet all die Jahre?«

»Du hast gar nichts angerichtet«, sagte Lisa, ohne sich verbiegen zu müssen. »Ich bin mir sicher, dass du immer nur das Beste für ihn wolltest.« Etwas zaghaft legte sie ihre rechte Hand tröstend auf Renates Bein.

Ihre Schwiegermutter zog ihren ledernen Handschuh aus und legte ihre Hand wiederum auf Lisas. Einen kurzen Moment lang sahen sie sich tief verbunden und tapfer lächelnd in die Augen, bis sich Lisa wieder auf den Verkehr konzentrieren musste und die Hand zurückzog, um in den nächsten Gang zu schalten.

»Danke, mein Mädchen. Ich danke dir«, sagte Renate gerührt, als Lisa den Wagen vor ihrer Tür parkte und ausstieg, um sie zum Abschied noch einmal herzlich zu drücken.

Als Lisa kurz darauf zurück zur Hauptstraße fuhr, kam ihr plötzlich eine Idee. Sie wusste, dass es von hier aus nur ein Katzensprung zu Ikea war. Und so tat sie etwas sehr Seltenes – ohne das langwierige Abwägen des Für und Wider folgte sie spontan einem Impuls und bog in Richtung Möbelhaus.

Sie würde nun doch einen neuen Schreibtisch für das Arbeitszimmer kaufen.

26

Auch wenn Lisa das letzte Mal mit Erik bei Ikea gewesen war und die Erinnerung daran ihr nun schmerzhaft ins Bewusstsein kam, war das Schlendern durch die Einrichtungsräume unter all den Menschen eine willkommene Abwechslung.

Vielleicht hatten Jutta und Lenny Recht damit, dass es besser für sie wäre, wenn sie sich zwischendurch ablenken würde, statt jede freie Minute an Eriks Bett zu sitzen und zu grübeln oder gar mit ihrem Schicksal zu hadern.

Wer weiß, sagte sich Lisa, als sie in die Abteilung mit den Büromöbeln kam, vielleicht wird Erik noch diese Woche wieder ansprechbar sein und schon ganz bald wieder nach Hause dürfen. Schon jetzt freute sie sich darauf, ihn mit dem neuen Arbeitszimmer eine Freude bereiten zu können.

Sie suchte eine große, dunkelbraune Tischplatte und passende Beine dazu aus, die sich sehr gut neben dem großen Bücherregal machen würden, das völlig überladen war mit medizinischer Fachliteratur und Reiseführern. Außerdem erstand sie noch neue Kerzenständer, ein paar Bilderrahmen und eine neue Schreibtischlampe, die den Raum hoffentlich noch einladender machten.

Den Einkauf konnte sie also insgesamt als Erfolg verbuchen. Es fühlte sich gut an, wieder so aktiv zu sein. Auch die Kinderabteilung erwies sich nicht als das große emotionale Loch, wie Lisa befürchtet hatte. Irgendwie schien es ihr, als könnte ihr das Thema Kinder heute nicht mehr so viel anhaben wie noch vor dem Unfall. Und spätestens, als sie eines dieser schrecklichen Elternpaare in der Schlange dabei beobachtete, wie sie in affektiertem Ton mit den beiden unsympathischen und hyperaktiven Kindern redete, fühlte Lisa sich wieder ein wenig versöhnter mit ihrem Schicksal.

Auch die nächsten Stunden bis zum Abend verflogen ohne größere Anflüge von Trauer oder Schmerz. Wie im Rausch packte Lisa zu Hause sofort alle neuen Utensilien aus, schraubte den Tisch zusammen und stellte alles an seinen neuen Platz. Den alten Schreibtisch zerlegte sie in seine Einzelteile und rannte mehrfach die Treppe rauf und runter, um ihn im Auto zu verstauen. Gleich morgen nach dem Krankenhausbesuch würde sie im Laden vorbeischauen, den Tisch dort aufstellen und vielleicht auch schon wieder ein wenig arbeiten, wenn sie sich stark genug fühlte.

Zufrieden betrachtete Lisa ihr Werk. Nun musste sie nur noch im Keller nach passenden Drucken für die neuen Bilderrahmen suchen. Doch gerade als sie wieder hinuntergehen wollte, hielt sie inne.

Vielleicht war es viel schöner, wenn sie Fotos von sich und Erik für die Wände aussuchen würde, dachte sie und hatte auf einmal das Gefühl, einer sehr wichtigen und dringenden Aufgabe nachzugehen, die nicht auch nur einen einzigen Tag länger warten konnte.

Im Wohnzimmer kramte sie in einem Karton mit entsetzlich vielen, unsortierten Fotos und fischte eine Aufnahme von ihrem ersten gemeinsamen Urlaub auf Sardinien heraus. Damals hatten sie gleich mehrere Abzüge gemacht und eine davon als Vergrößerung Eriks Mutter zu Weihnachten geschenkt. Bis heute hatten sie es allerdings nicht geschafft, ihr Hochzeitsalbum fertig zu machen, obwohl sie es Renate und auch ihren eigenen Eltern fest versprochen hatten.

Lisa stellte den Rechner an, der auf der großen neuen Schreibtischplatte endlich genügend Platz hatte. Noch heute würde sie aus den unzähligen, digitalen Bildern auf der Festplatte eine Auswahl treffen und sie umgehend online zum Ausdrucken in Auftrag geben.

Wieso nur hatten sie für eine eigentlich so schöne Sache erst einen Punkt auf der Liste erstellen müssen?, fragte sich Lisa kopfschüttelnd. Wieso war in all den Monaten nie genügend Zeit gewesen für solche elementaren Dinge, die eigentlich großen Spaß machten?

Während der Rechner hochfuhr, wühlte Lisa weiter in der Fotokiste und förderte als Nächstes einen dicken Umschlag zutage, in dem lauter Bilder von einem Triathlon aufbewahrt waren. An dem Wettkampf hatte Erik zusammen mit Knuth und Martin im vergangenen Frühjahr teilgenommen.

Versonnen betrachtete Lisa ein Foto nach dem anderen und empfand insgeheim ein wenig Stolz, als sie Erik auf einem Bild beim Zieleinlauf ausmachen konnte. Ein weiteres zeigte ihn mit seinem Fahrrad und seinem alten Helm, und sofort stellte sich Lisa die erdrückende Frage, ob Erik jemals wieder der Alte sein würde und sich mit der gleichen Euphorie seinem von ihm so geliebten Sport widmen konnte.

Lisa schob die Bilder vom Wettkampf in eine Ecke des noch recht leeren Schreibtisches, damit es nicht so wehtat, Erik so glücklich in seinem Element sehen zu müssen. Stattdessen wollte sie das erste Mal seit den Flitterwochen endlich einmal wieder ihre Hochzeitsbilder anschauen.

Doch bevor sie sich zu dem entsprechenden Ordner durchklickte, öffnete Lisa schnell noch den Webbrowser, um ihre Mails zu checken. Auch das Outlook-Programm öffnete sie, falls eine dringende Nachricht für Erik gekommen war. Zwar hatte sie die wichtigsten Freunde und natürlich auch seinen Chef umgehend über den Unfall informiert. Aber sie wollte alles richtig machen und sichergehen, dass Eriks Ausfall ihm neben all den Entbehrungen und Schmerzen so wenig Unannehmlichkeiten bereitete wie möglich.

Mit einem komischen Gefühl überflog Lisa nun die Absender der achtzehn Mails, die in der Zwischenzeit eingegangen waren. Das meiste waren irgendwelche Newsletter, die ihr nicht wirklich wichtig erschienen.

Einen kleinen Stich versetzte es Lisa, als sie sah, dass Eriks Exfreundin Nadine eine Nachricht geschrieben hatte. Lisa wusste zwar, dass die beiden seit Jahren bloß noch eine lockere Freundschaft verband, dennoch war sie für einen kurzen Moment versucht, die Mail zu lesen. Da Lisa aufgrund der belanglosen Betreffzeile aber annahm, dass Nadine von dem Unfall noch gar nichts wusste, entschied sie sich dagegen. Sie war sich nicht einmal sicher, ob Erik wollte, dass noch weitere Leute von dem Unfall erfuhren. Also bemühte sie sich, den Gedanken an Nadine wieder zu verdrängen.

Dann erregte eine weitere Mail ihre Aufmerksamkeit. Sie stammte von einem gewissen Dr. Florian Sellmann.

»Sellmann …«, murmelte Lisa leise vor sich hin. Wo hatte sie den Namen schon einmal gehört?

Da das Anliegen mit dem Status »Wichtig« vermerkt war, die Betreffzeile aber bis auf das Kürzel »AW:« für Antwort leer war, musste es sich wohl um eine berufliche Angelegenheit handeln. Lisa entschied, die Mail besser zu öffnen.

Sehr geehrter Herr Dr. Grothe,

gleich nachdem mich Ihre überraschende Nachricht erreicht hat, bin ich Ihrem Rat gefolgt und habe meinen Vater aufgesucht. Um ehrlich zu sein, wusste ich nicht einmal, ob ich noch einen Vater hatte.

Die medizinische Versorgung konnte ich bereits gewähr-

leisten. Alles Persönliche wird sich finden. In jedem Fall bin ich Ihnen sehr verbunden für Ihre überaus freundliche und beispiellose Initiative.

Beste Grüße
Florian Sellmann

Erst nachdem Lisa den Text mit großem Erstaunen ein weiteres Mal gelesen hatte, entdeckte sie unter der langen Signatur einer Klinik in Süddeutschland die ursprüngliche Nachricht von Erik. Dort stand:

Hallo Herr Sellmann,

da ich Sie telefonisch nicht erreichen konnte, wende ich mich auf diesem Weg mit einem ungewöhnlichen Anliegen an Sie: Es geht um Ihren Vater, Georg Sellmann, den ich vergangene Woche per Zufall kurz kennenlernen durfte. Er erwähnte nicht nur Ihren Namen, sondern auch Ihre medizinische Fachrichtung, sodass es mir als Kollege zwingend notwendig erschien, Sie ausfindig zu machen. Ich tue dies ohne Wissen Ihres Vaters.

Ich möchte Sie davon in Kenntnis setzen, dass er zurzeit ohne festen Wohnsitz in Hamburg lebt und die meiste Zeit in der Osterstraße im Stadtteil Eimsbüttel, nahe der Bäckerei Schwichtenberg, verbringt. Ganz offensichtlich leidet er unter einer akuten Pneumonie; doch meine Hilfe lehnte er ab.

Ich hoffe, Sie sehen mir meine forsche Initiative nach und fühlen sich nicht verpflichtet, Bericht zu erstatten.

MfG aus Hamburg
Dr. E. Grothe

Lisa schlug die Hände vor dem Gesicht zusammen, wie sie es immer tat, wenn sie etwas nicht fassen konnte. Noch einmal las sie Eriks Worte. Und je mehr ihr bewusst wurde, was für eine wundervolle Tat er still und heimlich vollbracht hatte, desto stärker erfüllte sie eine schier unerträgliche Sehnsucht, ihm nah zu sein. Denn auf einmal schämte sie sich dafür, dass sie versucht gewesen war, ihre Heirat als Fehler zu sehen.

Wie hatte sie nur daran zweifeln können, dass Erik wirklich ein herzensguter Mensch war?, fragte sich Lisa und starrte noch immer staunend auf den Bildschirm.

27

Als am nächsten Morgen der Wecker klingelte, war Lisa sofort hellwach. Zwar hatte sie noch die halbe Nacht am Rechner verbracht, um die digitalen Hochzeitsbilder zu sortieren und deren Ausdrucke online per Express-Service zu ordern, doch die tolle Nachricht von Georgs Sohn beflügelte sie immer noch. Auch für ihre Eltern und für Renate wollte sie in diesen Tagen ein Album fertig stellen. Und obwohl es ihr seltsam erschien, würde Lisa versuchen, diese Herzensangelegenheit unbedingt abzuschließen, bevor Erik wieder aus dem Koma erwachte.

Wenn nichts Unvorhergesehenes dazwischenkam, würden die Ärzte seine Langzeitnarkose bereits morgen beenden. Und Lisa war fest entschlossen, bis dahin nicht in ein neues emotionales Loch zu fallen. Sie würde von nun an stark sein und dankbar für jeden Tag, den sie beide gemeinsam erleben durften, ganz gleich, wie sehr Erik sich in Zukunft würde einschränken müssen.

Um die Zeit so gut es ging zu überbrücken, nahm sich Lisa vor, den Nachmittag im Laden zu verbringen und hoffentlich viele Kunden zu bedienen, was ihr die nötige Ablenkung verschaffen würde.

Aber an diesem Morgen wollte sie erst einmal auf dem schnellsten Weg zu Erik, um ihm die Neuigkeiten von Georgs Sohn zu bringen. Natürlich erschien es ihr selbst ziemlich absurd, einem Komapatienten etwas mitzuteilen, aber sie fühlte sich nicht nur dazu verpflichtet. Nein, sie freute sich sogar darauf. Vielleicht konnte sie Erik ja mit ihrer Euphorie anstecken.

Lisa schnappte sich den Ausdruck der E-Mail, schmiss die Wohnungstür hinter sich zu und rannte die Treppe hinunter. Im Erdgeschoss wäre sie beinahe über Oles Bobbycar gestolpert. Mit einem beschwingten Lächeln schob sie es schnell zur Seite und lief aus dem Haus bis zu ihrem Auto.

Bevor sie wenig später auf die Osterstraße abbog, stoppte sie einen Moment am Straßenrand, um den Vorplatz der Bäckerei nach einem vertrauten Gesicht abzusuchen. Doch Georg Sellmann war tatsächlich nirgends zu entdecken, und Lisa durchströmte ein wohlig-warmes und beinahe stolzes Gefühl, das ihr trotz des stockenden Berufsverkehrs bis zum Erreichen des Krankenhauses erhalten blieb.

Auf dem Flur wurde sie schon von Dr. Lemper abgefangen, einem der Assistenten von Professor Weiländer. Mit einem Lächeln teilte der junge Mann ihr mit, dass die Schwellung mittlerweile so weit zurückgegangen sei, dass sie Erik schon morgen aus dem künstlichen Koma holen würden. Obwohl Lisa bereits darüber unterrichtet worden war, erklärte er ihr freundlich und in verständlichen Worten, dass jeder weitere Tag in der Bewusstlosigkeit immer auch ein Risiko bedeuten würde. Sie hätten deswegen keine Zeit zu verlieren.

Lisa nickte dem Arzt zu und bedankte sich höflich, aber auch ein wenig in Eile, weil sie nun endlich zu Erik ins Zimmer gehen wollte.

Sie begrüßte noch zwei Schwestern und einen Zivildienstleistenden, mit denen sie allesamt schon über Erik gesprochen hatte und zu denen sie mittlerweile ebenfalls großes Vertrauen besaß.

Ob sie sich über ihre überraschend muntere Ausstrahlung wunderten?, fragte sich Lisa.

Doch es war ihr ganz egal, so wie es ihr überhaupt inzwischen recht gleichgültig war, was andere Leute von ihr dachten.

Andächtig öffnete Lisa die Tür zu Eriks Zimmer. Sie trat zu ihm ans Bett und küsste ihn wie jedes Mal zur Begrüßung so sanft es ging auf die Nasenspitze. Mit geschlossenen Augen schnupperte sie an seiner Haut. Doch all die sterilen Mittelchen und das Verbandszeug überlagerten noch immer seinen so vertrauten Körpergeruch.

Lisa legte ihre Jacke ab, holte einen Stuhl heran und ließ sich darauf nieder. Liebevoll betrachtete sie Erik und streichelte seine Hand. Dann griff sie in ihre Handtasche, um den Zettel mit der E-Mail herauszuholen.

Unsicher sah sie sich noch einmal um und vergewisserte sich, dass in diesem Augenblick niemand durch die Jalousie des Fensters vom Flur hereinschaute. Sie wollte nicht dabei beobachtet werden, wie sie mit einem Menschen sprach, der sie bestimmt nicht hören konnte.

Erneut streichelte sie Erik über den Arm und flüsterte: »Hallo, mein Lieber! Ich muss dir etwas erzählen … Etwas sehr Schönes. Ich …« Lisa zögerte zunächst weiterzusprechen, weil sie sich komisch vorkam. Aber nachdem sie noch einmal tief durchgeatmet hatte, plapperte sie einfach drauflos und las schließlich auch die Nachricht von Florian Sellmann vor.

Anschließend entschuldigte sie sich bei Erik dafür, dass sie ihn insgeheim verflucht hatte, weil er dem obdachlosen Georg gegenüber scheinbar so herzlos gewesen war. Dann berichtete sie ihm, dass er schon morgen aufwachen würde und sie es gar nicht mehr erwarten konnte, endlich wieder seine Stimme zu hören.

Gerade als Lisa darüber nachdachte, ob es eine gute Idee wäre, sich bei dieser Gelegenheit alles von der Seele zu reden, das sich über die lange Zeit angestaut hatte, klopfte es an der

Fensterscheibe. Lisa schreckte auf und drehte sich um. Sie sah, wie Knuth ihr mit einem zaghaften Lächeln zuwinkte. Irritiert erhob sie sich und ging zur Tür.

»Hallo!«, begrüßte er sie. »Die Ärzte hier sagen, bei einem Kollegen machen sie eine Ausnahme. Hast du was dagegen?« Mit einer Geste deutete er an, eintreten zu wollen.

Lisa fühlte sich etwas überrumpelt. Sie war sich nicht sicher, ob es richtig war, dass ausgerechnet Knuth, der oft so laut und unachtsam war, hier auftauchte. Doch sie fühlte sich verpflichtet, ihn zu Erik durchzulassen, öffnete nun vollständig die Tür und trat einen Schritt zur Seite.

Mit fachkundigem Blick begutachtete Knuth die Monitore, auf denen diverse Kurven die Werte von Blutdruck, Puls, Herzrhythmus und Atmung anzeigten. Dann studierte er die Beschriftung der Infusion, die unaufhörlich in Eriks rechten Arm tropfte.

»Ich glaube, er ist hier wirklich gut aufgehoben«, sagte er schließlich und sah Lisa mitfühlend an.

Normalerweise hätte sein Besuch Lisa gerührt. Denn offensichtlich wollte er ihr Trost spenden. Dennoch spürte sie ganz plötzlich all ihren Groll, den sie schon so lange Zeit in sich trug. Schließlich war Knuth nicht nur Eriks engster Freund und wichtigster Kollege, sondern vor allem auch sein heiß geliebter Trainingspartner, mit dem er viel mehr unbeschwerte Zeit verbrachte als mit ihr. Und bestimmt hatte Erik in der verdammten Nacht des Unfalls ausgerechnet zu ihm fahren wollen.

»Hey«, sagte Knuth sanft und legte ihr behutsam die Hand auf den Arm. »Alles wird wieder gut. Ganz bestimmt.«

Lisa lachte zynisch auf und zog instinktiv ihren Arm zurück, obwohl es ihr unhöflich erschien. Knuth wusste offenbar nicht, welch riesiger Einschnitt dieser Unfall für ihr Leben bedeutete.

Dabei ist dieser Idiot doch Arzt!, dachte Lisa.

Und plötzlich zitterten ihre Lippen. Sie konnte die Tränen nicht mehr zurückhalten. Mit vollem Druck schien sich jetzt der ganze Frust der letzten Zeit Bahn zu brechen und machte es ihr unmöglich, auch nur irgendeinen vernünftigen Satz zu formulieren.

Knuth tat einen Schritt auf Lisa zu und drückte sie sanft an sich. »Ich weiß, das ist alles verdammt hart. Aber es hätte noch viel schlimmer kommen können«, sagte er ruhig.

Für einen Moment genoss es Lisa, sich klein und beschützt zu fühlen. Knuths Worte waren tröstend, sodass sie kein Gegenargument aufbringen konnte. Und sie wusste, er sprach die Wahrheit aus, obwohl es ihm selbst – allein schon aus ganz egoistischen Gründen – unendlich leid tun musste, was passiert war.

»Morgen holen sie ihn aus dem Koma«, sagte Lisa und sah Knuth nun sogar ein wenig dankbar an. »Dann ist es wenigstens nicht mehr so unheimlich hier im Zimmer.«

Knuth schaute etwas besorgt drein und entgegnete: »Aber mach dich darauf gefasst, dass …« Er zögerte. »Nun, dass er nicht unbedingt der Alte sein wird. Zumindest nicht sofort.«

Lisa musste ein schockiertes Gesicht gemacht haben, denn Knuth versuchte, sie mit einer beschwichtigenden Geste zu beruhigen. »Es wird vermutlich eine Zeit lang dauern, bis alle seine Körperfunktionen wieder ganz normal sind«, erklärte er und fügte noch hinzu, dass Erik anfangs Probleme haben dürfte, sich zu artikulieren, auch weil der Beatmungsschlauch nun schon so lange in seinem Hals lag. Nach so langer Intubationszeit würde einem Patienten das Sprechen schwerfallen.

»Dabei müssen wir so viel nachholen«, sagte Lisa traurig und wie zu sich selbst. »Wir müssen endlich richtig miteinander reden.«

»Du meinst wegen eurer Streitereien? Wegen eines Kindes?«

Lisa sah ihn erstaunt an. Hatte sie ihm etwa in ihrer Aufregung nach dem Unfall am Telefon davon erzählt?

»Erik hat es mal erwähnt«, fügte Knuth zur Erklärung an. »Ich will mich auch nicht einmischen, aber ...« Er unterbrach sich, doch Lisa forderte ihn mit einem strengen Nicken auf, weiterzusprechen. »Ich weiß nicht, ob Erik dir diesen Wunsch erfüllen kann oder nicht. Ich weiß nur, dass es absolut nichts mit dir zu tun hat. Jedenfalls nicht so, wie du vielleicht denkst.«

»Woher willst du das wissen?«, fragte Lisa, obwohl sie Angst vor dem hatte, was Eriks Freund ihr nun sagen würde.

Knuth schwieg einen Moment und dachte nach. »Ich glaube, er hat Panik, dich zu verlieren«, erklärte er schließlich.

Lisa sah zu dem scheinbar so friedlich schlafenden Erik und dann wieder zu Knuth.

Konnte das wirklich stimmen?, fragte sie sich.

Dann führte Knuth noch weiter aus: »Jeder Mann hat Angst vor so einer Veränderung. Auch vor der, die eine Frau dabei durchmacht. Das kannst du mir ruhig glauben.« Er lächelte schief.

Lisa schwieg. Sie wusste nicht, was sie darauf erwidern sollte, und versuchte vergeblich, sich zu sortieren. Müde ließ sie sich wieder auf ihren Stuhl sinken und griff nach Eriks Hand. Dann trat Knuth hinter sie und legte ihr eine Hand auf die Schulter.

Es tat gut, jetzt nicht allein zu sein mit all ihren quälenden und unausgesprochenen Gedanken.

28

Am Nachmittag des nächsten Tages starrte Lisa aus dem großen Atelierfenster auf den tristen Hinterhof und hielt ihren Ehering fest umklammert in ihrer Hand.

Sosehr sie sich auch bemühte, es gelang ihr nicht, sich auf die Arbeit zu konzentrieren. Auf dem Tisch lag ihr Skizzenblock, in dem erste Ideen für sommerliche Kindermode festgehalten waren. Doch all die fröhlichen Farben und Muster wühlten Lisa nur noch mehr auf. Die erhoffte Ablenkung fand sie hier auch heute nicht.

Immer wieder schaute sie nervös auf ihr Handy. Jeden Augenblick erwartete sie den Anruf vom Krankenhaus, in dem ihr mitgeteilt werden würde, wann es endlich so weit war. Wann die Ärzte Erik endlich aus dem Tiefschlaf holen würden.

Mit großer Angst musste Lisa an Knuths warnende Worte denken. Immer wieder drehten sich ihre Sorgen um die Fragen: Was ist, wenn Eriks Gehirn doch nachhaltig geschädigt ist? Was ist, wenn er einfach nicht mehr der Alte ist? Was ist, wenn er durch den Unfall so verändert ist, dass er sich nicht mehr zurechtfindet und sie ihm nicht helfen kann? Was ist, wenn sie ihrem Mann nie wieder richtig nahe sein kann?

»Hier, trink was«, sagte Jutta in einem fürsorglichen, aber doch bestimmten Ton. Sie stand plötzlich in der Tür und hielt Lisa einen heißen Tee vor die Nase.

Lisa bemühte sich um ein Lächeln, genauso wie sie es gestern getan hatte, als Knuth versuchte, sie zu trösten. Ihr Gespräch an Eriks Krankenbett war merkwürdig gewesen. Noch nie hatte sie überhaupt mehr als drei Sätze allein mit ihm geredet. Sie hatte ihn für einen kalten und egoistischen Macho gehalten. Und nun bereute sie, ihm so lange Zeit Unrecht getan zu haben. Er war ein aufmerksamer Zuhörer gewesen und hatte viel von seiner Freundschaft mit Erik erzählt. Seine Worte verfolgten Lisa bis spät in die Nacht, weil Knuth Dinge gesagt hatte, die sie tief bewegten. Sie war ihm dankbar für seine Offenheit und sein Mitgefühl und verstand erst jetzt, warum er Erik schon so lange ein enger und guter Freund war.

»Danke!«, sagte Lisa nur und trat einen Schritt auf Jutta zu. Sie steckte sich ihren Ring zurück an den Finger, um den wärmenden Becher mit beiden Händen greifen zu können.

»Noch immer nichts?«, fragte Jutta besorgt und deutete mit ihrem Kopf auf Lisas Handy.

Lisa schüttelte den Kopf. Seit über vierundzwanzig Stunden wartete sie nun schon auf den erlösenden Anruf. Doch noch immer lag das Gerät bedrohlich wie ein düsteres, Unheil verheißendes Symbol auf dem Tisch und wollte einfach nicht klingeln.

Behutsam legte Jutta ihren Arm um Lisas Schultern. »Ach Süße«, sagte sie. »Das wird schon. Sie melden sich bestimmt bald. Heute Abend lächelst du wahrscheinlich schon wieder.«

Lisa erschrak, weil plötzlich das Läuten der Ladentür zu hören war.

»Ich geh eben.« Mit einem Seufzen verschwand Jutta wieder in den Verkaufsraum.

Lisa pustete kühlende Luft in die Teetasse, nahm einen winzigen Schluck und stellte sie dann auf dem Tisch ab. Mit zitternden Fingern griff sie nach dem Handy, um sich mit einem Blick aufs Display zu vergewissern, dass ihr auch wirklich kein Anruf entgangen war. Dann nahm sie ihren Skizzenblock zur

Hand und blätterte abschätzig die Entwürfe durch, als ob sie von einer untalentierten Fremden gemacht worden waren.

Als sie auf eine Zeichnung stieß von einem niedlichen Hängekleidchen mit bunt stilisierten Schmetterlingen darauf, erinnerte sie sich für einen Augenblick an das Gefühl, das sie bei der Anfertigung gehabt hatte. Für das Muster war sie von einer hippen Tasche inspiriert worden, die sie in einer Zeitschrift entdeckt hatte. Lisa wusste noch genau, wie sie sich ausgemalt hatte, eines Tages ein kleines, blondes Mädchen mit dem Namen Helene oder Leni zu haben, das ein solch strahlendes Kleid mit Schmetterlingen trägt.

Auf einmal konnte Lisa nicht anders. Sie wurde von kalter Wut gepackt und schleuderte den Block mit einem energischen Aufschrei zu Boden. Dann ließ sie sich auf ihren Platz vor der Nähmaschine sinken und vergrub ihr Gesicht in beiden Händen.

»Bitte, lieber Gott«, flüsterte sie leise, »bitte, bitte mach, dass alles gut wird!«

Im Bewusstsein dessen, dass sie ohnehin nicht daran glaubte, irgendeine höhere Macht würde ihr beistehen, raffte sich Lisa schließlich wieder auf. Sie bückte sich zu den Entwürfen, von denen einige Seiten nur noch an wenigen Fetzen in der Spirale gehalten wurden. Unbesehen ließ sie den schweren Block mit einem dumpfen Aufprall in den silbernen Mülleimer fallen. Dann schnappte sie sich ihr Handy und ihre Jacke, um sich auf den Weg ins Krankenhaus zu machen.

Jutta, die ihren Wutausbruch gehört haben musste, kam besorgt ins Atelier zurück. Doch Lisa rannte an ihr vorbei und wäre auf dem Weg zur Ladentür beinahe mit einer Kundin zusammengeprallt, die gerade die ersten Stücke der neuen Frühlingskollektion durchsah.

»'Tschuldigung«, stieß Lisa hervor und drehte sich noch einmal zu ihrer Freundin um.

Mit fragendem Blick sah Jutta sie an.

»Ich ruf dich an«, sagte Lisa und eilte hinaus auf die Straße, wo sie als Erstes die noch immer recht kühle Winterluft in sich einsog.

Als sie endlich auf der ihr inzwischen so vertrauten, aber doch verhassten Etage im Krankenhaus ankam, klopfte Lisas Herz bis zum Hals. Sie war nicht nur völlig außer Atem, weil sie die Treppen statt des Aufzuges genommen hatte. Auch ihre Aufregung nahm ihr beinahe das Vermögen, klar und deutlich zu sprechen. In der offen stehenden Teeküche fragte sie eine der Schwestern, die sie noch nicht kannte, nach Professor Weiländer.

»Sie sind Frau Grothe, richtig?«, fragte die junge Frau in einer mitfühlenden Art, die Lisa nur noch mehr beunruhigte.

Irgendetwas schien nicht zu stimmen, und Lisa verspürte den unmittelbaren Drang, sich übergeben zu müssen. Die Schwester begleitete sie den Flur entlang. Doch Lisa hatte Mühe, ihr zu folgen. Als sie sah, dass die Jalousien zu Eriks Zimmer geschlossen waren, schwindelte ihr.

»Nehmen Sie doch Platz, bitte«, bat die Schwester und deutete mit einer Geste auf die leere Stuhlreihe.

»Was ist mit meinem Mann? Wieso sagen Sie mir nichts?!«, entfuhr es Lisa nun eine Spur zu heftig. Sie war außer sich vor Sorge.

»Nur einen Moment bitte«, entgegnete die Schwester in einer freundlichen Gelassenheit, die Lisa in den Wahnsinn trieb.

Mit besorgtem Blick beobachtete sie, wie die Schwester zaghaft an die Tür von Eriks Zimmer klopfte, schließlich hineintrat und die Tür sofort wieder hinter sich schloss. Ohne auch nur einen Blick auf Erik erhaschen zu können, blieb Lisa nun vollkommen allein auf dem langen Flur zurück. Sie versuchte, sich Mut zuzureden und sich auszumalen, dass Erik vielleicht bereits aus dem Koma erwacht war und sie ihm in wenigen Minuten wieder in die Augen blicken und ihn aufmunternd anlächeln konnte. Sie würde seine Hand streicheln und ihm sagen, dass alles wieder gut wird. Sie würde vor Erleichterung einen Dank Richtung Himmel sprechen und nie wieder ihre eigene Gesundheit oder die ihrer Lieben als selbstverständlich erachten. Sie würde einfach jeden Tag die Liebe und das Leben feiern und vor allem mit Erik viel achtsamer und offener umgehen.

Plötzlich erschrak Lisa, weil ihr Handy klingelte. Es waren ihre Eltern, die eigentlich darauf bestanden hatten, den heutigen Tag mit ihr im Krankenhaus zu verbringen. Lisa atmete tapfer durch und versicherte ihnen, dass es noch nichts Neues gab und sie sich wie versprochen umgehend melden würde, sobald sie mehr erfahren hätte. Mit gepresster Stimme verabschiedete sie sich schließlich.

Im selben Moment öffnete sich endlich die Tür zu Eriks Zimmer. Professor Weiländer trat hinaus und reichte Lisa zur Begrüßung die Hand.

»Frau Grothe … Wir haben leider noch keine Neuigkeiten für Sie.«

Lisas Hals fühlte sich mit einem Schlag unerträglich trocken an. Sie glaubte, augenblicklich ersticken zu müssen, und schluckte mehrfach schwer.

»Der Zustand Ihres Mannes ist zwar nach wie vor stabil«, führte der Arzt in seiner unnachahmlich monotonen Art weiter aus, »doch nachdem wir das Narkotikum abgesetzt haben, ist er noch immer nicht zu Bewusstsein gekommen. Wir können Ihnen daher leider noch nichts Verbindliches sagen.«

Er blickte Lisa mit ernster Miene an, sodass sie seine Worte in ihrem Kopf nicht einfach positiv umdeuten konnte.

»Und was bedeutet das?«, fragte sie mit zitternder Stimme.

»Wie gesagt, ich kann Ihnen zum jetzigen Zeitpunkt leider

keine verbindliche Auskunft geben. Wir können nur hoffen, dass er so bald wie möglich aufwacht. Mehr können wir derzeit nicht tun. Es tut mir leid.«

Lisa senkte den Kopf und starrte mit glasigen Augen auf den hässlichen kalten Boden. »Darf ich zu ihm?«

Professor Weiländer nickte und sagte mit ungewohnt sanfter Stimme: »Sicher. Die nächste Untersuchung werden wir am späten Nachmittag vornehmen.«

»Danke«, hauchte Lisa.

Der Arzt öffnete ihr die Tür und gab den beiden Schwestern, die sich gerade am Bett von Erik zu schaffen machten, und einem weiteren weiß gekleideten Mann, den Lisa nicht kannte, mit einem Blick zu verstehen, dass sie den Raum verlassen sollten.

Nun stand Lisa mitten im Raum und betrachtete Erik in seinem Bett liegend. Obwohl er zufrieden und friedlich zu schlafen schien, überrollte sie eine gigantische Welle der Trauer, die ihr jeden Halt nahm. Sie stützte sich auf das Bett und hielt den Rahmen fest umklammert wie die Reling eines Schiffes, das gerade vergeblich gegen einen schier übermächtigen Sturm ankämpft.

29

Ob das ein Zeichen ist?, dachte Lisa, als sie am Abend aufgewühlt einen großen Umschlag aus dem Briefkasten fischte.

Offenbar waren heute die bestellten Fotos angekommen. Der erste und einzige Lichtblick an diesem so unerträglich düsteren Tag.

Professor Weiländer hatte sie irgendwann nach Hause geschickt mit dem Versprechen, sie und Renate umgehend zu informieren, sobald es etwas Neues gab. Und obwohl er sich bemühte, beruhigend auf sie einzuwirken, wusste Lisa inzwischen sehr genau, dass jede weitere Stunde, die Erik nicht aus dem Tiefschlaf erwachte, für die Mediziner ein Risiko bedeutete. Als ob sie es geahnt hatte, war genau das passiert, wovor sie sich am meisten fürchtete: Erik blieb in einer fremden Welt gefangen, zu der sie keinen Zugang hatte.

Noch während Lisa sich mit letzter Kraft durch das kalte Treppenhaus zur Wohnung hinaufschleppte, öffnete sie mit zitternden Händen den Umschlag und holte die vielen Bilder hervor. Bilder aus einer Zeit, in der alles noch so schön bunt, lebendig und einfach erschienen war.

Auf Höhe der zweiten Etage hielt sie inne, weil sie sich zu ihrem Lieblingsbild durchgeblättert hatte. Es zeigte Erik und sie am Tag nach ihrer Hochzeit. Er hatte sie sich über die Schulter geworfen und blickte nun stolz in die Kamera, während Lisa, mit dem Kopf nach unten, protestierend lachte, sodass ihre langen Haare fast bis zum Boden reichten. Damals hatten sie mit ihren Eltern zusammen die vielen Hochzeitsgeschenke in die Wohnung gebracht. Während einer kleinen Kaffeepause hatte ihr Vater dann diesen Schnappschuss gemacht, den sie später als Danksagung an Freunde und Verwandte geschickt hatten. Dieses Foto hatte Lisa nun mehrfach vergrößern lassen – sie wollte es jeweils in einem der Bilderrahmen aufhängen und gleich ganz vorn in den Alben platzieren, um der Dokumentation ihrer Hochzeit keinen allzu spießigen Charakter zu verleihen.

Nachdem sie die Wohnung aufgeschlossen und ihren Mantel ausgezogen hatte, breitete sie die Fotos auf dem neuen Schreibtisch aus. Auch die anderen Utensilien wie den Fotokleber und einen weißen Lackstift legte sie bereit.

Dann betrachtete sie erneut das Bild und versank darin. Erik sah so glücklich und unbeschwert aus. Er grinste sein charmantes Grinsen und wirkte so stark, als ob ihn nichts und niemand erschüttern konnte. Und das nicht nur, weil er Lisa wie ein Fliegengewicht durch die Luft wirbelte, sondern auch weil er fest und mitten im Leben zu stehen schien. Es durfte einfach nicht sein, dass sein Leben mit einem Schlag ruiniert oder gar vorbei sein sollte!

Der Gedanke schnürte Lisa die Kehle zu. Sie ging in die Küche, um sich ein Glas Saft zu holen und sich ein wenig abzulenken. Als sie trinkend vor dem Kühlschrank stand, fiel ihr Blick auf die Liste, die Erik dort befestigt hatte. Sie schob den Magneten zur Seite und nahm das Blatt Papier zur Hand. Intensiv betrachtete sie die einzelnen Punkte und musste immer wieder schlucken. Sie spürte, wie ihre Beine nachgaben, und ließ sich langsam auf die Küchenbank sinken.

Für den Monat Februar stand dort: *Hochzeitsalben fertig machen* ♥♥♥

Die Alben …, dachte Lisa, ja, die würde sie schon jetzt fertig machen, weil es ihr ein glühendes Bedürfnis war. Sie würde Erik damit eine gelungene Überraschung bereiten können. So wie Lenny es machen würde – spontan und dem Herzen folgend, statt nach einem kalkulierten Plan.

Alle anderen Vorhaben aber sollten nicht mehr melancholiegeschwängert ihre noch vage Zukunft überlagern, sondern einfach so gut es eben ging gelebt werden.

Wie in Zeitlupe knüllte Lisa die Liste zusammen, stand mühevoll auf und warf das Papier in den Mülleimer. Obwohl sie seit heute Vormittag im Laden nichts mehr gegessen hatte, ging sie wieder zurück an den Schreibtisch, um sich dem Album zu widmen. Sie hatte ohnehin keinen Appetit.

Ihr Blick streifte über das edle, taubenblaue Album und die vielen Bilder, die darauf warteten, endlich einen würdevollen Platz darin zu bekommen.

Zunächst brachte sie die Fotos in eine chronologische Reihenfolge – angefangen bei den beiden Junggesellenfeiern, die sie spät in der Nacht auf dem Hamburger Kiez zusammengeführt hatten.

Die Erinnerung an den Abend zauberte Lisa den Hauch eines Lächelns ins Gesicht. Auf Katjas Initiative hin war sie zunächst mit ein paar Freundinnen, ihrer Mutter und Agnes beim »Mamma Mia«-Musical gewesen, das für alle einen Riesenspaß bedeutete. Anschließend waren sie eine Kleinigkeit essen gegangen, bis sie schließlich wie verabredet auf die Männerrunde stießen. Bis heute schwiegen sich die Jungs und ihr Vater darüber aus, wie genau ihr Abendprogramm verlaufen war, und das sorgte immer wieder für Anlass zu lustigen Vermutungen zwischen den beiden Geschlechtern in der Familie.

Den nächsten Höhepunkt der Hochzeit bildete der Termin beim Standesamt im Hamburger Rathaus und das anschließende Mittagessen im engsten Kreis.

Wie klein Emi damals noch war!, dachte Lisa, als sie versonnen das Gruppenfoto betrachtete, das der Kellner gemacht hatte, während sie mit Champagner anstießen.

Und wie immer hatte sie den Eindruck, als sei die Runde ohne Oma Helene einfach nicht komplett. Die Heirat hätte ihr sicher große Freude bereitet. Wie schade, dass sie und Erik sich nicht einmal mehr kennenlernen konnten. Und nun schien Erik selbst dem Tod so nahe …

Komm zurück! Komm zurück!

Immer wieder tauchten diese Worte vor Lisas geistigem Auge auf wie ein riesiges, grelles Reklameschild, das sich auf alle Zeit leuchtend in die Erinnerung brennt.

Bitte, mein Lieber, komm zurück!
Es gibt doch noch so unendlich viel, was ich dir sagen will.
1000 Küsse und …

Diese Nachricht hatte Lisa heute unter Eriks Kopfkissen zurückgelassen, und sie wünschte sie sich nichts sehnlicher, als dass ihre Worte ihn erreichten. Wenn er doch nur endlich wieder bei ihr sein würde!

Ich kann nicht mehr, dachte sie und seufzte.

Dann begann sie langsam damit, sämtliche Bilder von der eigentlichen Hochzeitsparty auf einen dritten Stapel zu sortieren. Obwohl seit dem großen Tag gerade mal etwas über ein Jahr vergangen war, erschien ihr die Feier eine Ewigkeit her. So vieles war in der Zwischenzeit passiert: die Eröffnung des Ladens, die Flitterwochen, der Flugzeugabsturz, Agnes' verlorenes Kind, der Unfall …

Lisa seufzte erneut schwer, ermahnte sich aber sofort, ja nicht aufzugeben. Sie bildete sich ein, wenn sie jetzt resignierte, würde Erik es noch schwerer haben, wieder ins Leben zurückzufinden. Vielleicht gab es irgendeine Kraft, die sich von ihrem zu seinem Herzen einen Weg bahnen konnte, wenn sie nur stark genug daran glaubte, dass alles wieder gut werden würde. Also versuchte sie, sich auf all das Schöne zu konzentrieren, was ihre gemeinsame Zeit ausgemacht hatte und was sie in naher Zukunft hoffentlich noch zusammen erleben würden.

Ob wir jemals wieder selbst eine Hochzeit besuchen werden?, fragte sich Lisa, als sie Betty und Jutta fröhlich feiernd auf einem der Fotos betrachtete.

Obwohl Betty damals schon schwanger gewesen war, hatte sie noch nichts verraten. Und nun war sie längst Mutter und selbst verheiratet.

Lisa erinnerte sich genau, wie falsch sie und Erik sich auf Bettys Feier mit Trauung und Taufe im Herbst gefühlt hatten, weil alles wie befürchtet eine Dimension zu kitschig und zu pompös geraten war. Und sie erinnerte sich auch noch sehr genau, wie selig sie spät nachts Arm in Arm im Bett lagen und Scherze über diese zweifelhafte Veranstaltung gemacht hatten. Es war ein schönes Gefühl gewesen, dass sie beide auch nach einem Jahr noch der Meinung waren, bei ihrer eigenen Hochzeit alles richtig gemacht zu haben.

Aber was war dann geschehen? Waren sie bloß vom Kurs abgekommen, der sich bis dahin doch immer so richtig angefühlt hatte, weil er einfach alternativlos zu sein schien?

Nachdenklich lehnte sich Lisa zurück. Noch nie hatte sich ihr die simple Wahrheit so deutlich und unmittelbar aufgedrängt wie in diesem Moment: Erik und sie hatten schlicht aufgehört, miteinander zu reden. Dabei gab es doch so viele unausgesprochene Gedanken, die sich in den vergangenen Monaten heimlich und still wie dichter werdender Nebel um sie gelegt hatten und ihnen die klare Sicht verwehrten. Sie waren einfach auseinandergedriftet, obwohl wenige Worte vielleicht schon gereicht hätten, wieder auf gemeinsamen Kurs zu kommen und ihre Ehe zurück ins Sonnenlicht zu manövrieren.

Lisa fragte sich, warum sie Erik zum Beispiel nie deutlich

und direkt gesagt hatte, dass sie sich wünschte, mehr Zeit mit ihm zu verbringen. Sie konnte sich an keine Begebenheit erinnern, bei der sie ihn darum gebeten hatte, ihr zuliebe mal auf sein Training zu verzichten.

Und warum war sie nicht in der Lage gewesen, offen und ehrlich über ihre Gefühle zu sprechen? Über ihre Sehnsucht nach einer Familie, über ihre Angst vor der Auseinandersetzung, die letztlich doch bloß eine undefinierbare Angst war, Erik zu verlieren.

Doch nun war es womöglich zu spät. Vielleicht hatte sie am Ende alles verloren.

Komm zurück! Komm zurück!

Lisa hielt es nicht mehr aus. Wie in Trance schoben ihre Hände die Fotos und die anderen Utensilien zur Seite. Dann griff sie beinahe wie von selbst in die Schublade, um einen Stapel unschuldiges, weißes Papier bereitzulegen. Sie sah sich nach ihrer Handtasche um und holte ihren Füllfederhalter hervor, den sie wie durch ein kleines Wunder ohne langes Wühlen sofort fand.

Endlich, endlich würde sie alles loswerden können, was ihr auf der Seele lag, dachte Lisa.

Und schon allein das Vorhaben, Erik einen Liebesbrief zu schreiben, erfüllte sie mit wohltuender Erleichterung. Sie hatte in den letzten Tagen so viele wertvolle Erkenntnisse gewonnen, die sie unbedingt mit ihm teilen wollte.

Fast wie von Geisterhand glitt der Stift über das Papier. Die Worte sprudelten nur so aus ihr heraus, um sich einen Weg zu Erik zu bahnen. Und kaum hatte Lisa die erste Seite vollgeschrieben, stellte sich das wunderbare Gefühl ein, ihm wieder ganz nah zu sein.

30

Es war schon tief in der Nacht gewesen war, als Lisa den Brief endlich beendet hatte. Und dennoch war es ihr ein Bedürfnis gewesen, wenigstens auch noch das Album für Erik fertig zu stellen. Sie hätte ohnehin nicht schlafen können.

Nun saß sie schon eine ganze Zeit lang mit Renate an Eriks Bett, jedoch ohne dass sich irgendetwas tat. Noch immer lag er einfach nur bewegungslos da. Er schien eigentlich so nah und doch unerreichbar.

Liebend gern hätte Lisa ihm sofort den Brief vorgelesen oder ihn wenigstens unter sein Kopfkissen geschoben. Doch es erschien ihr irgendwie nicht richtig, den für sie so bedeutenden Schritt in Renates Beisein zu tun.

»Ach, mein Liebes«, seufzte ihre Schwiegermutter nun, als hätte sie Lisas Gedanken gelesen. »Ich glaube, ich mache mich auf den Weg. Ich werde hier noch verrückt, wenn ich nichts tun kann.« Ihre Stimme klang ziemlich niedergeschlagen, und die ohnmächtige Sorge war ihr deutlich anzusehen.

Lisa zögerte. Sie war heute mit dem Bus gekommen und konnte Renate also nicht nach Hause bringen. Doch sie vertraute auf Renates Verständnis, dass sie keine Sekunde mehr von Eriks Seite weichen wollte.

»Ich bin ja da«, versuchte Lisa, sie zu beruhigen. »Und falls sich auch nur das Geringste tut, rufe ich dich sofort an.«

Ohne jede Berührungsängste schloss sie Renate zum Abschied ganz fest in die Arme und empfand es auch nicht als unangenehm, als diese sich gar nicht mehr lösen wollte. Dann half Lisa ihr in die Jacke.

Bevor sie sich zum Gehen wendete, trat Renate noch einen Schritt näher an Erik heran.

»Ach, mein Sohn, wenn wir dir doch nur helfen könnten«, sagte sie leise und schnäuzte sich kurz. Dann ergänzte sie in einer Weise, als würde sie sich selbst Mut zusprechen: »Meine Freundin Ursula sendet ihm dieses ... dieses Reiki. Sie sagt, das bewirkt Wunder.«

Lisa erwiderte lächelnd: »Ja, wir dürfen nicht aufhören, daran zu glauben. Er weiß bestimmt, dass wir in Gedanken immer bei ihm sind.«

Auch Renate bemühte sich tapfer um ein Lächeln, obwohl ihre Augen vor Trauer wässrig glänzten. Sie verabschiedeten sich schließlich bis zum nächsten Telefonat, und dann begleitete Lisa ihre Schwiegermutter noch bis zur Tür.

Auch wenn die Nähe zu ihr mittlerweile eine große Stütze war und sie in diesen schweren Tagen einander besonders brauchten, atmete Lisa erleichtert auf, als Renate auf den Flur trat. Endlich war sie mit Erik allein.

Als sie die Tür hinter ihrer Schwiegermutter schloss, fiel Lisas Blick in den Spiegel am Waschbecken vor dem anderen Bett. Einen Moment lang betrachtete sie ihr sorgenvolles Gesicht. Es ließ erahnen, wie sehr die Hilflosigkeit aufgrund von Eriks Zustand sie umtrieb. Aber gleichzeitig sah sie selbstbewusster, ja irgendwie stärker aus als noch in den Tagen zuvor. Vielleicht weil sie inzwischen auf alles gefasst war, was nun noch passieren konnte?

Mit spürbarem Herzklopfen ging Lisa zurück an Eriks Bett. Aus ihrer Tasche holte sie den weißen Umschlag hervor, in dem all ihre noch ungesagten Worte verborgen waren. Ohne jedes Zögern öffnete sie den Umschlag und faltete die Seiten auseinander. Sie setzte sich vorsichtig an Eriks Bettkante, betrachtete ihn liebevoll und gab ihm einen Kuss auf die Nasenspitze. Dann räusperte sie sich und begann, ihm Zeile für Zeile vorzulesen.

Mein geliebter Erik,

ich weiß nicht, ob dich meine Worte jemals erreichen werden. Aber ich will nicht aufhören, zu hoffen, sondern ab jetzt alles mir Mögliche dafür tun, damit wir uns wieder nah sind. Denn nur wenn wir uns wirklich nah sind, entsteht wahres Verständnis für den anderen.

Erinnerst du dich noch an unsere erste Zeit? Wie sehr wir uns immer aufeinander gefreut haben, wenn wir uns ein, zwei Tagen nicht gesehen hatten? Und wie wir manchmal schon in der Tür übereinander hergefallen sind?

Ich habe es geliebt, dass wir den Augenblick genossen haben. Dass ich bei dir so sein durfte, wie ich bin. Dass ich alles sagen konnte, ohne dich zu verschrecken, und dass ich mich immer bewundert, begehrt und geliebt gefühlt habe. Schon damals habe ich mir die Frage gestellt, was schöner ist: das Gefühl, geliebt zu werden, oder das Gefühl, jemanden zu lieben, der so ist wie du.

Dass es dich überhaupt gibt, empfinde ich als Geschenk. Dass wir uns getroffen und lieben gelernt haben, als Wunder.

Aber das, was mir immer so viel Kraft gegeben hat, war das Gefühl, eine Einheit zu sein mit dir. Eine Einheit, deren Energie in ein und dieselbe Richtung fließt. Ich kann es nur schwer beschreiben. Ich meine das Gefühl, neben dir ins gemeinsame Glück zu gehen – ohne Zweifel, Zögern oder Zorn. Einfach getragen von der Gewissheit, dass wir zusammengehören und dasselbe Ziel haben.

Doch wie kostbar diese Gewissheit und diese Klarheit sind, ist mir erst jetzt bewusst geworden. Jetzt, da ich dich zu verlieren drohe. Auch haben mir Lenny, Knuth und sogar deine Mutter die Augen geöffnet. Ich bereue aus tiefstem Herzen, dass ich an dir und unserer Liebe gezweifelt habe. Denn sie ist das Schönste, was ich jemals hatte.

Ich kann nicht einmal sagen, ob und wenn ja, an welchem Punkt sich unser Weg geteilt hat. Aber es gab diesen Punkt, ab dem es sich nicht mehr so angefühlt hat, als hätten wir dasselbe Ziel.

Dabei war am Anfang die Richtung so klar: Wir wollten so viel Zeit wie möglich miteinander verbringen und haben alles getan, um möglichst oft und lange unsere Wegstrecken zu teilen. Außerdem haben wir dafür gesorgt, den gemeinsamen Weg so schön wie möglich zu gestalten, und ihn mit vielen Erlebnissen und Erfahrungen angereichert. Restaurant- und Kinobesuche, die ersten Ausflüge, Kurztrips und größere Reisen. Natürlich wurden die Anstrengungen ab dem Zeitpunkt kleiner, ab dem wir ein gemeinsames Zuhause hatten und wir uns schnell an die – für mich so beruhigende – Geborgenheit gewöhnten. Dennoch haben wir uns jeweils die Freiheit gelassen, die wir brauchten. Und auch wenn wir zwischendurch mit unterschiedlichsten Stolpersteinen, Schlaglöchern und kraftraubenden Anstiegen zu kämpfen hatten, wie etwa der Beginn meiner Selbstständigkeit, hat mich nie die Gewissheit verlassen, dich trotzdem immer an meiner Seite zu wissen. Du hast mich mit all deiner dir möglichen Unterstützung angeschupst, mitgezogen oder auch mal auf Händen getragen.

Die schönste Strecke war die zu dem Etappenziel unserer Hochzeit. Ich weiß noch genau, wie selig ich über deinen Antrag war, der mich sehr überrascht, aber rein gar nicht verunsichert hat. Für mich war nicht unbedingt der eigentliche Hochzeitstag, wohl aber der des Antrags der schönste

Tag meines Lebens. Dass du auch in Zukunft deinen Lebensweg mit mir teilen wolltest, das war für mich das kostbarste Geschenk. Wie ein Licht in der Dunkelheit oder ein Kompass auf dem offenen Meer. Oder wie du wohl etwas rationaler sagen würdest, wie ein Navi in der Pampa.

Auch wenn du bei solch romantisch überladenen Worten immer amüsiert die Augen verdrehst, weiß ich seit dem Tag, dass du in deinem Inneren doch die gleichen Sehnsüchte und die gleiche Hoffnung hegst wie ich – auch wenn sie manchmal tief verborgen sind.

Die Monate vor unserer Hochzeit rasten dahin. Der Weg bis zu diesem Tag schien so kurz, weil er voller Ablenkung und kleiner Hürden vor uns lag, die wir gemeinsam gemeistert haben. Und sogar der eigentliche Ehealltag erschien mir so leicht und so richtig, dass ich mich voll und ganz auf meinen Job konzentrieren konnte. Den nötigen Elan dafür konnte ich aus unserer Liebe schöpfen.

Unsere Hochzeitsreise bildete einen weiteren Höhepunkt. Anfangs erschien es mir so, als wäre der verspätete Zeitpunkt eine glückliche Fügung des Schicksals gewesen. Schließlich haben wir es so sehr genossen, aus dem Alltag auszubrechen und uns endlich mal wieder nur auf uns zu konzentrieren – ohne Praxis, Laden, Familie, Freunde, Haushalt oder Training.

Ich werde niemals vergessen, wie die Zeit stillzustehen schien, während wir uns unter dem Moskitonetz beim Rauschen des Indischen Ozeans geliebt haben. Und die Tatsache, dass wir uns auch nach fast drei Jahren noch wie frisch verliebte Teenager fühlten, erfüllte mich mit Stolz und flößte mir Respekt gegenüber unserer Liebe ein. Wir konnten immer noch ausgelassen rumalbern und zusammen Spaß haben und mussten uns im Alltag nicht bekämpfen wie andere Paare es tun.

Doch dann passierte dieses schreckliche Unglück, das die Hoffnung auf ein weiterhin unbeschwertes Leben mit dir erschütterte. In unserer vermeintlich heilen Welt schien uns diese abgestürzte Maschine mit in den Abgrund gerissen zu haben. Ich kann deinen Traum vom Absturz einfach nicht vergessen, und ich verzweifele an dem Versuch, in all dem einen tieferen Sinn zu sehen.

Als wir wieder zu Hause ankamen, war ich versucht, in dem furchtbaren Geschehen ein Geschenk Gottes oder einen Wink des Schicksals zu sehen. Schließlich war es mein Ehering, der uns das Leben gerettet hat. Und so bildete ich mir ein, dass wir begreifen sollten, worauf es im Leben wirklich ankommt. Ich suchte auch in unserer Liebe den tieferen Sinn. Ich meinte, der natürlichen Entwicklung des Lebens zu folgen, teilzuhaben am großen Ganzen und das zu forcieren, was aus unserer Liebe erwachsen könnte: ein gemeinsames Kind, das eines Tages unseren Weg fortführen würde.

Bis zu dem Tag, an dem ich dir das erste Mal von meiner wachsenden Sehnsucht nach einem Kind erzählt habe, habe ich nie auch nur eine Sekunde daran gezweifelt, dass auch du den gleichen Wunsch hast. Doch es war falsch, dies einfach vorauszusetzen.

Ich bedauere sehr, dass wir in letzter Zeit nicht öfter den Mut hatten, wirklich offen und ehrlich miteinander umzugehen. Und noch viel mehr bedaure ich aus tiefstem Herzen jedes einzelne Wort, das bei unserem schrecklichen Streit gefallen ist. Ich hatte niemals vor, dich zu hintergehen und heimlich hinter deinem Rücken die Pille abzusetzen. Mein Wunsch war bloß, mit dir über diese Option zu reden. Doch die vielen ungesagten Worte der letzten Monate haben zwischen uns eine Distanz geschaffen, die es mir unmöglich machte, wirklich an dich heranzukommen.

Und noch immer weiß ich nicht, was wirklich in dir vor-

geht. Ich kann nur ahnen, dass deine Angst und deine Abwehr gegenüber der Vaterrolle einen tiefer liegenden Grund haben müssen, den du mir bislang vorenthalten hast. Doch was immer es ist – es ist dein Leben, und damit betrifft es auch mich. Ich will nur, dass du ehrlich zu mir und auch zu dir selbst bist.

Wenn alles Leid am Ende doch einen Sinn hat, dann wohl den, dass ich verstanden habe, mein Lebensglück nicht allein von Rahmenbedingungen wie einem Zuhause, einem Job oder auch einem Kind abhängig machen zu dürfen. Zwar muss ich mir eingestehen, dass der Wunsch nach einem Kind zwar irgendwo leise aus meinem Innersten kommt. Aber er entstand auch aus einem spürbar gewachsenen Zeitdruck. Und vor allem, weil ich wohl unbewusst gespürt habe, wie sehr du mir seit Sansibar zu entgleiten drohtest. Ein Kind hätte uns für immer verbunden. Es wäre ein Teil von dir.

Erst jetzt, da mich die Angst um dich so brutal überfallen hat, glaube ich zu wissen, worauf es wirklich ankommt. Es kommt darauf an, dankbar zu sein für das, was einem das Leben schenkt, statt zu hadern mit dem, was man vielleicht nur vermeintlich nicht hat. Ich weiß jetzt, was es heißt, wirklich loszulassen, und ich will versuchen, an dieser großen Herausforderung zu wachsen.

Der einzige Plan, den ich jetzt noch habe, ist, jeden Tag von tiefer Dankbarkeit erfüllt zu sein, wenn du wieder gesund wirst und du trotz allem, was geschehen ist, weiter mit mir Seite an Seite deinen Lebensweg teilen möchtest. Ich wünsche mir nichts sehnlicher, als neben dir einzuschlafen und neben dir aufzuwachen, mit dir zu frühstücken, zu kochen, auszugehen, herumzualbern, zu verreisen, zu reden und auch zu streiten. Mit dir zu lachen, zu weinen und Liebe zu machen. Ich wünsche mir einfach nur, mit dir zu leben – ohne Listen und Ausflüchte.

Bitte verzeih mir all die bösen Worte, die ich dir gesagt habe – und noch viel mehr die Worte, die ich dir nicht gesagt habe.

In Liebe, deine – immer deine – Motte …

31

Lisa wälzte sich unruhig im Bett hin und her. Sie konnte nicht mit Bestimmtheit sagen, ob sie zwischenzeitlich geschlafen hatte. Hellwach lag sie auf Eriks Seite, eingekuschelt in seiner Bettdecke.

Vor ihrem geistigen Auge tauchte immer wieder das ernste Gesicht von Professor Weiländer auf, der sich bei einem weiteren Gespräch am Nachmittag vergeblich bemüht hatte, sie mit vielen Worten zu beruhigen. Auch Emis Stimme hallte in Lisas Kopf nach. »Wenn Erik aufwacht, spielen wir alle zusammen«, hatte sie mit fester Überzeugung am Telefon gesagt, nachdem Lenny sich wie jeden Tag bei Lisa erkundigt hatte, ob es irgendetwas Neues gab. Er bot erneut an, am Abend in die Stadt zu kommen, um sie ein wenig abzulenken. Auch Jutta hatte vorgeschlagen, über Nacht bei ihr zu bleiben. Doch Lisa wollte lieber allein sein.

Genau genommen wollte sie natürlich am liebsten bei Erik sein, was sie aber nachts nicht durfte. Und hier in ihrer gemeinsamen Wohnung, in ihrem Bett, in Gedanken an ihn fühlte sie sich ihm immerhin noch am nächsten.

Als sie an diesem Abend zu Hause angekommen war und alle Telefonate – auch die mit Renate, Knuth und ihren Eltern – erledigt hatte, hatte Lisa sich noch einmal das fertige Fotoalbum vorgenommen und es wie einen kostbaren Schatz mit ein wenig Stolz, aber auch voller Wehmut betrachtet.

Und nun lag es auf Eriks Nachttisch, damit sie es ja nicht wieder vergaß, wenn sie gleich morgen früh zurück zu Erik ans Krankenbett ging. Zwar würde sie es nicht zu ihrem Brief unters Kopfkissen schieben können. Aber vielleicht war es gut für ihn, etwas Persönliches in seiner Nähe zu haben, das ihm Kraft geben würde.

Langsam hielt Lisa es nicht mehr aus in der Dunkelheit. Sie knipste die Nachttischlampe an und setzte sich auf. Vollkommen übermüdet rieb sie sich die Augen und verschwand kurz im Bad, wo sämtliche Utensilien von Erik darauf warteten, wieder benutzt zu werden.

Lisa griff nach seinem Aftershave, das sie nicht mit ins Krankenhaus genommen hatte, und schnupperte daran. Ihre stechende Sehnsucht konnte nicht größer sein.

Anschließend wanderte sie ziellos in der halbdunklen Wohnung umher und ließ ihren Blick durch die stummen Räume schweifen. Nachdem sie in der Küche kurz etwas getrunken hatte, schlich sie wieder über den Flur und trat wie ferngesteuert an den Garderobenschrank.

Lord Helmchen!, dachte Lisa plötzlich.

Seit dem Unfall hatte sie sich nicht mehr getraut, noch mal in den Schrank zu sehen. Doch nun verspürte sie ein unbestimmtes Verlangen und öffnete vorsichtig die Tür. Und tatsächlich, da lag es, dieses hässliche orange-blaue Stück Kunst- und Schaumstoff, das noch aussah wie neu.

Lisa nahm den Helm vorsichtig zur Hand wie eine zerbrechliche, hauchdünne Glasfigur. Dann ging sie zurück ins Schlafzimmer, ohne den Blick von Lord Helmchen abzuwenden, legte ihn auf dem Bett ab und betrachtete ihn eine ganze Weile lang nachdenklich.

»Wenn Erik dich doch nur getragen hätte!«, seufzte sie verzweifelt, und ihre vor Müdigkeit brennenden Augen füllten sich einmal mehr mit Tränen.

Komm zurück! Komm zurück!

Erschöpft legte sich Lisa aufs Bett, kauerte sich zusammen wie ein kleines, schutzloses Kind und weinte so sehr, wie sie es zuvor niemals in ihrem Leben getan hatte. Sie schluchzte und jammerte, und kein noch so positiver Gedanke konnte sie beruhigen. Wut und Verzweiflung brachen sich Bahn. Lisa konnte und wollte nicht mehr stark sein und versuchte, nun all ihren Schmerz in die fest umklammerte Bettdecke zu schreien.

Was war das?, fragte sie sich, als sie erschrocken hochfuhr und angestrengt lauschte.

Draußen dämmerte es. Sie musste also doch irgendwann erschöpft eingeschlafen sein.

Plötzlich war es wieder da, das schrille Geräusch, das sie offenbar geweckt hatte. Es war der Klingelton ihres Handys, das auf ihrem Nachttisch lag. Mit einem Satz gelangte sie auf die andere Seite und warf einen verschlafenen Blick auf das Display. Es war eine ihr unbekannte Nummer.

Das Krankenhaus!, dachte sie alarmiert und war schlagartig ganz klar im Kopf.

Lisa nahm das Gespräch an und meldete sich hastig mit ihrem Namen.

»Hier ist Schwester Ahrens, vom Universitätskrankenhaus Eppendorf«, sagte eine ruhige, ihr unbekannte Stimme am anderen Ende der Leitung. »Guten Morgen.«

»Mein Mann? Was ist mit meinem Mann?«, fragte Lisa panisch. Sie hatte Angst, die Worte könnten ihr im Hals stecken bleiben.

»Ich soll Ihnen von Professor Weiländer ausrichten, dass Herr Doktor Grothe wieder bei Bewusstsein ist. Sie dürfen ihn besuchen, wenn Sie möchten.«

Lisa verstand nicht sofort. Erst allmählich drangen die

Worte der Schwester zu ihr durch wie durch einen Nebel, der sich langsam lichtete.

»Ich … Ich komme sofort!«, rief sie schließlich ins Telefon. »Danke. Vielen Dank!«

Dann drückte Lisa das Gespräch weg, ohne sich allerdings wirklich sicher zu sein, ob die Schwester nicht vielleicht noch irgendetwas hatte sagen wollen. Womöglich hatten die Ärzte festgestellt, dass Erik zwar aufgewacht, aber sein Zustand dennoch kritisch war. Oder aber es zeichnete sich ab, dass er nie wieder der Alte sein würde.

Schnell schob Lisa den Gedanken weg. Das hätte die Schwester ihr ohnehin nicht am Telefon mitgeteilt. Da war sich Lisa sicher.

Hektisch sprang sie aus dem Bett, eilte zum Kleiderschrank und zog eine Jeans hervor. Als sie kurz darauf den obersten Pulli aus dem Regal nehmen wollte, kippte ihr der gesamte Stapel entgegen und landete auf dem Boden. Übernervös fischte sie den cremefarbenen Pullover heraus, den sie selbst gemacht hatte und den Erik so an ihr mochte.

In Rekordzeit machte sie sich im Bad einigermaßen zurecht und eilte in den Flur. Noch während sie sich ihre Stiefel anzog, rief sie Renate an, um ihr die Neuigkeit zu überbringen.

»Renate, stell dir vor«, rief sie etwas zu laut und ohne jede Begrüßung ins Telefon, »das Krankenhaus hat angerufen. Er ist aufgewacht! Erik ist endlich aufgewacht!«

Ihre Schwiegermutter stimmte ihr erleichtert zu und erklärte, dass man sie vor wenigen Minuten bereits benachrichtigt hatte. Sie würde Lisa etwas später ins Krankenhaus folgen.

»Dann hat das Reiki deiner Freundin vielleicht ja doch geholfen«, flötete Lisa aufgekratzt in den Hörer, bevor sie auflegte.

Sie schnappte sich noch das Fotoalbum, ihre Tasche und die Schlüssel und warf eilig die Wohnungstür hinter sich zu.

Ob das Reiki oder ihre Gebete wirklich etwas gebracht hatten?, fragte Lisa sich ein wenig skeptisch, während sie das Treppenhaus hinunterrannte.

Schnellen Schrittes lief sie durch die noch sehr kalte Luft zum Auto und nahm sich fest vor, Agnes nach dieser Sache zu fragen. Immerhin hatte sich ihre Schwägerin vor ein, zwei Jahren von einer befreundeten Reiki-Meisterin »einweihen« lassen, wie sie es nannte. Anfangs hatte sie bei jedem die Hand aufgelegt, der über ein Wehwehchen klagte, es irgendwann aber wieder sein lassen, nachdem sie von allen insgeheim belächelt wurde. Doch nun schämte sich Lisa, Agnes' gute Absichten nie richtig gewürdigt und auch nie nachgefragt zu haben. Auf einmal interessierte sie sich sehr dafür, ob man Reiki tatsächlich auch über die Ferne senden konnte, wie Renate es erwähnt hatte.

Ach, es gab so unendlich viel mehr im Leben, das sie noch erkunden wollte, dachte Lisa und seufzte. Am liebsten natürlich mit Erik gemeinsam. Vielleicht hatte er ihren Brief mittlerweile entdeckt und ihn sogar schon gelesen, kam es ihr nun in den Sinn. Doch sie verwarf diese Hoffnung sogleich wieder, da sie befürchtete, Knuth könne Recht behalten und Eriks Körper seit dem Unfall nur eingeschränkt funktionieren.

Wenn er überhaupt wieder ganz gesund werden würde!

Lisa wusste nicht, was größer war: ihre Freude darüber, dass Erik endlich aus dem Koma aufgewacht war oder ihre Angst vor dem, was ihnen nun womöglich bevorstand, falls doch mehr von dem Unfall zurückbleiben würde.

Zwanzig quälend lange Minuten musste sich Lisa durch den Verkehr kämpfen, obwohl sie so oft es ging ordentlich aufs Gaspedal drückte. Ihre Gebete gingen in beinahe hysterische Mantras über, mit denen sie sich ermahnte, ja nicht selbst noch einen Unfall zu verursachen.

Ungeduldig harrte Lisa wenig später vor der verschlossenen Fahrstuhltür aus. Mehrmals drückte sie hektisch auf die leuchtende Taste, doch es kam und kam kein Aufzug. Also lief sie schließlich entnervt in Richtung Treppenhaus und nahm mehrere Stufen gleichzeitig.

Oben angekommen, war sie völlig außer Atmen und lief prompt dem freundlichen Arzt in die Arme, der sie ein paar Tage zuvor angesprochen hatte.

»Frau Grothe, Sie möchten sicher zu Ihrem Mann«, sagte er freundlich. »Sie müssen sich allerdings leider noch einen Augenblick gedulden.«

Abrupt blieb Lisa stehen und blickte ihn entsetzt an. »Aber …«, sie stockte und war unfähig, ihren Einwand zu Ende zu formulieren.

»Keine Sorge«, erklärte der Arzt. »Er wird gerade noch einmal eingehend untersucht. Ich bin sicher, es dauert nicht mehr lange.«

»Wie lange?«, fragte Lisa. Sie hielt die Anspannung kaum noch aus.

»Wir sagen Ihnen Bescheid«, erklärte er mit einem Lächeln und deutete auf die Stuhlreihe im Flur. »Möchten Sie nicht so lange hier Platz nehmen?« Dann ging er eiligen Schrittes weiter.

»Nicht nötig«, murmelte Lisa ihm hinterher.

Ruhig auf einem der Stühle zu warten würde sie jetzt eh nicht aushalten. Sie tigerte den Gang entlang bis zu Eriks Zimmer. Zu Lisas Überraschung stand die Tür weit offen. Als sie mit heftig klopfendem Herzen hineinblickte, fuhr ihr ein großer Schrecken in die Glieder. Das Zimmer war leer. Offenbar hatte man Erik zur Untersuchung woanders hingebracht.

Unsicher schaute sie sich um, weil sie nicht wusste, ob sie trotzdem einfach hineingehen durfte. Schließlich trat sie ein und sah sich in dem Raum um, dessen bedrückende Atmosphäre über Nacht eine spürbar angenehmere geworden war. Das Licht und die Luft wirkten viel frischer und freundlicher. Wie ein verrammeltes Ferienhaus, in das nach einem langen Winter wieder das bunte Leben einzieht.

Nur noch wenige Augenblicke, und dann würde sie Erik endlich wieder in die Augen blicken, seine Hand halten und hoffentlich auch seine Stimme hören können!

Unruhig lief Lisa im Zimmer auf und ab. Immer wieder steckte sie ihren Kopf zur offenen Tür hinaus und hielt Ausschau nach Erik oder aber nach Professor Weiländer, der endlich ihre vielen quälenden Fragen nach Eriks Gesundheit beantworten würde.

Lisa trat ans Fenster und blickte das erste Mal von hier hinaus. In den Bäumen konnte sie ein paar Vögel ausmachen, die fröhlich in der Luft tanzten. Versonnen drehte Lisa an ihrem Ehering. Ihr Blick wanderte zu einer riesigen Eiche, deren kahle Baumkrone einen schönen Kontrast zum Himmel bildete, der mittlerweile ein morgendlich helles Winterblau zeigte.

Obwohl Lisa all das mit tiefer Dankbarkeit erfüllte, gelang es ihr dennoch nicht, sich bis tief in ihr Innerstes zu freuen. Sie war so aufgewühlt, dass sie kaum Erleichterung verspürte.

Ob Erik sie überhaupt erkennen würde?, fragte sie sich und seufzte. Ob sie ihn küssen und umarmen dürfte? Ob er sie versteht und sich noch an den Streit erinnert? Was soll sie ihm überhaupt sagen?

Lisa ging an den Beistellwagen und öffnete die Schublade, um nachzusehen, ob ihre Nachrichten noch darin lagen. Und tatsächlich, ihr langer Brief lag oben auf.

Natürlich!, dachte sie. Die Schwestern werden auch ihn entfernt haben, damit er bei der Untersuchung nicht störte. Doch der Gedanke beunruhigte sie, und sie spürte einen kleinen Stich. Erik hatte nun nichts mehr bei sich, das sie beide verband.

Jetzt fiel Lisa auch das Fotoalbum wieder ein. Sie holte es aus ihrer Tasche hervor und legte es auf dem Schränkchen ab.

Um sich von ihrer schier unerträglichen Angespanntheit abzulenken, wollte sie gerade ein wenig darin blättern, als die Zimmertür weit aufgerissen wurde.

»Erik!«, rief Lisa und drehte sich um.

Eine Schwester und der Zivildienstleistende rollten das große Bett vorsichtig an seinen Platz zurück.

Lisa stand einfach nur da, ihre Hände vor dem offenen Mund. Zu ihrer Enttäuschung waren Eriks Augen geschlossen.

Erst als die Schwester sie leise ansprach, bemerkte Lisa, dass sie die ganze Zeit die Luft angehalten hatte.

»Er ist wieder eingeschlafen«, sagte die Frau leise.

»Was heißt das?«, fragte Lisa verwirrt und offenbar eine Spur zu laut. Denn nun flüsterte die Schwester nur noch.

»Er muss sich ausruhen. Aber wenn Sie möchten, lassen wir Sie beide einen Moment allein. Drücken Sie bitte den Knopf, wenn Sie uns brauchen.«

»Natürlich«, hauchte Lisa mit einem zaghaften Lächeln.

Nachdem die Schwester die Vorhänge am Fenster zugezogen und die Tür hinter ihnen beiden leise geschlossen hatte, blieb Lisa eine Zeit lang wie erstarrt mitten im Raum stehen. Sie traute sich kaum, auch nur zu atmen, und wusste nicht, ob es vielleicht gut wäre, Erik doch wenigstens kurz aus dem Schlaf zu holen.

Ihre Hände waren feucht und eiskalt. Sie schlich zu den beiden Stühlen und trug einen davon ganz langsam und geräuschlos an die linke Seite von Eriks Bett. Dann ließ sie sich darauf nieder und betrachtete ihren Mann voller Mitgefühl und Dankbarkeit.

Er trug einen neuen Kopfverband, der schon einen größeren Blick auf seine Stirn und sein Gesicht freiließ. Auch seine Schürf- und Schnittwunden waren nur noch hinter zwei kleinen Pflastern versteckt. Was Lisa aber am meisten beruhigte, war die Tatsache, dass er endlich wieder selbstständig atmete. Der grässliche Schlauch war verschwunden. Erik sah wirklich viel besser, ja beinahe zufrieden aus, wie er so schlafend dalag.

Plötzlich musste Lisa wieder an das Aufwachen im Flugzeug denken, als Erik diesen schrecklichen Traum gehabt hatte. All das schien mittlerweile weit weg.

Von nun an, schwor sich Lisa, würde ihr die Vergangenheit keine Angst mehr einflößen.

Sie nahm sich vor, nur noch für den Augenblick zu leben und gelassen, aber voller Optimismus jeden Tag von Neuem zu begrüßen. Vielleicht würden Erik und sie dieses Jahr noch irgendwo Urlaub machen. An einem Ort, der Erik die nötige Erholung und beiden die gewünschte Nähe bot.

Lisa spürte wieder so eine unbestimmte Unruhe in sich aufsteigen. Nun hielt sie es nicht mehr aus. Sie erhob sich und beugte sich vorsichtig über Erik, um wenigstens einmal seinen Duft einzuatmen.

Wenn sie ihm doch nur endlich sagen konnte, wie leid ihr alles tat – der Streit, der Unfall, alles! Sie wollte ihm so gern sagen, dass sie alles tun wird, um ihn zurück ins Leben zu holen.

»Mein Lieber, ich bin bei dir«, flüsterte sie ganz leise in sein Ohr. »Ich bin hier.«

Lisa schloss die Augen, die sich noch immer geschwollen anfühlten von der verheulten Nacht. Die Tränen, die sich jetzt den Weg über ihre Wange suchten, waren nun doch endlich Tränen der Erleichterung. Und auf einmal fühlte sie sich ein bisschen wie in dem Traum, den sie in der ersten Nacht hier im Krankenhaus gehabt hatte. Da war wieder das kleine Mädchen, das sie an den Händen gehalten hatte. Ihr leises

Summen erfüllte den Raum. Und auch das warme, sichere Gefühl, das sie währenddessen gehabt hatte, war wieder deutlich spürbar.

Lisa schob den Stuhl noch ein kleines Stückchen näher ans Bett heran und legte behutsam ihren Kopf auf Eriks Hand.

Dann endlich hörte sie ein schwaches, aber vertrautes »Motte?«.

Lisa riss die Augen auf und erhob sich. Freudestrahlend sah sie, wie Erik sie anblinzelte.

»Hallo. Hallo mein Lieber«, hauchte sie und streichelte behutsam über sein müdes Gesicht. »Du sollst dich ausruhen. Aber ich bin so unendlich froh, dass du wieder bei mir bist!«, flüsterte Lisa.

»Ich auch«, sagte er, noch immer ohne Stimme.

Lisa beugte sich über ihn und gab ihm einen ganz sanften Kuss, den Erik ein kleines bisschen zu erwidern schien.

»Wie geht es dir? Wie fühlst du dich?«, fragte sie und suchte gespannt seinen Blick. Doch immer wieder musste er seine Lider schließen.

»Du bist da. Also geht's mir gut«, murmelte er und versuchte zu lächeln.

»Deine Mutter kommt auch bald. Wir waren ganz viel bei dir.« Lisa lief wieder eine Träne die Wange hinunter, aber sie wischte sie schnell weg. Nichts sollte ihre Aufmerksamkeit ablenken.

Erik wollte offenbar noch etwas sagen. Er holte angestrengt Luft und sprach nun mit brüchiger Stimme: »Ich muss dir so viel sagen.«

»Ich dir doch auch! Ich hab dir sogar Nachrichten und einen langen Brief geschrieben. Und ich bin dir im Traum begegnet und –«

»Ich weiß«, unterbrach Erik sie. Seine Worte kamen wie in Zeitlupe aus ihm heraus.

Lisas Herz dagegen raste so sehr, dass sie selbst kaum einen klaren Gedanken fassen konnte. »Aber …«, brachte sie ungläubig hervor, »aber dann hast du meinen Brief schon gelesen?«

Erik schüttelte zaghaft den Kopf. »Komm näher«, bat er.

Lisa beugte sich ganz dicht an Eriks Gesicht und versuchte, jedes seiner Worte in sich aufzusaugen.

»Ich … Ich habe das Licht gesehen«, flüsterte er angestrengt. »Ich hab wirklich das Licht gesehen … Aber ich hab doch noch so viel zu erledigen.«

»Aber ja, mein Lieber, das holen wir alles nach.« Lisa strich ihm erneut über das Gesicht und fuhr mit festerer Stimme fort: »Ganz bestimmt. Wenn du möchtest, gehen wir weg, ganz weit weg. Ich könnte auch meinen Beitrag zur Entwicklungshilfe leisten und ein Projekt für Näherinnen beginnen und …« Lisa stockte.

Erneut schüttelte Erik mit winzigen Bewegungen seinen Kopf. »Ich will … ich will nicht mehr flüchten«, hauchte er. »Ich will gesund werden und leben.«

Lisa drückte Eriks Hand und sagte: »Das wirst du. Und ich werde alles dafür tun, dass es dir bald wieder gut geht.«

»Das Licht war so stark. Es hat mich geblendet.«

»Sch…« Lisa legte ihren Finger auf Eriks Lippen. Er sollte nichts mehr sagen, da es ihn offenbar zu viel Kraft kostete. Doch er ließ sich nicht stoppen, sondern sprach mit geschlossenen Augen weiter.

»Ich will dich glücklich machen! Also will ich auch Teil des großen Ganzen sein«, sagte Erik, »und unserer Liebe einen tieferen Sinn geben.«

Lisa erschrak. Genau das waren ihre Worte im Brief gewesen!

»Einen tieferen Sinn?«, fragte sie ungläubig und schluckte.

Doch statt zu antworten, drückte Erik ihre Hand und ließ

sie auch dann nicht mehr los, als seine Augen vor Müdigkeit wieder zufielen.

Lisa küsste ihm beinahe ohne jede Berührung die Stirn, richtete sich auf und flüsterte: »Ganz gleich, was kommt. Ich bin immer bei dir.«